民国女作家
小说典藏文库
MINGUONVZUOJIA
XIAOSHUODIANCANGWENKU

民国女作家小说典藏文库

莫愁巷

施济美　著

中国文史出版社

莫燃 著

目录

莫 愁 巷

第 一 章

莫愁巷原是神仙的家乡，以日为门，以月为窗，七彩长虹做成桥梁，星星在孔雀蓝的天幕上缀着凡夫俗子所不能识的三个字——莫愁巷；青玉的高墙上，镶嵌了琥珀花、翡翠叶、玛瑙枝、珊瑚朵……水晶砌成的街道，紫檀箫和黄金笛，合奏出缥缈的，美而且乐的仙音，飘舞的花瓣似连绵不息的雨点，长日，长夜，长年……这儿没有死亡和不幸，丑恶和肮脏成了没有用的字，眼泪和痛苦也变为无意义；只有绿水青山的美，历久弥新的辉煌，千古不灭的芬芳。

但是，有一天，几百年——也许是几千年以前：莫愁巷的神仙们忽然异想天开，觉得他们的家乡，极乐尽善，只是有一点儿美中不足，缺少人的气息。

有谁能够知道，而且相信：为恒河沙数人类所艳羡的神仙们，倒会欢喜起人的气息呢？人的气息，这无法形容的，但是不好的坏味道，红尘的味道……那会是真的么？

莫愁巷就这样被贬谪到人间，神仙们因为没有了家乡，遂驾起祥云，到四方八处去游乐，观光。

且说莫愁巷自从谪世以来，迄今也历过不少朝代，遭遇不少兴亡，度过不少年月，看过不少沧桑，现在它已经和这世界上的每一寸土地一样，它的每一星尘埃也不比别处的尘埃较少人的气息。莫愁巷非复旧观了，它的美早已化为丑恶，它的辉煌消逝，剩下了晦暗阴霾，它的芬芳的神仙气息风流云散了，此处既已归人间掌握，众神仙又至四海云游，当初并非“治外法权”之规定，所以一切完全与人类同化，故有的馨香已经遥远，这儿只充满了贫穷、卑陋、丑恶、眼泪和不快，可憎而又可恶的肮脏气息；这就是红尘的味道，人的气息；因为人的故事就是这样肮脏的，人的故事就是这样可怜的，并且人的故事多半是用眼泪写起来的。

第二章

天上的莫愁巷，是神仙们的家乡；人间的莫愁巷，可是个晦暗地方，它是一个极寻常的小城里的一条极寻常的巷子，房屋很旧，灰尘又多。阴历四月底的一个黄昏，在将尽的春光里，将逝的太阳光下，一眼看过去，挺像一张年深日久褪了色的相片，也许再隔一段时候，就要变成一张白纸了。

那旧相片上有淡淡的人影子，不丁点儿大，不丁点儿高，原来是个小孩子，站在门口，东张西望的，然后，走到街心来了，走了没有两步，曲起一个脚跟，一跳一跳的，他是这么乐，一连好几天的大雨，关在屋里，闷也闷死了。那石板铺成的地，高低不平，积水跟泥浆还没有干透，他踏了个空步，摔在地上，这个黑而胖的小小子，像个小泥鳅似的，一滚就站起来，抹抹袖口上沾的泥，又曲起脚跟，一跳一跳地朝前走。

拉车的大个子躺在车上抽烟卷儿，看见他金鸡独立似的跳过来，使劲吸了口烟，把烟头儿掷得老远，站起身子，双手一抱，小孩子被他举得高过头，大个子喷着烟，呵呵地笑道：“小虎儿，腾云驾雾当神仙——”那孩子两眼眯齐，又是乐又是怕，平举了双手，嘴里直嗯嗯：“大个子叔叔，我不要当神仙——”烟呛了嗓门儿，大个子放他下地，拉了车，往吉祥街那边儿扬长而去。

小虎儿一溜烟地跑到空地上，这块空地是莫愁巷附近人家倒垃圾的地方，年深日久，垃圾堆得像一座小山，连扫街的走过，都不理会，反而把在别处扫来的垃圾，也送到这儿来总汇。人们走过此地，掩着鼻子，加紧脚步，掉过脸，看也不看一眼；可是五岁的小虎儿却把这儿当作乐园，他欢喜在这垃圾山上，看那些来来去去的人，有些跟他一样高的小孩，跟他姐姐领弟一般大的姑娘们，都穿着红红绿绿的好衣裳，像家里墙上糊着的画儿里的人一样。小虎儿打心里爱他们，看见他们走过时，总归招招手，他想他们一定要朝自个儿笑的，因为那画儿上的人老是一张笑脸。可是没有人理他，有的，还把脖子一扭，手绢儿一飘，“这脏小鬼，鼻涕做的孩子……”小虎儿缩回手，心里并不难过，只怙惙真人原来跟画儿里的人不大一样。偶尔也情不自禁地用袖子抹抹鼻涕。

后来，小虎儿对人渐渐失去兴趣，原来不知打哪一天起，他发现这垃圾山里有无穷尽的宝藏：没有塞子的玻璃瓶儿，压瘪了的铁罐儿，旧棉花，破布条，烂报纸……妈妈说都是有用的，领弟姐姐梳小辫子的红头绳儿，也是他给捡来的，三只脚的小板凳，坏芭蕉扇子，生锈的小洋刀，掉毛的板刷，缺齿的梳子，洋蜡头……这儿什么都有，但是小虎儿最欢喜的，是一个满脸是泥的泥娃娃，一匹没有尾巴的小瓷马，一颗滴溜圆的玻璃球，红颜色的，就跟糖堆儿上的冰糖子儿一个样，这三样东西，是小虎儿的宝贝。还有一次，他捡到两只花棉鞋，还新的哩，妈妈说就只有后跟上糊了一小块，缝两针就看不出来了，领弟说那是王公馆的小少爷的鞋，小虎儿穿上脚，不大不小，正合适，天冷的时候，小虎儿就不用再光脚丫子了。

因此，这肮脏无比的垃圾山，就成了《天方夜谭》里神奇的宝库。世人都爱做梦，在那个幻想的地土里，祈求那现世永无的，享受那现世永无的，并且还主宰了上、下、古、今，一切的过去和未来，也是这现在所永无的。五岁的小虎儿就这样地在垃圾山上筑起他的梦的王国，在那美丽的王国里，他君临一切。下雨刮风的日子除外，只要是好天气，黄金的太阳光底下，小虎儿一个人就在这儿找寻他的黄金的好梦：他要在这些破布条烂棉花里头找一件红花绿叶的美美衣裳，给他的整年穿补丁褂子的领弟姐姐；他要在这些污秽的废物堆里头找到成大把的钱，省得带病的妈妈在油灯下做活了；他要吃鱼，白米煮成的饭，夏天有整的西瓜吃，不再到这儿来捡人家吃剩的西瓜皮；养一群小鸡，小鸡长大了，天天下蛋，给妈妈吃，吃了鸡蛋会胖，妈妈的身体慢慢儿地就会好了；他要一串小爆竹，点上火，噼里啪啦的一串响，一股子火药味儿；他要一辆自个儿会跑的小马车、一个皮球，还要一个风筝，他看见别的孩子们有过的。想到这些，小虎儿乐了，吮着又黑又胖又粗又短的手指头，小脸儿上洋溢着幸福的情感，好像他所要的一切都已经得到，他的心飞到天上去了。吉祥庵的老姑子走过，皮匠挑着担儿走过，卖桂花白糖粥的走过，水红菱穿着满帮子绣花的新鞋走过，他都没有瞧见，他的心飞到天上去了，飞到天上……

好儿辆洋车，打吉祥街那边拉过来，一阵风似的走过，他也没有瞧见。

“喂，小虎儿，傻不哩叽地还站在这儿干吗?”

小虎儿受惊似的抬起了小脑袋瓜子，那最后一辆车，是大个子拉的，这孩子腼腆地叫着：“大个子叔叔——”

大个子叔叔的车上，坐着一个女人，抱着一个孩子，那孩子跟小虎儿一般大，他知道那是王公馆的小少爷，女人是小少爷的奶妈。奶妈指指小虎儿，不知说了句什么话，车上的孩子瞅着小虎儿笑了，王公馆小少爷跟小虎儿笑了?！小虎儿乐得屁是屁汗是汗的，不知怎好，马不停蹄地奔过去，跟他们直招手，他们却再不搭理他。车子朝西了，小虎儿赶上去，但是大个子叔叔的长腿一迈，小虎儿就再也追不上了。

第二章

莫愁巷西面，和双井巷交界的地方，有两口井，这两口井究竟属于哪条巷子，颇难肯定。依地域来说，似乎不可否认地应属于莫愁巷，——莫愁巷一号王公馆花园里墙上种的爬山虎，翻过了墙头，一路“爬下山”来，爬出了不少诗情和画意，过路的人，不管是谁走过，也不忍心说这两口井不属于莫愁巷了，再说，这两口井本来也实实在在地在莫愁巷的“版图”之内么。但是，根据美洲才有美国来说，顾名思义，双井巷，就凭这，这两口井跑得了么？能“数典忘祖”地投入莫愁巷的怀抱么？

好在这一方百姓十分和气，更十分知礼，虽说世风日下，然而人心再不古一点儿，到底是黄帝的子孙，纵不及唐尧虞舜般的禅让，却也不你抢我夺，争这一点儿名义上的便宜；因为井既然是公井，双井巷的人也罢，莫愁巷的人也罢，甚而至于南面吴孝子巷的人也罢，都可以来打水、淘米、洗菜、洗衣裳……那一点儿所有权也就等于零了，等于零的东西也犯得着粗脖子红脸儿地去争么？傻蛋才干。

两口井都有石栏，想是年代久远，有的地方已经坏了，但是石栏到底是石栏；为着取水省力，还装置了辘轳，给人不少方便。从早到晚，辘轳不停地转着，转着，像钟表上的齿轮一样转着，转着，那又长又粗又湿的绳索，也像钟表上的发条一样……一桶一桶水，一段一段光阴……日子就这样过去了，过去了，虽然那井里的水没有干的时候，要来的日子也没有完的时候。那井边的石板，曾经走过多少双脚印？男人的，女人的，老人的，半大孩子的，伶仃的缠过的脚，连鞋袜也没得穿的光脚……几百成千双脚，在数不清的日子里，将石板也踏得有两块凹下去的痕迹了；那井旁的捣衣石，曾经有多少人在这儿洗过多少件衣裳？多少胰子的泡沫？多少下木杵的声响？在数不清的日子里，多少双手，健康的，红润的，结实的手，变得皲裂，粗糙，红肿，最后是枯瘦，僵硬。辘轳不停地转着，转着，像钟表上的齿轮，惨金色的斜阳，墙头上一抹，日子就这样地过去了；晴天比下雨天过去得更快，因为下雨天没有太阳，也没有人到井边来洗衣裳。

莫愁巷的“风水”有点儿和中国的地势相似：中国地势是接近那帕米尔高原的西部为最高，从西向东，逐渐低下来，一直到东部沿海的平原地带；莫愁巷西边住着的几家，全是大户人家，虽不家家都像一号王公馆，也大概够得上小康，至不济的家中，院里总有口井。朝东去，一过垃圾山，可不同了，风水大变，全是住的些穷人，不，应该是穷鬼（因为有许多人都这么说），拉车的，摆摊的，当皮匠的，算命的，挑担儿的，做针线的，洗衣裳的，还有当婊子的……除了吉祥庵那方“净土”之外，没有一间屋子不东倒西歪，就像王宝钏苦守薛平贵住了一十八年的那座寒窑。

所以说，莫愁巷的“天文地理”极像中国的自然地势；只是有点儿不同，中国东部濒海，而莫愁巷则自垃圾山以东，它除了吉祥庵是“化外”不算，没有一个人家有井，没有井就是没有水，这一点和中国东部濒海差得太远了。——虽然它的西面有两口井，虽然两口井里全都有水。

这两口井，不管是为了天时、地利，或是人和，都应该在莫愁巷东边的，可是它们却偏偏开在西面，天下事都是如此——如此的东西，东西得如此，真够不得人心的！但是，这么些年了，也没什么太不得人心的地方；至多，那帮打水的人们太累了的时候，埋怨一声：“财奔旺处，子奔多处，连他妈的井也势利，紧挨着有井的人家，人家可连一滴水也不稀罕，倒叫没水的人家一趟八趟地往这么老远跑……”骂两句也就算了，到底也没有人敢效愚公要移动那太行山。并且，井又不是单给莫愁巷的人用的，还有双井巷哩，还有吴孝子巷哩，并且，双井巷到底是双井巷，总不能叫它空担个虚名儿呀。

现在，又是井边忙碌的时候了。那辘轳不停地转着，转着，那湿漉漉的绳索，游蛇似的上来，下去。

挑水的张三，一个浓眉大眼，年轻力壮的小伙子，打满了一担水，正待挑起往人家送，看见卖花样子的刘老娘，抱了一盆衣裳，蹒跚地走到井边，放下木盆，走过来打水，张三把扁担朝下一搁，抢过去对她道：“刘老娘，我来给你打水。”

刘老娘瞅着一担水说：“不了吧，张三哥，你还有事哩，这点儿活儿我还干得。”

张三不言语，自顾自地打上来两桶水，倒在木盆里。刘老娘谢了他，却又叹了口气，张三明白她的心事，不敢多话，只是找些不相干的问：“刘老娘，你那儿有时兴的花样子么?”

刘老娘道：“你问这——？哦，是了，李姑娘托你的?”

张三红着脸点点头。

刘老娘又叹了口气：“你一问她就明白，不管什么东西，只有上海来的，要不就省城来的，才算得上时兴，我这老婆子剪出来的花样，再好死了，也没人中意。年头改啰，现在不比当先……”刘老娘弯下腰来洗衣裳，在胰子沫里，她恍惚瞧见了“当先”她年轻的时候，还没有出嫁，娘家开着绣货铺子，多少出色的花样子都是她一双巧手剪出来的，寒雀登梅呀，鸳鸯戏水呀，二龙抢珠呀，松鼠偷葡萄呀……

张三搓着手，没了主意，他原是怕自个儿说话不留神，引起老人家伤心，只是随便找了个题目，谁知还是招出她一肚子苦水，他的脸越发红了，这个嘴拙心好的大孩子，急得说不出话，只有连声叫着："刘老娘，刘老娘……"

刘老娘抬起一只手，拿手臂擦了擦眼泪，强笑道："不用急，我心里一难受，掉了两滴眼泪。张三哥，你不会笑我吧，这大岁数的人了，在街上哭。"

张三说："刘老娘，我张三再不懂事，怎会笑你老人家?"

刘老娘点头道："我也知道你不会笑话我，我们兆发一直都说张三是个难得的好人，孝顺妈，够朋友。"

张三说："兆发不也跟我一样么?他待朋友比我更义气哩，又那么孝顺你老人家……"

刘老娘含着两汪眼泪水："可是现在，兆发他再不能够啦。"

张三后悔失言，又弄得不知所措，低低地问道："兆发这两天怎样了?"

"还不是那样，自打出事那天到如今，快半年了，整天不见的，不开口，也不笑，跟从前一比，像换了一个人，怎好怪他?今年才二十二哪，这大的小子，就让他一辈子躺在床上，怎平得下心头这口气?张三哥，你有所不知，残废的人，连心也会变成残废……"刘老娘鼻子里息率两声，淌下眼泪。

张三叹了一口长气，上牙咬紧了下嘴唇，脸色沉落下来，一句话也说不出。

正在这当儿，王公馆的厨子金富打门里走出来，指着张三，

“咦”了一声道：“我等着你煮饭哩，大半天不来，只当你不得空儿，敢情就站在这儿呀，等人么？谁？李姑娘，是不是？张三哥配李四姐，金童玉女下凡尘，天造地设的好一对儿。——怎么咯？这么个不得劲儿，像只斗败了的公鸡似的，我的好兄弟。”

张三朝他苦笑笑，一句话也不说，闷声儿地将两个篾圈儿扔在水面上，挑着水进王公馆去了。

金富碰了一鼻子灰，下不来台，在后面大声嚷着：“这一担倒在厨房的大缸里，后院天井的大荷花缸里也要一担。别忘了送，嘿，听见了没有？”说完，他拨转身就要往吉祥街走。

那个皮匠的老婆林七嫂，一直在旁边洗衣裳，没开过一次口，此刻却抬起头，笑着道：“今儿个金大爷吃了几两人参汤？费上这么大的劲儿吆喝，别说张三，我看呀，就是吉祥庵的老姑子，也都听得见啰。”

大伙儿打了个哈哈，连刘老娘也破涕为笑了。金富站住脚，把个脑袋连晃四晃地：“七嫂，你这张嘴真是越来越会说了，怪不得林七那孙猴子，也逃不了你观音娘娘的手掌心！”

林七嫂眼珠一转，冷笑道：“你们拢共不过去了两趟明星舞台，押过三回宝摊，就都被我知道了？”

金富愣了一下，抓抓头皮，装得没事儿人似的：“怎么？七嫂，我不懂你说的。”

林七嫂板住脸子道：“别装佯啦，你把一个月的工钱跟外快都送掉了，他哩，托福，只当了一件大棉袄，我都一本清知，你还唱戏给谁听？”

金富瞅着风头不对，脚底下加油，想快点儿溜走，幸亏张三这时候挑着空水桶走出来，一句话就给他解了围，问道："什么东西掉在井里头了？"林七嫂的话立刻打住，不再有"二本"，好像王家井里的东西比她丈夫当掉一件大棉袄更来得要紧，所以也不追究上宝摊的事了，乐得金富差点儿要跟张三作揖。

"死猫，一只死了的猫。"他告诉他的"恩人"，"所以家里的水不能够用了，太太看过日子，要大后天才能淘井。"

一只死猫，引起一群活人的注意，大家伙儿都停了手里的工作，谈论起来。十二岁的领弟，头一个先嚷道："哎哟，死了的猫还会跳井么？"

林七嫂笑道："个小傻丫头，死猫怎么会跳井？活猫跳下井去，淹死了，不是死猫么？"

"真可惜了的，就是王家自个儿的那只大玳瑁猫？怎么会掉在井里头呢？"又一个洗衣裳的女人问，这是拉车的大个子新娶的媳妇，一个瘦伶伶的小妇人，看扇坠似的小身个儿，但是妻以夫"大"，孩子们叫她"大个儿婶婶"，大人称她一声"大个儿嫂子"。

那金富此刻好不神气，仗着那只死猫，他一下子成了个中心人物，滔滔地说道："不是大玳瑁，是大玳瑁的儿子——小玳瑁。今儿早上，不知怎么回事，它一命呜呼上了西天，躺在地上还没来得及收尸，我们少爷忽然大发慈悲，拎着它的领挂皮，扑通一下子，扔在井里，嘀，金、木、水、火、土，来了那么一个水葬。你们想想，井里的水怎么还能用？事情被老爷得知，大发脾气，太太护着少爷，跟老爷斗起口来，还闹了一场气，饭都没在家吃，带着少爷跟奶妈，到舅老爷家去了。这会儿舅太太和表少奶奶陪着太太刚回家，喃，三缺一。”他指指大个子的女人，“又叫你们那一位拉了车到涌金巷把欧阳太太接来，这会子上了牌桌，才将大事化小，小事化无，可是家里平空添上三个客人，饭不够菜不够的，叫我抓瞎，只好到吉祥园去叫两样来。你们看，全为了一只死猫！”他啐了一口吐沫，“他妈的个死猫，死不掉的死猫。”说罢，人朝东走了。

井边上的人笑得咯咯的，大个子的女人说：“瞧金富的脸，都绿了。”

林七嫂道：“我就爱听他那末了两句：‘他妈的个死猫，死不掉的死猫。’死猫还死不掉，只怕是个猫精，真绝。”

太阳偏了西，墙头上的日影子，渐渐没有了，井边的人也越来越少了。林七嫂第一个回了家，这两天林七手痒得厉害，她得看着他别往宝摊上跑。张三挑完了水之后，替刘老娘拧干了衣裳，抱着木盆，随着老人家回去了，一来看看他的好兄弟刘兆发，二来哩，李四姐托他请刘老娘剪几个花样子。

拉车的大个子在井边上遇见他的女人，他累得一身汗，喝上两碗凉水。大个子的女人问道：“今儿个生意好么？”

他眉开眼笑：“怎不好？单是一号王家，就照顾了我三趟。”

女人咔地一笑：“这该谢谢那只猫。”

“哪只猫？”

“就是那只‘死不掉的死猫’。”

领弟在一边笑得直不起腰，大个子拍拍她的肩膀，也笑着说：“傻丫头，什么事儿这么乐？你妈好点儿了么？”

领弟倏地不笑了，苦着脸道：“还是那个样儿，刚才吐血，大个儿婶婶瞧见的。”

大个子的女人叹着气，跟她丈夫使了个眼色，大个子会意，掏出一把钱，交给领弟道：“你把那个方子找出来，再抓一剂药。”

领弟不去接钱，慢吞吞说：“妈说她不吃药。”

大个子的女人接过钱塞在她身上，拍拍她说道：“别跟妈提这钱是哪儿来的，这就去吧，乖孩子，衣裳我给你晒去。”

领弟这才含着眼泪走。大个子在后面嚷着告诉她：“我刚才瞅见小虎儿一个人坐在垃圾堆上哪，只怕这会儿还在，这傻小子，你带他回家吧，天快黑了。”

天果然一点一点地黑下去了，老鸦在头顶上叫，领弟心惊肉跳的，觉得不自在。四月底的天气，白天虽热，太阳一落山，可就很凉了，她打了一个寒噤，也许是身上凉，也许是心里凉，可是十二岁的领弟不知道。

她在空地上找着小虎儿，这孩子正在垃圾山上打盹儿哩，领弟把他拉起来，说：“怎么在这儿睡觉？”

小虎儿笑道：“我没睡，我在这儿等你哩。”

领弟说：“我又不是不认得家，等我干吗？”

小虎儿不答话。停了半晌，问他的姐姐：“大个子叔叔干吗拉车？”

领弟摸了摸身上的钱，说：“赚钱。”

小虎儿说：“什么叫赚钱？”

领弟问他：“钱——你知道么？”

小虎儿点点头：“钱，买东西。”

领弟说："这就是了。妈妈害病，还给人家做衣裳，就是要赚钱，你知道么？"

小虎儿点点头，吮着手指头，想呀想的，又问："王公馆，小少爷，他也赚钱？"

领弟笑起来，道："他不赚钱，他的爹赚钱。"

小虎儿瞪着眼："他的爹也拉车？"

领弟笑着直摇头不理他。

小虎儿寻思好半天："他的妈妈做衣裳？"

领弟又摇摇头。

那孩子怯怯地问："他们卖东西？"小虎儿知道卖东西是有钱拿回来的。

领弟被他问得不耐烦，恨恨地道："告诉你，他爹做官。"

"什么叫做官？"小虎儿问。

"做官就是做官。"领弟答。

但是那孩子追着问："什么叫做官？"

"做官就是，就是……"领弟想了大半天，也想不出来，只得说："就是赚钱。"

小虎儿打破砂缸问到底，还是问："什么叫做官？"

领弟可再也想不出别的什么话回答他了。

第四章

金富打吉祥园叫了菜回来，天已经墨黑墨黑的了。

莫愁巷此刻真是路广人稀，昏昏惨惨的路灯，一星鬼火似的高高在上，高得好像离天比离地还近点，风一吹，那鬼火直晃悠，有灯比没灯还要叫人害怕。金富胆子虽大，可是想起昨儿个明星舞台的《左维明审人头》，不由得打了个寒噤，浑身直起鸡皮疙瘩；他大声哼着《小放牛》，加紧脚步朝前走。

忽然，一下巴掌打在他的后脑勺子上，吓得金富“哇”的一声怪叫起来，直朝前奔，有个人在后面哧哧地直笑，回过头来一看，原来是皮匠林七。

金富恨恨道：“好哇，你个氽油锅的虾小子，我敢情以为碰见了鬼哩。”

林七笑道：“出口伤人，骂得好毒，不看你刚才吓得那份儿兔子样儿，准不饶你。”

那个不理他，只把个下巴颏儿一抬，问：“待会儿去不去？”

“哪儿？”

“他妈的还有哪儿？你跟我装聋卖哑做什么？”金富手点着林七的鼻子尖，“吉祥园的小麻子教我怎么着看摊路，再去试试运气，怎么样？”

林七心为之动，正待说话，门“呀”的一声开了，林七嫂两手叉腰，板住脸子站在门口，响也不响。林七涎脸一笑：“唐僧念起了紧箍儿咒，猴子的脑袋把罪受——”一溜烟就三十六着——走回了家。林七嫂“砰”的一下子就把大门给关上了。

“他妈的简直是个雌老虎哩。”金富又气又笑，“林七个没种的小子，怕老婆的货。”这一来，他倒不像刚才那么胆小了。

前面一家人家的大门还开着，里面有灯影子，人的声音，门口有棵石榴树，也许此刻还没开花，金富白天走过时忘记留神这个，不过没有关系，就是再乌黑得什么也瞧不清的晚上，他也瞧得见这树上的花开得通红通红，一簇簇，一堆堆，红得像火，——但不是那路灯的鬼火，是水红菱脸蛋儿上的火，那浓艳的胭脂的红晕。因为这儿是水红菱的家。

水红菱今儿个又不知接待了什么客了，娇滴滴的嗓子刚唱完了《烟花女叹十声》，此刻又接着唱《孟姜女寻夫》了：

正月里来是新春，
家家户户点红灯，
别人家夫妻团圆聚，
孟姜女丈夫造长城——

“二月里”还没有唱，就打住了，有个男人怪声地一连串叫了多少个“好”，水红菱笑得咯咯地不停，这回肠、荡气、销魂的笑声，连门外的金富都有点儿迷糊了，狠劲地咽了一口吐沫，心里说：“这骚娘儿们。”——女人原来有这许多种，有林七嫂，有水红菱，有雌老虎，有骚狐狸……就跟自个儿在厨房里做的那些菜一样：辣的，咸的，甜的……

水红菱的大门也关上了，金富才没精打采地走回去。快到家门口的时候，有个人影子打吴孝子巷踅过来，怪亲热地叫了声：“金大哥。”金富抬起头，原来是李广记成衣铺掌柜的李广荣，和和气气地堆着一脸笑，笑得快要泼出来，浇得对方也满头满脸的。

金富忙道：“我当是谁，原来是李师傅，这一向生意好？”

“还不错，谢谢你，金大哥几儿有空，到我们铺子里来玩?”

“可不么？一条巷子的街坊，咱们都好几天不见了。”

那一个道：“压根儿也不过只有两天不见，只是你金大哥人缘太好，一天不见，就像一年不见似的叫人惦记。”

“敢情是，我这么香喷喷，喷喷香么?”他被捧得不知怎好，“欧阳太太家大小姐要出嫁啦，我给你留神着点这门主顾。”

“那真谢谢你金大哥了，我就常说来着，这一带谁也比不上金大哥的仗义，你啊，就像那个梁山上的及时雨宋公明一样。”

“嗳，说哪里话，自家人这一来不反见外了么？有道是在家靠父母，出外靠朋友，又有话江山是打出的，朋友是交出的。”那金富此刻真是扬扬得意，满脸桃园的义气，一身梁山的威风。

李广荣忙不迭地点头：“这话说得是。时候不早了，你治公吧，金大哥，回头见!”他往莫愁巷东边去了，走上没两步，又站住，回过头，“金大哥，你有什么活儿只管吩咐。”

“前些日子，太太赏了一块裤料……”

“好，我回头就叫小虾米到你这儿来取。”

“不忙的……”

“不碍事儿的，趁这两天活儿少，案板上有空。”

“那真谢谢你啦。”

“还用谢？还不见外了么？欧阳太太跟前——”

“放心吧，抖句文明词儿——保管不成问题。”

李广荣的那一脸笑又快泼出来了。

蓦地，一个女人粗哑的嗓子怒吼着：“个死鬼就要见阎王的，不回家，站在那儿跟谁说话?”

金富笑着应道：“李家嫂子，是我——金富呀，在跟你们掌柜的聊天哩。”

那女人走近了点，压低声音说：“原来是金大哥。”

“不敢。”金富道，“前两天听说嫂子得了胃气病，不知可大好了？”

“好是好了点，就是还不大能吃，多谢金大哥惦记。”

“嫂子是能干人，店里店外，什么都得操心，多烦神，身子就吃亏了，还是保重点好。”

这大半天，李广荣都没开口，像锯了嘴儿的葫芦似的，此刻插上来道：“她哟，就天生的劳碌命，有福不会享……”

“少开口！还不给我滚回家去，一出门就大半天，不知到哪儿去鬼混来着，还有嘴说长道短，个死王八！”

金富忍住笑，说：“快开饭了，我得进去啦，李嫂子，李师傅，赶明儿个再见吧。”

“明儿个见，金大哥。”

“金大哥，明儿个见。”

金富进了大门，有意地使劲把门大声关上；待了一会儿，又轻手轻脚地开了一条缝，凝神屏气地竖起耳朵听。

只听得那女人大声吆喝着：“我为你气得一身都是病，你们男人一个好东西也没有……”

然后是李广荣在那儿赌神罚咒：“我敢对天起誓，我要是撒谎，就绝子绝孙！”

“呸！你绝子绝孙，我有什么好处？”

“我要是撒谎，就不是人生父母养的，你不信问金富，他瞧见我是绕了远道儿打吴孝子巷踅过来的。”

“我才不去问哩。”女人将信将疑的口气，“他会有实话说么？所有的男人统统勾通一气。哼，你不用耍花腔儿，要得人不知，除非己莫为，我要是查出来你打水红菱那婊子家的门口经过，叫你——”

“七孔流血，”李广荣连忙说，“不得好死……”

再底下的话，因为越走越远，听不真了。

金富这才重新关上大门，使劲啐上两口吐沫，自言自语道：“他妈的，这娘儿们比林七嫂还要那个，既辣，又酸，他妈的又酸又辣，简直是四川泡菜么。”他把脑袋点了点，又摇了摇，心想着自个儿幸亏没有娶老婆，就这臭莫愁巷，缺德的小旮旯儿地方，从老爷起，李广荣，林七……全是些个怕老婆的货，女人，嘿，金富咧咧嘴，把个脑袋瓜子摇晃得像拨浪鼓儿一样。

第五章

那王公馆是莫愁巷的“圣地”，像帝王时代北京的紫禁城，不平等条约没有废除前的上海租界。紫禁城和租界现在都是历史上的名词了，这些制度和条约下的产物，已属过去；而王公馆之为“圣地”，与所谓“制度”“条约”者也无关，因此圣地永远是圣地，不会成为过去，更不会在最无味的政治潮流下被淘汰；所以王公馆在莫愁巷的地位，一直是超然的，高高在上的。那两扇黑漆大门上好像用金笔写下了权威和尊贵——那谁也看不见，但谁都感觉得到的字样。还有，那两扇黑漆大门里面的深深的院落，长长的甬道，高楼，粉墙，花畦，古园……有许多喜剧在搬演，有许多悲剧在隐藏，那也是人家看不见，而可以感觉得到的。也许现在还嫌太早了一点儿，因为人们浅见的目光不能够想得太远，太深，但是总有那么一个时候，那样的一天，总有……

现在，就连王公馆里的人们，也不知道自己在扮演一些什么样的角色，或是串的哪一类的戏。一个黄昏跟着一个清晨过去，白昼连续着黑夜，一刹那般的，匆匆地来与去，一世纪般的，慢慢地来与去，在重重的深宅大院里，悲哀不是悲哀，欢乐也不是欢乐，什么都走了样。

现在，尹淡云正冉冉地走过花畦，走过蔷薇架，走过葡萄棚。花园里没有灯，天上又没有月亮，但是她走得极快，因为这一段路，即使闭上眼睛，她也不会走错的。进了月洞门之后，书房里的灯光，从老梅树的枝枝叶叶间漏出了疏疏落落的光影子，眼前不似刚才那般幽暗，而她的脚步，却越慢越轻了。隔上好一会子，才走到书房门口，她没有进去，低低地咳嗽了一声，里面没有听见，然后她轻轻地在门上敲了两下。

“谁?”里面懒懒地说,“进来。”

她推了门进去，将手里的描金福漆小茶托轻轻放下，一句话也没有说。

书房里的人——王公馆的老爷王文先，正在灯底下看书哩，疲乏地抬起头，才知道进来的是尹淡云。他做梦也没有想到，止不住又惊又喜，但仅仅道了一声：“你？……”他站起来，端过一张椅子，放在自己的对面。

淡云却并不坐下，只将茶托里的那壶新沏的好茶，为他斟在墨绿海杯里。她一直低垂着眼皮，像是在欣赏那茶烟的缭绕，一边幽幽地说道："欧阳太太上个月玩过西湖回来，送给姑妈的，听说是真正的龙井明前，老人家舍不得喝，特地给表哥留下……"

"谢谢表妹了。"

"茶叶，是姑妈的。"她抬起眼，但只是一瞥，"这壶茶，也是姑妈吩咐沏上的。"

"可是有劳表妹亲自送来。"

"不用客气。"想了想，说，"用人们都在吃晚饭，姑妈怕茶凉了，所以叫我送过来。"

"表妹请——"他顿了一下，"坐一会儿……"

"不坐了，我这就要去给姑妈烧烟。"

"表妹……"

"明儿个见。"她已经走到门口了。

文先长长地叹了一口气，她的脚步停了，他黯然地唤着她的名字，她的头回过来了——并且抬起了眼睛，空茫而又期待的眼，愕然地望着他，洒脱中含着深思，深思中含着笑容，笑容之中又带几分愁意。

一刹那，像一亿万年般地过去了。

他又叹了口气，摇摇头："知我者谓我心忧，不知者谓我何求?"

她低垂了眼睛，不开口，但也没有走出去。

静了半晌。

文先走过来，笑了一笑道："你猜，我为什么要回家?"

淡云想了想，低低地说：“眼看就端午了。”

文先道：“离端午还有一个礼拜哩，你当我这么孩子气？巴巴地请了假，好几天前头就回来忙着过节。”

“那……我不知道。”

文先摇摇头，望着她道：“你怎么可以佯作不知？”

淡云退后了一步，装作无所谓地笑着：“真的我不知道，这有什么可装佯的？”

他端起了墨绿海杯，喝着茶，也笑起来道：“当然你不会装佯的。不过，今天是什么日子？”

淡云道：“茶，还不错吧？”

文先不理她，只是问：“今天是什么日子？”

她做出随便的神气，瞅着书桌上的案头日历——日历正翻到今天的一张。停了停，淡云才洒脱地笑道：“六月……”

文先忙说：“我们不谈阳历，告诉我今天阴历是什么日子？”

“四月……二十七……”

他抱歉地说：“所以我才特地赶着昨天回家，可是……家里今天……”淡云很快地溜了他一眼，低下头去，好半天，文先才接着道：“她就是那种人，倒也算了，可是妈真太糊涂，我又不便……”

淡云抬起头来，反而笑了：“这算什么？根本我自个儿也忘了哩，只有小孩子家才把过生日当回事儿的，何必认真哩。”

文先道：“我总觉得太抱歉了。”发了一会儿愣，他又说：“我还记得你十五岁那年，在我们家过生日，那时候，真热闹……”

“这一晃就整二十年了。”

“那天你穿的什么衣裳我都记得，月白缎子上有紫花的袍子。”他做梦似的说，“你梳着两根长辫，辫梢儿在背后连在一起，用紫颜色的纱扎一个蝴蝶结……”

她也沉在梦里头了，喃喃地道：“是的，那一年，我也住在这儿的，那时候，姑父还在，还有柔先、婉先、淑先、雅先几位姊姊们，呵，可真热闹，妈和我从初夏一直住到秋天。多少年前的事了，想起来就像是在眼前一个样……”

“现在这些全都完了，风流云散，云散风流……”他“唉”了一声，然后背诵着李后主的《浪淘沙》：“往事只堪哀，对景难排。”这回轮着他垂下头去了。

淡云轻轻地接着念道：“秋风庭院藓侵阶，一行珠帘闲不卷，终日谁来……”

他瞥了她一眼：“终日谁来?”那吟哦简直不像是吟哦。

好一个“终日谁来?”他们谁也说不出话来了。

东邻有二胡的声音，凄凄恻恻的琴弦，隔着墙，隔着庭院，幽幽地送过来，送过来，若断，若续，一声，两声，隐隐约约的：“……万种愁……都付与芳……心……一寸……可叹我……蕙仙……女……生不逢辰……”隐隐约约，两声，一声，半声……

原来隔壁二号的梅太太在学戏哩，淡云知道她新近学会了《祭江》，现在又在唱《钗头凤》了。梅太太是个苍白的美妇人，自古红颜多薄命，伤心人别有怀抱，她告诉过淡云：学戏只是为了借以消愁解闷。梅太太有清亮无比的好嗓子，唱起戏来，不是那死板的声音，而是缠绵悱恻的情与调，她的轻倩的笑颜里也藏着愁和泪；假使真的吃梨园这行子饭的话，一准是个驰名的悲旦。

“梅太太真聪明，这出《钗头凤》学了还没两天哩，”淡云说，“就唱得这么好了。”

“可不是，非但唱得好，就连那‘一怀愁绪，几年离索’的凄凉滋味，也被她传达得入神入化，真叫人低徊不已。”说过了这一句双关的妙语，他试着再一次地凝视着她。但是电灯忽然在这一刻灭了。满屋子黑沉沉的，伸手不见五指，他再也无法找着她那双含愁凝睇的眼睛。隔壁的胡琴也不再诉说那遥远年代的凄艳故事了，梅太太的嗓子也听不见了。

淡云在暗中“啊哟”了一声道：“灯又灭啦，电灯厂这几天也不知怎么的，老犯这个毛病。让我赶快去叫人拿个火给你吧。”

“快别，外头那么黑，你怎么走？”

“不要紧，这一带路，我闭上眼睛都不会绊一脚。”

“但那又何必呢？”

“一定要的，姑妈屋里也没灯啦。”

他觉得她已飘然走出书房，匆匆地赶上前，在小院里，老梅树底下，他拦住她：“淡云，上房里有用人哩。”

“还有牌桌上。”

“难道她……打牌的人连这一点儿都不张罗么？”他说，“而且再懒的老妈子，伺候牌桌，总不会怠慢的。”

“可是我……”

“我懂，‘可是’这么黑，你怎么好走？”

淡云只好不走了，倚着梅树，静静地不说一句话。

隔壁的胡琴又响了，想必已经点起油灯。在院子里，梅太太清亮的嗓子，听来越发娇滴滴，行云流水似的节拍，正唱着那一段紧三眼：“劝郎君且把那愁怀排遣，我与你原不是美满姻缘。切不可儿女情长英雄气短，须念你陆门中数代单传。”底下应该还有，但蓦然地停止了……

“淡云。”

“嗯?”

“你心里此刻有一种特殊的感觉么?”

“什么?”

“白居易有一句诗，‘此时无声胜有声’……”

“嗯，有一点儿……”

“你也觉得此刻虽没有灯，反而比有灯的时候更亮么?”

“我不懂。”

“淡云。”

“……”

“你一定有这种感觉，因为我有。”

“……”

“淡云，”他走近梅花树，“我……真对不起你。”

淡云闪到树那边：“表哥，平白无故的说这些干吗? 回头又是……”她叹口气，不言语了。

花园里又传过来唱歌的声音，两个女孩子尖尖的嗓子，不顶高的调门儿，愉快地唱着：

沙土地呀跑白马呀，
一跑跑到丈人家，
大舅扯呀小舅拉呀，
拉拉扯扯吃杯茶；

声音越来越近，月洞门外，有一团光的影子直晃悠。

淡云细听道："慕蕴跟慕兰姐儿俩给你送灯来了。"

她们大声地唱着，有一点儿气急：

风吹竹帘看见她，
鸭蛋脸儿黑头发，
红缎子鞋撒梅花，
当田卖地要娶她。

走近月洞门，正好唱完。十二岁的慕兰跟十四岁的慕蕴说："真正再巧也没有啦，一遍唱完，正好走到了，幸亏你想了这么一个好法子，不然我老以为后头有什么东西跟着我跑似的……"说着说着，她们已穿过小院子，走到庭前。

门"呀"的一声开了，文先打书房里走出来，问："是开晚饭了么？"

慕兰咕噜道："还早哪，妈又连庄，又不叫先开给我们吃，人家都饿得眼睛发绿啦。"

文先道："可怜的孩子。"他一手拉一个，进了书房门。

慕兰坐在书桌上，指着她姐姐手里的纱灯，孩气而又解事地说："爸爸，您瞧我们多好，妈就只知道打牌，发脾气，电灯灭了，妈坐在牌桌上直嚷嚷要油灯，只怕连大街上的人都听得见，可是您一个人在书房里没有灯，妈就想不着。"

慕蕴道："你又来说妈的不是了。"

那一个不服道："妈本来不应该哩。"

"可是妈总是妈呀。"

"那爸爸也总是爸爸呀。"更不服了，"为什么她老要欺侮爸爸呢？"小大人似的，"男女真正平等，是男人不压迫女人，女人也不——"忽然，她大叫起来，跳下书桌，踉踉跄跄地扑到文先身上，带着哭声喊道："哎哟，妈呀，爸爸呀……"

"怎么啦？慕兰，慕兰？"文先没有了主意，慕蕴愕然地望着她。

"我怕，我瞧见……"她直哆嗦。

"瞧见什么啦？"文先不安地问。

"一个黑影子，一晃又不见了……"

"有鬼？"慕蕴也有点儿胆寒。

"哪儿的话？没有鬼，爸爸在这儿怎会有鬼？"他安慰他的孩子们，解释道，"那是风吹着梅花树，树影子在晃悠。"

"可是我们明明瞧见一个人影子……"

墙那边的胡琴又响起来了。

文先打岔道："梅太太在唱《钗头凤》哩。"胡琴拉了过门，梅太太果真唱起来了，凄凄恻恻的弦音，凄凄恻恻的嗓音……文先就在那盏纱灯的凄凄恻恻的光辉里，将《钗头凤》的故事说给他两个女儿听。

第六章

那晚上的电灯一直不亮，像存心在闹别扭。王太太一连连了六个庄，被欧阳太太和了个索子清一色，青龙，平和，无字无花门前清，自摸不求人；王太太点了一大把筹码出去，心里头很有些不自在，输钱？她才不在乎哩。但是正自为了一再连庄而扬扬得意的时候，偏碰着个手气比自个儿更好的，叫人怎得不气？王太太心里就有点儿不乐意欧阳太太，可是欧阳太太那毛躁性子不比自个儿的侄儿媳妇好欺侮的，何况欧阳老爷新近又升了一级。说起来还是王文先的上司，“这死不掉的囚犯，”她咬牙切齿地在心里说，“你为了只死掉的猫跟我找岔子，我倒不得不顾全你，嗐，这种瘟男人……”碍着这一层，王太太心里的火无处可发，一发就发到灭了火的电灯，跟没多大火的油灯上头：她咒骂电灯的祖宗，咒骂电灯的子子孙孙，再侮辱油灯的娘，然后又厉声喝问新来的死朱妈干吗不关照当差的上街去租一盏汽油灯来，于是“死朱妈”死里还魂似的连忙去传令了。

朱妈走到门房里，门房里连鬼影儿也瞅不见，再踅进厨房，嗬，可真够热闹的！丫头留喜在黑地里打鸡蛋，灶王老爷跟前的那半截子红蜡头点亮了，金富站在一圈黄光底下炒菜，马连材，那看门带打杂的小子蹲在灶门口烧火哩。三个人一边说一边笑的，连人走进来都不知道。

朱妈嚷嚷着：“嗬，马连材，你们倒好哇！”

马连材油嘴滑舌地回道：“怎不好哇？我的朱——大——

嫂——”

朱妈叹了口气：“嗐，人家挨骂，你们多自在，又是说又是笑的。”她摇摇头，“人比人，气死人。”

“是不是又受了‘高百岁’的气啦？我怎教你来着？那娘儿们是狗仗人势，连正主子都让她三分，你不打算端这儿的饭碗便罢，”金富忽然举起炒菜的铲子，晃了一晃，改了声口道：“你既要吃这里的饭，你只有忍气吞声，忍气吞声，敷衍她一番了。”招得留喜、马连材、朱妈全都笑起来，他自个儿也笑了，对于他的做工和道白，颇引以为得意。

朱妈嘀咕道：“这趟倒不是高奶妈，敢情太太也够不讲理的，不管人家有错没错，也不管三七二十一就把人一阵胡骂。”

金富一边炒菜，一边说：“这才叫‘太太’哪，不这么着就成了么？告诉你：太太连老爷都要骂，连四七二十八都不管，管什么三七二十一哩。你真是没见过世面，咳，没见过世面。”

“我这大人了，怎下得来台呀？”

“你有个什么台？明星舞台？还是公园的露天舞台？”金富在锅里铲起一点儿菜，凉了凉，犒赏三军似的，送到朱妈嘴里，说：“给你尝尝咸淡。”

“不咸不淡，正合适。”她细细地嚼着，可又跟着就吐了，“阿弥陀佛，罪过罪过，是牛肉丝么？”

“噢，我忘咯，你不吃牛肉的。”金富打趣道，“你只吃你本家的肉——猪肉。”

马连材哈哈地笑了，留喜笑得咯咯的，朱妈啐了一口，但也撑不住笑起来。

金富说："得，马连良的兄弟，你先歇一下吧，待我炒蛋炒饭你再烧火。"

朱妈"啊哟"了一声，喊道："想起来了，马连材，太太叫你上街租一盏汽油灯哩。瞧我这个坏记性，求求你，快走一趟吧。"

马连材马不停蹄地跑了，留喜瞅着他背影儿嚷道："别忘了顺便到林七家给我拿那双鞋。"

"林七，这怕老婆的货。"金富想想刚才，还恨得牙痒痒的；他使劲切着葱花，碎得就跟细末样。

一阵脚步子响，在厨房外头。

金富道："好小子，真是匹千里马，杨四郎也好骑着你回宋营探母哩。"

外头笑着道："金富，你一个人念叨些个什么？千里马万里马的。"

留喜探出半个脑袋，"哟"了一声道："原来是张三哥。"

张三进了厨房，笑着打招呼："留喜姐，朱奶奶，你们忙啊。"

"无事不登三宝殿，张三黑夜到此，必有所谓。"金富抢着道，"你瞒得了旁人，瞒不过老夫呵，究有何干，且替我一一招来，如有半字虚言，老夫认得你，老夫的伙计——"他晃着手里的切菜刀，"可认——不——得——你——啊——"

留喜和朱妈都笑了。张三也笑："怪不得人人都说你是戏迷，一点儿也不错。"停了一会儿，他挺不好意思地问："你有一条裤料？"

“莫不是——李四姐——差你来取?”索性唱起来了。

张三当着两个年轻妇道，越发地爱害臊，他不开口，点了点头，幸亏此刻没有电灯，暗地里人家瞧不见他烧盘儿。

金富放下刀，双手一拍：“咱家不猜便罢，要猜就猜个八九。”

留喜道：“几天没瞧见玉凤姐了，她可好?”

“她，”张三红着脸“嗯”了一声，“还好。”

“这玉凤姑娘，是不是那个李广荣裁缝的妹妹?”朱妈问。

金富叹了口气：“你连这都不知道？就是咱们张三哥的李四姐呀。”

“听说长得不用提多俊俏哪?”

“可不么？赛昭君，赛西施，赛貂蝉，赛林黛玉，赛——”金富脑袋里的美人儿已经全体登场了，想了半天，他跷起大拇指，说，“赛天仙!”

留喜一下子笑起来：“这‘赛天仙’的比方可不好，莫愁巷有个算命瞎子叫‘赛半仙’，回头不知道的人，还以为玉凤姐是那糟老头儿的妹妹哩。”

金富不服道：“你以为李广荣就比那个糟老头儿强么？我看啊，糟老头儿就只不过‘糟’些，还是个‘人’哩；那李广荣，那怕老婆的死货，那打躬作揖狗颠屁股的一股死样儿，一肚子他妈的男盗女娼，不安好心眼儿，我就瞧不顺眼。”他双手朝张三一拱，“对不住，骂了你大舅子了。不过他真该骂。”

张三红着脸分辩道：“他是我哪门子的大舅子哩?”

金富说：“别假惺惺了，我知道你不喜欢李广荣，不过你喜欢李广荣当你的大舅子就是了。这有什么可赖的？男子汉，大丈夫。”

“男子汉？大丈夫？”留喜找话来堵他，“你以为你就了不起啦？还不是个占小便宜的家伙，把个李广荣说得一个半子儿也不值，却又要人家给你做不花钱的裤子。”

“骗死人，不偿命，你都不知道么？比方你跟‘高百岁’吧，还不是面和心不和？为了日子过得太平些，你就将就她三分，明是为她，暗是为你自个儿；就跟戏台上唱戏一个样，人跟人还不就是串这么一个假局子？”他自个儿也好笑了，平白无故地说了这一大车子的话，“再说，那条裤子压根儿是李广荣自个儿要给我做的，他想我给他在欧阳太太跟前说个好儿，拉一门子主顾。”

“说起欧阳太太，”朱妈插嘴道，“就是她在夸李姑娘模样儿俊俏的，还说什么她家大小姐嫁到省城里，人生地不熟，顶好有个陪嫁过去，可是要长相标致，能干伶俐，她看中了李姑娘。”

张三不由得一愣。

留喜诧异道：“有这档子事儿？怎么我没听说？”

“刚才欧阳太太才跟咱们太太商量来着，我正在伺候牌桌。”

“那么说，她们大小姐的嫁衣准是李广荣做了。”金富笑着跟留喜说：“你瞧，这顺水人情，不乐得卖他一个？”

“你顶坏。”留喜横了他一眼。

“你快别跟我眉来眼去，待会儿马连良的兄弟要砸了醋罐儿啦，告诉你，我的小姑奶奶，我比吉祥庵的姑子们还没有凡心哩。”

留喜又气又好笑：“混蛋，净朝脸上贴金，谁跟你眉来眼去？

是你长得好看？脸子白？”

“那自然数马连良的兄弟长得好看，他脸子白。”

留喜顿脚道：“你这个人，真是的，说你顶坏就顶坏。”

“我这个人，老实告诉你，是好人里头的坏人，可也是坏人里头的好人。”他把油瓶、葱花碟子跟和鸡蛋的海碗一齐端到炉台上，说：“可不能够再耍贫嘴了。留喜，你到灶门口去烧火吧，马连良的兄弟回不来，只有请马连良的兄弟媳妇儿劳驾一番。”

留喜啐了他一口，正待去烧火，外头又有人来了，一阵花露水的香味儿，不用瞧也知道是高奶妈——高奶妈，戏迷金富有时候爱称她一声“高百岁”，意思是指王公馆这“小朝廷”，小少爷是“万岁”，太太是“千岁”，再底下就轮着她了。高奶妈就有这股子狠劲儿，小少爷断了奶之后，她施展出全套本领出来哄得“万岁”仍是离不了她，挟天子以令诸侯，甚至连“千岁”也为了“万岁”关系对她不得不另眼相看，于是高奶妈就这么着成了“高百岁”。这“百岁”、“千岁”和“万岁”，是“小朝廷”的主干，是王公馆最有势力的一环，因此金富把他们三个说在一块儿的时候，又常常比作菜里的“炒三鲜”。“三鲜”当中，“百岁”、“千岁”和“万岁”不同的地方，金富也有过极精警的议论：“他妈的这娘儿们（自然指的是高奶妈），不上不下的，我就不知道她是个啥东西，说她是个奴，她又要做主，说她是个主，她可又要钱，他妈的四不像么……”

高奶妈是个高个子，浑身上下永远打扮得利利落落，从头看到脚，再从脚看到头，全副“百岁”的功荣，连她的嗓门儿也透着“百岁”的权威。“留喜姑娘，”干脆地一笑，她如果高兴，总是大声叱着“留喜”，此刻加上“姑娘”的尊称，显见得是不乐意了；又是一串干咳，眼睛在昏暗的厨房里一睃，“咦”了一声道：“奇怪，马连材不在这儿！啊?”

“马连材，”朱妈小心翼翼道，“太太叫他租汽油灯去了。”

高奶妈正眼也不瞧她一下，一脸“不足与道”的神气，冷言冷语道：“正好一副牌搭子呀，上房一桌，厨房一桌，好热闹。”

留喜在灶门口烧火。金富拿起油瓶往热辣辣的锅里直倒，油在锅里噼里啪啦炸起来，他嘴里咕噜道：“好大的火性儿。”

“你说谁? 金司务。”走上前两步。

“不敢，”拿着铲子，别过头来哈了个腰，“我说的是灶下的火好大。”

张三忍不住笑起来。高奶妈不大受用，僵僵地道：“张三哥挑了一天水，忙累了，到这儿来歇乏歇乏?”

“我来是为了……为了李广荣要……”他期期艾艾地找不出话来，瞅了金富一眼；忽然福至心灵，灵机一动：“李广荣的老婆胃气疼，小虾米忙着给她煎药，脱身不得，李广荣托我走一趟，问高奶奶一声，那件白纺绸衫子，要不要沿边儿?”

高奶妈这才乐了：“怎不要? 麻烦你告诉他，线香滚。千万挑个能干师傅做，那种弯弯扭扭的活儿我不要。工钱，叫他放二百四十个心，我高奶妈不少给他分文半子儿，”她斜视着金富，“我虽是个奴才，也有个骨气，不沾光人家的。”

张三唯唯。金富炒蛋炒饭。朱妈趁势儿一溜烟走出了厨房。

高奶妈来跟留喜找岔子了：“姑娘，‘你’要是爱在厨房里做活儿，干吗不在太太跟前说一声? 派到这儿来，不是称了大家的心?”

“是老爷吩咐我来关照，小姐们明儿个上学要早起，先炒蛋炒饭给她们吃——”

“得，得，得，”高奶妈咆哮起来，截断留喜的话，“你别拿‘老爷’的大帽子来压人，老爷也得讲理。”她“哼”了一声，“少爷叫你去学猫叫，学狗爬，你要是再不去，回头哭闹起来，仔细太太抽了你的筋，剥掉你的皮。”说罢，她怫然拨转身就走，许是气大发了，胳膊肘儿碰倒了桌子上的钢精锅，里面的汤汤水水流了一地，一个大海碗“当”的一下掉在地上，姓了宋。(“宋”谐音“送”)高奶妈拂拂袖子，一径走了。留喜跟在她后面，闷声不响的，像恶猫前的小耗子。

张三走上前扶直了倒下去的钢精锅，再弓下身子去捡碎碗碴子，金富摆摆头，说：“恶婆娘上锅，吓得刀跳，瓢跑，碗儿碟儿飘。”

张三不开口，也不嚷要走，坐在那儿直发愣。

金富扭过脖子问道：“张三，你有什么心事?”

“心事?”张三慢吞吞晃了晃脑袋说，“没有……心事。”

“别瞒我，你的那张脸儿就瞒不了人。”关切地，“自家哥儿们，有什么不能说?别尽搁在肚子里，说出来，有什么化解不开的，大家商量商量，也有个打算；常言说得好‘三个臭皮匠，凑成一个诸葛亮’。”

金富的话里带着情感，张三被感动了，凄楚地叫了声：“金富哥。”

“是不是因为朱妈说欧阳太太要玉凤去陪嫁?”金富粗中有

细，猜测地问，一边安慰他说，“好在八字还不见一撇哩，再说就是陪嫁过去，又不是卖给人家。”

“不是这个。”张三摇摇头，“刚才我跟刘老娘回家，看见了兆发……”

“兆发，他怎么了？”

“还是那个样子，睡在床上不说一句话，哼都不哼一声，看见人进来连正眼也不瞧一下，我情愿看见他大哭，发脾气骂人，我怕看见他这个样子，叫人心里真难过……”

“唉，那么个新鲜活跳的人，从前专门爱逗乐子，”金富叹惜道，“他的腿锯掉有五个月了，咳，这五个月……有腿的时候不觉得……”

“那点儿抚恤金也用光了，这日子又这么难过。”

金富热心地说：“咱们给他请个会，弄点儿本钱做个小买卖怎样？”

“可是一个没腿的人，买卖也难做，刘老娘又这大年纪……”张三为难地道，“还有兆发那高傲性子，只能够他帮忙别人，不要人帮忙他；你不记得大个儿嫂子好心好意拨下面鱼儿送过去，弄了多少不痛快？”

金富“唉”了一声，也没主意。

“我打兆发家出来，遇见了水红菱，她好像特地在门口等我，性急慌忙地塞了一卷钞票在我手心里，问兆发可好，她说她不敢去看他，怕兆发发火。她的眼圈儿都红了。”

“人家都说婊子无情，戏子无义，”金富直称赞，“想不到水红菱倒是个有情有义的人。”

“水红菱，虽然操的贱业，心眼儿真是挺好的。”张三也说。

“水红菱，水红菱，又是水红菱！”马连材大踏步闯进来，鸡猫子喊叫的，“裁缝铺的两口子吵得尸山血海，就为的水红菱。一个说男人都是臭肉上的苍蝇，瞧见骚娘儿们就乱钻；一个说女人全是醋罐儿，他打去吉祥街回家，分明绕了远道儿走的吴孝子巷，但是女的还诬他从水红菱门口经过，想站在臭肉跟前流流哈喇子也是好的。——啊呀呀，真是吵得不像样儿，”他把留喜的新鞋朝地上一掼，“不像样儿。”

“这年头儿，不像样儿的事情多着哩。”金富像个老大哥似的告诉他，“马连良的兄弟，你听着，麒麟童会是高百岁（这高百岁不是高奶妈）的师父？师父是‘童’，徒弟倒是‘百岁’，马连良的兄弟，你可别少见多怪。”

“我才不少见多怪哩，你瞧我个穷打杂的，会有了个有名的唱戏的哥哥——马连良。”马连材说罢，大伙儿全打了个哈哈，连愁眉的张三也暂开笑颜了。

第七章

王老太太抽了两筒烟，不知不觉地就歪在烟铺上睡着了。尹淡云蹑手蹑脚走过去，轻轻地替她脱掉鞋，再盖上薄棉被，吹了烟灯，又把煤油炉子的火苗儿给捻得小小的，那上头炖着冰糖银耳羹，是老太太的夜宵。

然后淡云端起灯柜上的油灯，蹑手蹑脚走到后房——她自个儿的屋子里。屋子很小，所以灯光显得亮了，她把火苗儿给捻小，屋子里的光线立刻暗了一层。淡云有一个酷爱阴晦的习惯，除了白昼没法子躲太阳之外，她不欢喜太强的光，也许只是害怕，害怕那耀眼的辉煌，赶走了古昔的惨淡记忆；像模糊的，印得不好的相片，在猛烈的日光之下，会变成一张白纸，她害怕。

所以刚念过外国地理的慕兰，有一次给她找着一个好地方，这个小女孩打开斯堪的纳维亚半岛的地图，指着挪威顶北边儿的一个城市，告诉她的表姑姑："喏，这是亨墨菲斯，一连有六个月的时候，看不见太阳，六个月都是黑夜，淡云姑姑，您一定顶欢喜那儿了，"小女孩眉毛一扬，"对不对?"淡云无言一笑。她想告诉这孩子，她用不着到那么远的地方去旅行了，因为她早已被流放到一个比亨墨菲斯有更长的黑夜的地方，那是一个长年永夜的国度，比亨墨菲斯更使她欢喜……然而她只无言一笑，因为十二岁的慕兰不会懂得这个；但愿她长大了也不懂，永远不知道人间有这样一个地方。

这屋子原本是王老太太堆东西的房，淡云寄居在王公馆，不过是姑妈需要她服侍，图方便，就把这屋子拨给她住下了。当初盖房子的时候，自然没打算这间住人，所以只有朝北开了一扇窗，后房已经够不轩敞，这一来就更透着窒闷；可是淡云却挺喜欢那别出心裁的窗子，窗子的式样像一幅扇面，窗子外头，乌蓝天空里的那些闪烁的璎珞似的星星，就像扇面上泥金的字，簪花妙格的《洛神赋》，或是《秋声赋》。然而淡云老觉得是一篇《恨赋》，那也许不是江淹的《恨赋》，但《恨赋》总是《恨赋》。

现在，她又站在窗前，欣赏这神奇的扇面：这星光，这泥金的字，还跟往常一样，但又不像是《恨赋》了，是比《恨赋》更好的一首词——《钗头凤》。

假使这把奇异的扇子也像普通的扇子一样，可以看到两面的话，那么天的那一边该是“沈园”的池阁和杨柳了，可是淡云无从看到另一边天，也无从去想象“沈园”……她只怔怔地瞅着这些星星，这些泥金的字……树尖上有三颗星，紧紧地挨着，几乎联成一串，像欧阳大小姐的别针，三粒白珠子横缀在领口；淡云对着这三颗星凝视了许久；许久地寻思，许久地斟酌，她不能决定这三颗星应该是哪三个字，“错错错”？“莫莫莫”？还是“难难难”？或是“瞒瞒瞒”？也许都是，但也许都不是。

四月底的夜里很凉，风吹来有一阵寒意，她缓缓地拉上窗幔子，于是《恨赋》也好，《钗头凤》也好，那乌蓝扇面上的泥金的字，都藏在窗幔的后面，不与她相干了。

但是另外一样东西困惑了她，那也是一把扇子，一把真正的扇子，在她床前的小茶几上。当她从窗口走到床沿坐下的时候，她忽然闻到一股檀香味儿，然后就在小茶几上发现了一把扇子，一把檀香骨子的小折扇。她怀着奇异不安的情绪，轻轻将扇子打开，这动作她做得极慢极慢，心里止不住怔忡，像刺秦王的荆轲，在整肃森严的秦廷，呈献地图，一点一点地展开，展开……图穷的时候，匕首就要飞出来了。——她知道这扇子里绝不会有匕首，但是她害怕，一种无名的心悸。

在惨淡的油灯光里，淡云对着扇子仔细端详：檀香的扇骨，镂空的细花，白绢的扇面，琥珀色的流苏，这是一把极其平常的檀香扇，不平常的只是那白色的绢面上既没有画，也没有字，连一点儿轻描淡写的山水都没有，只是一片空白。这一片空白的扇子是王文先来看他母亲的时候趁势儿送来的，淡云不用想也知道，这是她表哥送的生日礼，没有写字也没有绘画的扇子，一片空白，他送给她的！淡云长长叹了一口气。这空白的扇面就如同没有玫瑰的花畦，没有太阳的白昼，她这一生的日子，没有华美年代的日子，也是他送给她的。

其实那空白的扇面上也有字和画，那些字，那些画，当然是看不见的，但是她能够想得到，甚至于，也已经看到了。

那些字，也许是《钗头凤》，也许是李商隐的无题诗，也许是朱淑真的断肠词，也许是……

那些画，像尘埃下的刺绣，掸去这层灰，底下的玉色缎子和五彩金银锦线，还保持着绚丽的颜色，只不过悒郁了一点儿；那些古暗的记忆亦复如是，虽然惨淡，却并不朦胧，那些从前的事，二十年前的，十年前的，几年前的，……从朝霞般的娇红到绝望的死灰，是那个名叫“命运”的画家，握着“时间的笔”，用眼泪，用微笑，用叹息，用心血，画下了那些画……

她现在不愿，甚至是不敢再去想那些个“画”了，但是其中有一些，即使她不去想，她也仍然很不幸地会看见，而且色泽鲜明，历久弥新。

最鲜明的一幅——二十年前的今天，阴历四月二十七，姑父为了给她“做”生日，特地叫人到五福居（就是现在的吉祥园）叫了一桌酒席，没有一个外客，但是一圆桌都坐满了人，大人孩子都那么高兴。吃了面之后，姑父姑妈，大表姐柔先，还有自个儿的妈，四个人在厅里打小牌；大姐夫邝镇南不会打牌，坐在厅外的回廊里逗弄他那两岁的女儿翠翠，婉先二表姐顶爱小孩子，站在一边跟翠翠打哈哈，她第二年春天就要出嫁了。十八岁的文先，领着淡云和他自个儿的妹妹雅先，两个同年的女孩子，三个人齐起伙儿来跟婉先取笑，打牙儿："你们快瞧二姐姐哟，在这儿学着做妈妈哩，你们瞧二姐姐哟——"那婉先顶是伶牙俐齿，怎肯饶人，立刻反唇相讥笑着道："你们快瞧文先跟淡云哟，小两口子，要栳斗子。"淡云羞得涨红了脸。雅先又"墙上一棵草"似的侧到婉先那边儿去了，大家吵作一团，笑作一团，只有三表姐淑先静静地坐在池畔看金鱼，她不能够太劳动，因为身子单薄，但是她爱看着别人吵。——这一幅画是良辰美景、赏心乐事。那色彩是明净的天蓝、快乐的娇红，和喜气洋洋的朱红，也许还闪着一层光，象征了幸福和希望的金色。

这之后，好像就没有过愉快的色彩，日子是一串阴沉的绿，凄楚的紫，其间也曾有一点娇红，但后来是红色越来越淡，甚至于无，甚至于连绿和紫也愈来愈晦暗，到现在是一片空白了。听说在睡梦里，几十年的经历只不过是一两秒钟而已，现在她觉得自个儿沉在睡梦里了，一刹那时辰，她想起了许多年来的许多事情——邝镇南和柔先带着翠翠到广东老家去了，婉先嫁过之后，跟着夫婿一块儿东渡日本，国民政府在南京成立，姑父的官运亨通，王家比以前更得意了，文先和雅先都到大城里去念书，只有淑先得了骨痨，在病榻上躺了整整四年。有人说姑妈重男轻女，尤其不喜欢淑先，所以不给她医治，拖到无可救药的时候才着急起来，但是已经来不及了，不知这话可真。自个儿家里：父亲丢了官，回到原籍，弃政从商，起先倒也差强人意，后来不知怎么闹了大亏空，母亲有一天告诉她道："我们破产了，明天这屋子就要属于别人。”那天晚上，父亲吞下了大量的生鸦片自杀，草草成殓，草草埋葬，母亲和她搬到一个又小又破的脏屋子里去，那就是她们的“家”，既无叔伯，又无兄弟姊妹，从此就和母亲相依为命地住在那破而脏的小屋里；学校自然没法再去了，好在自个儿已经能够读书，只是大多数的时候，压根儿就不容得人读书，因为要为“生活”而忙碌。不到三年工夫，她从天堂一下子摔到地狱里，姑妈也和娘疏远了，虽然文先还常写信来，磨折和苦难能叫人聪明，她渐渐地知道了两家地位悬殊，写了一封痛哭流涕的信给她的表哥，陈述自个儿的意见。信寄出去之后，她觉得什么都完了，这一生，就像那惨淡的油灯一样，灯盏里明明还有许多油，但是她不让它再放光华了，索性油尽灯灭倒也痛快，但是她只残酷地将火苗儿捻得小小的，暗暗的，耗着那些油，耗着那应该华美的生命，慢性地凌迟，一点一点的。这以后，那些个事情就越发恍恍惚惚，恍惚风闻到一些传说：表哥娶了一位龙家的小姐，详细情形没法打听，只知道是姑妈做主的，龙家据说很有几个钱……姑父在那一年冬天中风去世……文先在事业上没有多大的发展，但能够守成……接着，一个惊天震地的大变动来了：民国二十六年（1937 年），中日战争爆发，母亲在炸弹下丧生。她一个人究竟怎样挨过这八年颠沛流离的日子，自个儿也莫明其妙。战后的日子似乎过得稍稍安定点，其实也不过用不着东飘西走罢了……直到去年夏天，忽然有一封“莫愁巷王缄”的信寄到那穷乡僻壤的小镇上，那并不是表哥写的，大概是姑妈找人代笔，信上就是姑妈自个儿的口吻，不放心她孑然一身，无人照顾，叫她赶快打点行装，不久就有人来接她上路；十多年不通来往的至亲，猛地来了这么一着，倒反而叫人不知所措，她当时说不出是惊还是喜，只觉得怔忡、麻木和茫然。她没有考虑，事实上也没来得及考虑，信到后的第二天，接的人就来了，压根儿她也没有什么行装可以打点，糊里糊涂就跟着来人上道。直到那天晚上她坐在大个子的洋车上，心里还是糊里糊涂的，车子打吉祥街拐进了莫愁巷，她才有点儿清楚，像一个睡了近二十年觉的人，才从梦里醒来似的。姑妈家里也和从前不同了，这多年的人事沧桑……一言难尽，不提也罢……总之，从那个晚上起，她就住在这间小屋里，一晃就是十一个月了。

整整的二十年了，长明灯也有个冒烟熄灭的时候，她心里的那盏灯，油也早就干了；要是不干，这十一个月的日子怎么会轻易度过？但是今天，又有点儿不同了；隔壁人家的胡琴，梅太太凄恻的嗓子，曾经使她冷淡过一千次的，而在第一千零一次使她流泪了，还有那凄艳缠绵的《钗头凤》，那梅花树下的一声——“我……真对不起你。”

她的眼泪，像断了线的珍珠似的落下来，白绢扇面上立刻斑斑地都是泪水；明末李香君，为了忠贞不屈，血溅到扇子上，被人画作一枝桃花，《桃花扇》因此流芳千古。然而她——尹淡云的扇子，这点点泪痕，可画不成什么花，而且顷刻就要干了……

外头屋有猫叫的声音，一定是大玳瑁在找它的儿子，姑妈也被吵醒了。她连忙端了灯走出去，撵走了猫，把银耳羹盛起来，伺候姑妈吃下去；然后一边儿烧烟，一边儿听着老人家嘀咕这，嘀咕那，啰啰唆唆地又在说表嫂的坏话；淡云不敢搭茬儿，怕引起是非，可又不能闷声儿不理，不然姑妈就不乐意，只好有一声儿没一声儿地哼着，幸亏抽了两筒烟，就叫她收拾了烟盘儿，清理床铺睡觉了。

堂屋里的自鸣钟打了两下。淡云给姑妈放下帐子，轻轻地塞起来，然后再端了灯，悄没声儿地走到后房。

扇面上的眼泪早已干了，又剩下一片空白；灯里的油大概也干了，绿阴阴的火苗儿变得像豆子似的，不丁点儿大，不到一盏茶时候，火苗儿暗下去了，屋里剩下一片黑……

第八章

清早。

老鸦在树梢儿上叫，喜鹊在屋脊上叫，一个说“凶多吉少”，一个说“喜星高照”，一递一声儿地喊，好像在赛谁的嗓门儿高。

乡下人挑着粪担儿上城来，也有推大车的，假使挑粪担儿的是小本生意人，那么推粪车的就该是大商家了。这是全城倒马桶的时候，莫愁巷自然也不能例外，家家户户都在忙着他们早晨的第一课，各自展览出马桶，摆在街心里，各式各样儿的，一股子臭不可当的气味儿，一阵阵稀哩哗啦的洗刷的声音，真是有颜色，有音响，有芬芳。

好容易粪车担儿的都装着“黄金万两”满载而归了，又是一群男男女女的菜贩子，肩挑背负，络绎不绝。那双井巷是打西乡到城中心的必经之地，吉祥街北边儿的唱花街是一条菜市，所以天一亮，就有许多卖菜的川流不息地打这儿走过：那些篮儿、筐儿、担儿、挑儿里，堆着鲜绿的蔬菜，青椒像翡翠的扇坠儿，淡绿色的瓠子，如同碧玉雕像上砍下来的美人手臂；小鱼像银制的梭子，大青鱼被斩成一截儿一截儿的，像老蓝布捆成的一个一个卷儿；活蹦活跳的虾，坐以待毙的老母鸡，韭子筐儿里杂着几个小红萝卜，乍看还当是蒲草盆子里长出山里红的果儿哩；还有那应景儿的菖蒲跟艾，人家买了要挂在门头上、帐沿儿上避邪的，因为明儿个就是端午了。卖桂花白糖粥的，卖豆腐花的，也挑着担儿，嘴里吆喝着，忙不迭地到唱花街赶早市去了。

这些人急匆匆地走过，给清早的莫愁巷添了多少喧哗和肮脏，水渍子滴滴答答，泥汁淋漓；还有那些干荷叶、稻草梗、鸟毛、鸡屎、鱼鳞和菜叶子什么的，撒了一地，虽然爱干净的人家也出来清除，可是“各扫自家门前雪，不管他人瓦上霜”，那些个掉在街心的垃圾，跟昨儿个夜里人家倒出来的药渣子，除了扫街的来，就永远也不会有人想着干一下“越轨”的事。

老例，大个子把车停在一号门口。除了礼拜天，他每天的头一个主顾总是王家，拉过王家两位小姐上学堂之后，大个子就再到车站上去等生意。

裁缝铺的徒弟小虾米已经在那儿扫地了，王公馆的大门还没开，大个子心里说：“今儿个可真不早啦，待会儿二小姐又要叨唠大小姐……”想着，那两扇黑漆大门“呀——”地开了。

马连材伸出头来：“大个子，早哇！”大个子还没来得及搭话，头又缩了回去，“大个子来啦，二小姐。”

慕兰一路嚷了出来，埋怨她的姐姐：“一样两根小辫儿，你的就要梳上那么大半天，又不是新娘子上轿。”她噘着嘴，“今儿个上早操，我又要站在顶后头了。”

她姐姐慕蕴不理她，一个人先上了车，慕兰叽叽咕咕地跟着坐上去，脸儿还耷拉着；大个子抄起车把，正待朝前走，车上的慕兰忽然大叫道：“马连材，马连材，我的《自然》忘咯。”

“自然?”马连材不知道什么叫“自然”。

“你进去跟留喜要，包书纸上有个白杨的那一本，快点儿，马连材，今儿个要测验哩。——记住，有白杨的。”

“白羊?”马连材更糊涂了，他只知道马连良，不知道白杨。

“你——”慕兰在车上急得直跺脚，要哭了。

“二小姐，二小姐，”幸亏留喜这时候气急败坏地跑出来，看见大个子还没起步，双手扶住车把，脸对着车子站在门口哩。她这才放心了，喘着气，“二小姐，你的书。”

马连材瞪着两眼瞧，“原来这小本儿就叫作‘自然’? 这上头，说还有一只白羊?”

慕兰接了书，有点儿害臊，哧地笑了，笑得差点儿溜下去，她连忙把身子朝后靠靠，催着道：“大个子，快走吧。”

“大个子，先到小学。”

“姐姐……”

“你不是要迟到了么?”

“可是中学比小学还早一刻钟上课哩。”

慕蕴笑她妹妹：“这会儿下床气没了，又这么有情有理啦。——我不要紧的，还是先送你。”

“还是先送你，我来得及的。”慕兰笑着高声道，“大个子，还是先到中学吧。”

大个子也笑了，转过身子：“不管先到哪儿，保险都不迟到。”长腿一迈，飞似的跑了。远远地还听见慕兰在唱：“沙土地呀跑白马呀，一跑跑到丈人家，大舅扯呀……”

马连材瞅着洋车的后影儿道：“咳，这二小姐，弄得我呀，丈二金刚摸不着个头，什么白羊黑羊的，敢情是本书。”

留喜朝他勾勾头，得意扬扬地笑道：“幸亏我来救了你，要不然呀，哼!”

“可不你就是我的救命王菩萨么?”马连材涎脸一笑，“好留喜，你真是我的观世音，我的——”

“呸!”留喜给了他一个脖儿拐，手却被马连材拉住了，她又骂又笑：“你个死东西，放啊，放啊。”马连材死命不放，她发了急，“你瞧，被人瞧见像什么样子?”

马连材见她急了脸，这才放了手，凑过脸儿去问道：“那么没人瞧见，你就依我?”

留喜红了脸，手一指，轻声说：“站开点，玉凤姐来了。”

马连材干咳了一声，假装去看墙上的字，他不认得几个字，可是这些白粉笔写得歪歪斜斜的，横一行竖一行的“打倒王慕兰”“王慕兰吃狗屎”“王慕兰是乌龟”，他一股脑儿都认得，因为看得太多了。马连材心里想：“待会儿可千万记住把这些个字弄掉才好，不然二小姐下学回来看见，可就糟了糕……”

李玉凤挽着菜篮子打裁缝铺那边儿走过来，笑盈盈地跟他们打招呼。

留喜道：“玉凤姐，你干吗不上我们这儿来玩呀?我们两位小姐，还有姑小姐，不用提多惦记你哩。”

“我也是呀，可是这几天真够忙的，我嫂子有病，侄儿又在长牙，整天哭闹。”玉凤说，“多承姑小姐跟小姐抬举，我明儿个就到公馆里拜节。”

“玉凤姐，你真会说话。我要是像你，我就乐了。”留喜说。她对李玉凤是由衷地倾倒。

玉凤微微一笑道：“哪儿呀，这全是照直说么。——我要像你才好哩，这么机灵俏皮，惹人疼。”

留喜假装生气道：“还说哩，打你第一个就不疼我，把人挖苦得这样。”

“你啊，顶顶矫情不过，明明知道我说的全盘儿是实话，偏成心冤枉人挖苦。”她跟他们点点头，微笑着，“得，挖苦就挖苦吧，我上街买菜去了，回头见。”说完，她挽着篮子朝东走。

马连材忽然问道：“李四姐，你上哪儿？”

玉凤站住脚，回过头愕然地说：“买菜去呀。”

“是唱花街么？”他道，“为什么朝东走哩？”

玉凤被他问得一愣。留喜嗔道：“马连材，你在哪儿中了邪？怎么大清早上的就说起胡话来了？”

马连材不理她，伸手朝西一指，告诉玉凤道：“应该绕道儿走这边儿呀，从吴孝子巷踅过去。——你忘了你们的‘家规’啦。”

玉凤这才明白过来，扑哧一笑道：“这个，不干我么事儿，那是我嫂子给我哥哥一个人定下的‘家规’。”她掉过脸，走了。

留喜看她已经走远，叹了一口气道：“玉凤姐，人是好的……”

“怎么？她有什么别的不好？”

“她的命不好，也是个苦孩儿。”

“比你个当丫头的还苦么？”

“差不离儿。”留喜悄悄地说，“那天朱妈在厨房里说的话是真的，欧阳太太要她给欧阳大小姐陪嫁到省城去，托我们太太跟她哥哥商量，你想李广荣还会有半个不字？他正求之不得哩。”

“这有什么命好命歹呢？”

“你听我说呀，欧阳大小姐真要什么陪房丫头么？她们安下坏杂碎，在使……叫个什么‘计’？那鼓儿词上常提的……”

马连材挺博学，连忙说：“美人计。”

“对了，美人计，听说省城里有什么‘长’——”

“不见得是县长吧？”马连材觉得“县长”已经很伟大了。

“只怕官儿比县长还大哩，是个拿枪杆儿的，”留喜的声音又低了一个调门儿，“要讨个‘小’。”

“你怎么知道的？”

“欧阳太太跟我们太太在西厢房谈这档子事，我在小天井给少爷捉蚱蜢，她们没想到会被人听见。”

“这批有钱的混蛋，没一个不是他妈的王八羔子，要巴结阔佬儿大官，就该献上自个儿的老婆、姊妹跟女儿，不该害人家的姑娘，我非告诉张三哥不可——”马连材吼了起来。

“你别急呀，事情还不知怎么说哩，”留喜埋怨道，“咱们走着瞧吧，你这三不管的一阵子穷嚷嚷，有个屁用？反而把事情给弄坏了。”

“有理，有理。”马连材表示佩服，“怪不得金富常说女流之辈十九没有见识，可是有起见识来，那就是了不得又不得了哩。”

“废话。”留喜横波一笑，“我可得进去了，回头‘高百岁’又要骂人啦。”她进了门，还回过头来叮嘱道：“记住，刚才那话，千万先别忙了去告诉人，不管谁。”

“你只管放三百六十个心，我谁都不告诉。”马连材说，“压根儿连我自个儿也忘了。”

“扯你的淡，”眼珠子一转，又是一笑，她压低了嗓门儿，“再说我也没有那么些个心……”

“可不，我知道你只有一个心，就在我这儿。”马连材就棍打腿地赶到她跟前，正待趁热打铁占点儿什么小便宜，谁知留喜比他更机灵，已经一溜烟儿地跑了。

第九章

太阳已经升得老高了。

水红菱家的大门就跟被封起来似的，到现在还没开过。那些个街坊：稳重点儿的，瞅在眼里，明白在心里，口里却不言语；有些轻薄的，爱嚼舌头根子的，就说：“好不要脸的骚娘儿们，睡到日高三丈，还不起床，又不知哪个倒霉鬼被这只狐狸精缠住了。”听的人不怀好意地哄然一阵笑。也许——自然只是也许，说话的人或是听话的人，曾经也串过这么一趟或是两趟的“倒霉鬼”，但是此刻他们还是有嘴刻薄人，并且挺理直气壮，刻薄得一点儿也不透着嫌刻薄似的。

小虎儿傻不哩叽地坐在水红菱的门槛儿上，看着这帮爱管闲事的人一个一个地走开，他抬起头，瞧了一会儿天，那连一撇儿云彩也没有的天，青青的，高高的，高得叫小虎儿心里直发慌，他连忙再把头低下来，伸直了两条又黑又胖的小腿，比齐一双小脚丫子，左瞧，右瞧，然后嘻嘻地笑了，一个人笑，一个人哼唧着："小小子，坐门垛儿，哭哭啼啼要媳妇儿。"他的小脑袋瓜子晃到东又晃到西："要媳妇儿干吗？"小虎儿自个儿回答自个儿："点灯说话儿，吹灯做伴儿，没事儿给我梳小辫儿——"

"呀——"的一声，门忽然开了，小虎儿没提防，正自念叨得起劲儿，这一来，就身子朝后一仰，元宝似的翻过去，后脑勺子着地，摔了个四脚朝天，黑小子哇地哭了。

水红菱没好气，弯下腰，拎小鸡子似的把他提起来，正待骂，那孩子已经不哭啦，自个儿举起手背擦擦眼，怯怯地叫了声："红菱婶儿。"

"小虎儿，是你？"水红菱气消了，抽出她那条蓝狗牙边的银红手绢儿，给小虎儿擦眼泪，擤鼻涕；手绢儿香喷喷的，小虎儿连忙抽搐起鼻子，死命地闻了又闻。

"小虎儿，你妈好点了么？"

"哈喇子里有红丝儿，姐姐说——"小虎儿恐惧地，"那是血。"

水红菱叹了口气，停了停："你姐姐呢？"

"姐姐上菜市捡菜叶子去了。"

水红菱眼珠子一转，从衣裳口袋里摸出一小卷儿钱，她点了一张票子交给小虎儿："我猜你是饿了，怪可怜的傻小子，赶快先拿这个，到吉祥庵对过的摊儿上买根油炸鬼吃吧。"

小虎儿一愣，但随即就接了钱，飞似的朝东跑了。

水红菱倚在门框儿上站着，门前的石榴树挡住她大半截身子，玄色长裤底下露出一双挺俏式的脚，不经意地交起来，雪白的丝光袜，满帮子绣花的黑缎鞋，不管谁打这儿走过，总得多瞅上两眼；至于那上半身，隐在石榴树的红花跟绿叶后头的上半身，那就更不用提了：鸭蛋青的衫子，又紧又窄，几乎是包着身段儿裁的；油光水滑的头，梳得一丝儿也不乱，就跟泰西缎似的黑亮黑亮；瓜子脸，尖尖的下颏儿，皮肤并不有多白，可是黑得俏，高鼻子，小嘴，一双娇滴滴滴滴娇的媚眼，不笑也含情，笑起来那眼珠子转啊转的，更要勾走人的魂。这样俊俏的脸蛋儿，这样鲜红明艳的花儿、朵儿，叫人死心塌地相信：这棵树理当栽在她家，这个人理当站在这棵树底下。——这就跟管老子的老婆理当叫妈，是一个样儿的应该。

捏面人儿的走过去了。

吹糖人儿的也走过去了，吉祥园门口有大群的孩子们，聚在那儿候着，吃他的“猴儿拉稀”。

算命瞎子赛半仙，敲着铛铛儿走过，走到双井巷那一头去了。

水红菱闷闷不乐，好像心事重重的样子，她的眼神儿一直就没离开过对面的刘家。刘家的门楼子已经倒坍，一扇木板门，早就不知哪儿去，没准儿给刘老娘当劈柴烧了。半截子颓墙，圈了个小院子，小院子里那两个破炭篓子还在。从前，水红菱记得很分明，炭篓子里塞满了土，从土里长出两棵倭瓜藤，带了老绿叶子和焦黄的花，爬上了屋檐。可是今年没有了，那炭篓子里再也长不出青青的倭瓜藤来，就跟兆发再也不能站在地上走一步路一样，因为他再也不会像从前似的，那么兴兴头头地忙这忙那……一阵辛酸，那眼泪就止不住地纷纷掉下来，她连忙抽出手绢儿擦了。

刘老娘从歪斜的小屋里走出来，收拾那晒在竹竿上的衣裳，竹竿搭在窗户外一棵人高的小柳树上，柳树三个丫杈丛生着一簇细条，像一把伞。她记得，也是挺分明地记得：去年春天的一个晚上，借了请刘老娘剪花样子为名，到对过去串门子，那天兆发喝醉了酒，因为王家的厨子金富过生日，他多喝了几盅儿，不像平日那样连正眼也不瞧自个儿一下了，他跟她说了好些个话，关于他朋友的，他街坊的，他同事的，……全都是些不关紧要的废话，一句也不与她水红菱有什么相干，可是她出奇地爱听。末了，他还送自个儿出来，就在这棵小柳树底下，兆发瞅着她，愣了大半天，说："水红菱，我知道你的心眼儿不见得比别的娘儿们坏，可是你……"他叹口气，不说下去了。她明白他的意思，正待告诉他：为了他，她一定能够改邪归正，重新做人，做个规矩正经的好女人，只要他……可是她还没来得及开口，兆发已经打了一个呵欠，头也不回地走进屋里去；她那刚有一点儿热火劲儿的心，又被他浇得冰冰凉了。而且第二天一早，再碰见的时候，他又像平日一样地给她个不理不睬，昨儿个晚上的事，就跟忘了似的。所以有时候她疑心那只是一个梦，是自个儿想刘兆发想疯了，做了这么一个梦。可是不管它是梦，是实，她总将这档子事儿，牢牢地搁在心里，到死都不会忘记。

刘老娘收完了衣裳，又从屋里趔趄出来的时候，手里捏着一根细竹竿，竹竿上红红绿绿的，挂着一串一串的小玩意儿，那些个昨儿卖剩下来的小老虎、端午索、小茄子、小粽子、小香袋儿……

水红菱立刻转过身子就朝自个儿门里走，脚不着地似的那么快，刘老娘还没走出矮墙哩，她已经一手拎个笸儿，一手拿了件新做得的衫子，奔到那坍了的门楼子外面了。她举起胳膊肘儿擦额角上的汗珠子，上气不接下气的，说不出一句话。

小虎儿打东边连滚带爬似的跑了来，拍着一双泥污的小脏手，乐呵呵地："小五儿，小六儿，鼻涕疙瘩炒豆儿——"猛地站住了脚，倒退一步，咧开嘴唤道："刘婆婆，刘婆婆。"又告诉水红菱："油——油炸鬼完啦，我吃了根脆麻花儿，香着的哩，牙一咬，嘎巴嘎巴响。"小虎儿咽了口哈喇子。

水红菱笑起来，在竹笸儿里拣出四个粽子，交给黑小子："喏，带着回家去吧，姐姐俩，小虎儿俩，不许打架。"

小虎儿瞅着水红菱，心里头不知是什么滋味儿，他接过粽子，左手俩，姐姐的，右手俩，小虎儿自个儿的，他抬起头，小嘴咧得瓢儿似的："红菱婶儿……"

"傻小子，快回家去吧，妈等着你哩。"

小虎儿愣着，不知怎么的眼泪汪汪要哭了。

刘老娘在一边儿问："小虎儿，你妈今儿个可好？"

小虎儿揉了揉眼睛："哈喇子里有红丝儿，姐姐说那是血。"

刘老娘叹了口气，也觉这小子怪可怜的，她从竹竿上摘下一个黄布老虎，递给他，说："拿去挂着玩吧，穷婆婆没好东西给你。"

"我没钱，"小虎儿不接，"刘婆婆要拿上街去卖的。"

“这孩子，”水红菱忍不住笑了，从刘老娘手里接过小布老虎，她跟小虎儿说，“谁要你个傻小子的钱哟？人家刘婆婆送给你的，赶快跟刘婆婆鞠了躬，像洋学堂里的学生似的，哈个腰儿，小虎儿会么？”

小虎儿果真哈了个腰儿。刘老娘摇着手笑了。

水红菱弯下身子，打算替小虎儿挂上小老虎，可是这孩子只穿了条小裤衩，有补丁没扣子的小坎肩，挂都没处挂，两只手又都拿了粽子，她摇摇头，笑着道：“没地方生根，怎么办？得，小虎儿，我把它挂在你耳朵上吧。”果然就朝小虎儿的耳朵上一套，傻小子这趟学得挺乖巧，哈了哈腰，拎着粽子回家去了。

刘老娘正待朝东上吉祥街，水红菱拦住她的去路，殷切地叫了声：“刘老娘……”底下的话她吞吞吐吐地说不出来了，伶牙俐齿的水红菱会说不出话？连她自个儿也不信。

“您有什么事么？”刘老娘透着奇怪地问。——“您”字是尊称，是客气，可是对水红菱说话，这一个字的意思就带点儿特殊。水红菱是个当婊子的，好人——意思是指“正经人”，多半不搭理她，实在面顶面非说话不可的时候，就竭力避去称呼，谁爱跟个当婊子的称嫂道姐呢？只有没家教的孩子们叫她声“红菱婶儿”，不搭架子的大人，赏脸的当儿就跟着孩子叫这么一声；至于大多数的人，有极强的正义感，总是用这么一个讽刺、讥嘲、侮弄的“您”字，此外也许还含着点儿发人猛省的深义，没准儿有那么一天，这下三烂的婊子，听了这掷地作金石响的一声“您”字之后，忽然自惭形秽，痛改前非，洗心革面做一个规矩人，那也未尝不是一桩好事。

可惜的是，水红菱就从来也没有被这浩然正气的“您”字感动过一次。而且今天，她也用起“您”来了；她朝后倒退了两步，低着头，以一种从未有过的温良恭谨的语气，轻轻地说：“刘老娘，这儿一筐儿粽子，是我今几个早上裹的，送给您尝尝，不知滋味儿可好。还有件白夏布衫儿，我昨几个赶夜缝起来的，夏布还不错，就怕活儿太差……”

刘老娘也倒退了两步，竹竿上的小老虎、小茄子什么的，立刻摇头晃脑起来；干咳了一声，她才道：“这是怎么说的？怎么说的？”

“没什么，”水红菱谦和地说，“这不过是一点儿心意，您老……”

刘老娘直摇手：“不能够，不能够。”

“您老就赏个脸儿吧，这多年的街坊了，”几乎是哀求的声调，“您要是不收，那我多没趣呀。”

“您，红……红菱婶儿，”刘老娘结结巴巴的，“没……没这个理呀。”

“有道是礼轻仁义重，刘老娘。”水红菱成心把两个字给弄讹错了。

刘老娘急道：“不，红菱婶儿，我不是说……我是说……我不是说这个‘礼’，我是说没这……这种‘理’呀。”刘老娘小时候念过几个方字块儿，所以还略通“文墨”。

水红菱瞧着对方软和点儿了，含笑道：“不管这个礼那个理，反正您瞧得起我就收下，不肯收，就是瞧不起我。”

“红菱婶儿……”刘老娘没了主意。

“刘老娘，我懂得您的意思，”水红菱叹了口气，垂下头，“我的钱来得不清不白，我自个儿也没脸拿这种脏钱买东西送人。可是这件衣裳，这夏布——”有一滴眼泪掉在白夏布上，化开了，她哽咽地说，“还是我那死了的妈，在世的时候，买给我的……”

刘老娘被感动了：“红菱婶儿，可是——”她想起鼓儿词上常有的一句话，“可是‘无功不受禄’呀，我怎好受？还有兆发，他那个牛脾气，拧着哩，你是知道的——”

水红菱点点头，想了好大一会儿，笑着道：“刘老娘，我是个直肠子，想到什么就说什么，您可别见怪。”又是一笑，悄悄地说：“您不会不让他知道么？”

刘老娘不但是被感动，并且是投降了：“也好，那我就老着脸收下啦。”她指着筐儿里的粽子，说：“这个，我心领吧。”

“不，”水红菱伶俐地笑着，不依道，“闹了这大半天，您老还是只肯赏我一半儿脸就是了？”

“说哪话呀，”刘老娘也笑起来，“红菱婶儿，你倒瞧瞧，这一大筐儿，叫我怎么说，瞒着吧，我一人怎吃得下？又藏在哪儿呢？”

水红菱也知道这有点儿难办，眼珠子一转，她有了主意：“我倒想起一个法子，只怕您老不肯。”

“什么法子？”

“您不骂我？”

“我怎能那么坐轿子摔跟斗——不识抬举呀？”

“那我就直说了，”水红菱赔着笑脸儿，“您把粽子拿回家，就说是花钱买的，这竹竿上的小玩意儿，您就不用上街去卖了，一股脑儿赏了给我，明儿个端午，我要上门来给您老拜节，”俏皮地请了个安，“您老现在就把节赏给预支了吧，我也在这儿预谢了。”

刘老娘不但投降，而且做了俘虏，而且——竟和她同谋了。

水红菱瞅着刘老娘拿了夏布衫儿跟粽子，一步一步地蹒跚地走回家，心里不用提多高兴，拨弄着那些五颜六色的小香袋儿、端午索……她真想大声儿唱一支小曲。这时候，四面八方都是静静的，连那一匹蓝绢似的天，也是静静的，没有一只鸟儿飞过，没有风，树枝儿不动，尘土也不飞起来，一条莫愁巷，从西到东，从东到西，就是她一个人，她一个人，她真想大声儿唱一支小曲……

可是就这时候，有一个人慢慢地打那边儿走过来了。——那是吉祥庵的当家姑子，慧净师太，四十开外的岁数，当这一份儿家也差不离儿上十年。吉祥庵在莫愁巷顶顶东边儿，坐北朝南便是，历史大概很久了，但是吉祥庵和吉祥街，究竟谁因谁而得名，迄今犹为悬案，不得而知，正像“先有鸡还是先有蛋”那问题一样的难以解答，这一层，恐怕也要千古不决了。那吉祥庵的香火并不兴盛，但是姑子们却都养得肥头胖耳，这乃是因为当家的慧净师太并不慧净，她有绝智慧的理财本领。吉祥庵另有两宗大笔的收入可以维持一切开支，一样是姑子们的绣花，吉祥庵的绣货非但驰名于这小旮旯儿的小城，连省城里的人都知道哩。此外，吉祥庵的牡丹，那更是名传遐迩，谁也不能想象这冷落的庵堂里，会有那一大片艳色无边的牡丹田。春天的时候，远远近近的人，特地跑到这儿来看花的，真是络绎不绝，无计其数。据说这一季收入，不亚杭州西湖的香市。也有另一个说法，原来看花是假的，醉翁之意不在酒，看那别有风情的绝色俏尼是真的。听——自然只有听，在这小城里住久了的人谈起来，似乎这里面的姑子们十分风流，所以吉祥庵的牡丹才能如此引人入胜。这话似可信而又实无可信：看看庵里现在的一班姑子们，慧净和她的师兄弟慧修、慧空，都是四十多岁近五十的人了，底下“妙”字辈的徒弟，妙常、妙真、妙玉、妙能、和妙智，一共五人，五个人当中，可一个妙的也没有，再底下一辈，只有个尚未落发的小尼姑涤凡，今年才九岁，当然更是不足道也。总之，年轻的很丑，那不丑的则又老了。所以外头的闲话似可信而实无可信，因为这些姑子们连风流的资格都够不上，也许是，十分的下流。

当然，这些姑子们断断不会承认自个儿下流，像水红菱这种当婊子的那才是下流，下流女人是正经人所瞧不起的，慧净师太是正经人当中顶正经的一个，所以就顶瞧不起水红菱了。

此刻她正到王公馆去，提篮盒里盛着王老太太爱吃的素鱼、素狮子头，王太太爱吃的素鸡、素火腿，这都是她亲自做的拿手菜；还有小木鱼儿、念佛珠子，是小少爷要了玩的。

水红菱瞧见慧净师太，使劲地朝地上吐了口痰，小声咕噜着：“呸，大清早上的，就碰见你这个贼尼僧。”

慧净师父也满腔不高兴，因为刚一出门就碰见了最叫她着恼的水红菱，“这骚娘们，婊子养的婊子……”她只在心里咕噜着，因为出家人口里要干净。还没走到水红菱门口，她就别过脸，把个光葫芦头对着这边儿。

这一来，水红菱可火儿大了，刚才的得意跟此刻的任性加起来，像近午的太阳照着五月的石榴花，分外火辣辣。她张开嘴就唱，大声地唱，因为她刚才就想哼个小曲儿：

小尼姑年方二八，正青春，
被师父削去了头发。
每日里，在佛殿烧香换水。
见几个子弟们在山门下游戏，
他把眼儿瞧着咱，
咱把眼儿觑着他；
他共咱，咱共他，
两下里多牵挂！
冤家，怎能够成就了姻缘？

慧净师太气得呼呼的，闷着个头，加急了脚步朝前走，水红菱越发得意了：

布袋罗汉笑呵呵，
他笑我，
时儿挫，
有谁人……
有谁人肯娶我这年老婆婆？

水红菱眼看着慧净师太的脸，从耳根子起都涨得通红，就跟晚半天的火烧云似的。她禁不住恶毒地笑起来，好像要借这个老姑子向所有平日轻贱她的那些假正经的女人报复，她又唱下去：

见人家夫妻们，
一对对着锦穿罗。
啊呀天吓！
不由人心热如火，
不由人心热如火。

慧净师太气得也“心热如火”了，依她性子真要和这骚娘儿们大骂一场才痛快，可是她不能骂街，尤其是跟水红菱，因为她压根儿不要脸，而自个儿却不能不要脸。

水红菱瞅着这老姑子快走到王公馆了，这机会她怎肯轻易放过，于是提高了调门儿，冲着西边儿使劲直嚷嚷：

从今去，
把钟鼓楼佛殿远离却，
下山去寻一个少年哥哥，
凭他打我，
骂我，
说我，
笑我，
一心不愿成佛，
不念弥陀般若波罗。

老姑子进了王公馆，她也刚唱完末了这一段。有志者事竟成，水红菱咯咯地一阵笑，因为她赶上了给慧净师太“送终”。今天她感觉到一股从未有过的高兴，因为她想送的东西，人家收了，她想骂的人，白白地被她骂了，天底下还有什么比这更顺心、更如意的呢？她摘下一枝石榴花，簪在鬓角底下，然后她看到对过那堵颓墙，那墙里的小院子，那棵小柳树，那个去年春天里的一个晚上，跟那晚上的刘兆发……

第十章

天空里在烧霞，那些深一块，浅一块的云彩，玫瑰红，茄子紫，孔雀蓝，葡萄灰，杏子黄……煞是好看，好看得不像是真的，像画儿上画的天，这奇丽幻艳的颜色，将肮脏晦暗的莫愁巷装点得异样的华美；可惜只有一刹那工夫，“夕阳无限好，只是近黄昏”，火焰似的云霞就没有了，天上只余下一片烧残的灰，一点一点地暗下去，暗下去，暗到天边，完全黑了。

初四的月亮，半勾银梳也似的，挂在树枝儿上。

晚饭过后，水红菱家的大门还半开着，她一人在自个儿的小院里闲溜达，蹀得来，蹀得去，好不自在。

门外头有人走道儿，嘴里哼着唱：“顾不得山又高，水又深，山高水深，路途遥远，来寻将军……”原来是金富，刚从明星舞台现贩来的“月下追韩信”，就现卖起来了。他在隔壁门口站住，轻轻儿地就敲皮匠家的门。

“这戏迷，这赌鬼，”水红菱暗暗好笑，心里嘀咕着，“又来找林七了，钉子碰得还嫌不够么？个骂不羞的东西……”

隔壁，“吱儿——”的一声，准是林七嫂开的门，只听得金富赔着笑，低声下气地道：“七嫂，你……我，我是来告诉林七一声儿的：我们那个顶小的把兄弟的——丈母娘的第八个干儿子来啦，就是这个，请七嫂告诉他一声儿，我来就是为这个，没别的事儿，没别的……”

水红菱捂住嘴，简直就要笑出声儿来。

隔壁林七嫂冷冷地笑了笑，谢道：“那真劳驾金大哥啦，林七上鞋铺里配鞋扣子去了，今儿个晚上没什么工夫，就请你代他跟你们那个‘顶小的把兄弟的丈母娘的第八个干儿子’捎个好儿吧。”话没完，门就“砰”的一下关了。

水红菱走到门口，金富已经折回来了，垂头丧气，像只斗败了的公鸡，她笑得花枝招展的，刮着脸蛋儿羞他。

金富正没好气，嗔道：“这娘儿们。”

水红菱咦了一眼，佯嗔薄怒地：“这爷儿们。”

他倒笑起来：“倚门卖俏的，这么黑了，等谁？”

“你管得着么？谁都等，就不等你。”

“你等还等不着哩，别净朝自个脸蛋儿上贴金，你就那么拿得稳？人人想着你，要你？哼，别说你这种娘儿们，就天上的仙女下凡，你金大爷也没个正眼瞧。你金大爷爱玩爱逛，爱赌钱，爱喝酒，爱听个戏，可不爱小娘儿们，生平从不近女色，不近女色。”

“嚼什么大头蛆？猪八戒戴花——臭美！天底下男人都死绝了，也没哪个会看上你。”

“你别吼，水红菱，刚才那话是说着玩的，你且收起这母老虎的威风劲儿，听我表一表正经，”正了正脸色，“告诉你，我金富不娶媳妇儿便罢，要是娶啊，就要一个像你这样儿的‘秋胡戏’——”

水红菱重重地啐了一口：“这就是你表的‘正经’？好大胆的东西，也不撒泡尿照照镜子，就说起大话来了，你也配？”

金富咳了一声，摇头直笑：“怎么我这拙嘴，又把话给说差了？我这全是实情，没半点儿取笑，”他不笑了，“水红菱，人人都爱你这花丽狐俏的风骚劲儿，可是我金富，你别小看了我是个厨子，我可明白是非，知道好歹，我敬重你那点儿义气，你的好心眼儿……”

水红菱猛可一阵心酸，但是她只昂起头，嬉皮笑脸地道：“哪儿来的这一车子废话？”

“废话？这才是好心倒做了驴肝肺。好，我不说就是。”他转过身就走，大声儿唱着：“我本是，卧龙岗，散淡的人……”萧何一下子又摇身一变为诸葛亮了。

水红菱重新溜进小院里，仍是蹀得来，蹀得去，心里可不那么自在了，她觉得堵得慌。远远的白铁壶店，打铁板的声音，锵！锵！锵！一下一下的，像打在她的心上。她关上门，打铁的声音渐渐小了，但是那沉重而单调的音节，从远远的街上传过来，反而越发令人难受；于是她索性开了门，轻轻掩上，一个人悄悄地走到外面。

外面的天，那高高的，嵌在莫愁巷上空的，长而窄的天，像一匹铁灰色的缎子，上头闪着一粒一粒的小金点儿。

街上没有人，就连鬼影儿也没半个，家家户户都关上了大门，灯光打窗格子里，门缝儿里漏出来，给水红菱一股子凄然的感觉，因为那每一户点灯的人家，一家人在此刻团聚了，也许是欢天喜地，也许是愁眉不展，也许是打鸡骂狗，也许是……但是不管怎么着，一家人总是一家人，不像自个儿孤零零的鬼一个，一个没有家的女人，像棵没根的草一个样……于是，去年春天里，那一个晚上的事又浮上她的心头了。

她摇摇头，无可奈何地叹了口气，脚不由自主地走到街心，走到对街，走进那破门楼子，颓墙里的刘家小院，然后在那棵小柳树底下站定了。

小屋里有灯光漏出来，黄黄的一团儿，鬼阴阴，怪凄惨的。灯影子直晃悠，人影子也直晃悠。那人影子，老迈而龙钟，蹒跚地来又蹒跚地去的，是刘老娘，大概刚吃过晚饭，正忙着收拾东西哩。水红菱明知道她无法看见兆发的影子，因为断了腿的兆发一直就躺在靠里墙的那张小铺上，他永远不能再下床走一步路，她自然也永远不能再看见他的灯前的影子了，即使是恍恍惚惚的影子，她也不能看见了，再也不能。

但是，假使听见他说话，听见兆发的声音，那也是好的。

但是，兆发并不说话，刘老娘只管在那儿絮絮切切地叨唠这又叨唠那，他可一个字儿也不搭腔。他非但不说话，甚至也不咳嗽，不叹气，好像屋子里压根儿就没他这个人似的。刘老娘告诉他：小虎儿的妈吐血；李广荣两口子打架；林七挨了他媳妇一顿臭骂；吉祥庵的小尼姑涤凡偷着买葱花猪油饼吃；王家的厨子金富昨儿个押宝摊独赢，听说要大请其客；明儿个小南门有耍龙船的；吉祥园的小麻子和灯笼店的女儿小鸽子勾搭上了；李玉凤越长越俊，这姑娘贤惠得赛过王宝钏，张三的福分可不浅……一桩桩，一件件，刘老娘说了又说，兆发可连哼都不哼一声儿。到后来，许是连刘老娘自个儿也乏了，里头大半天没有响动，再停了一会儿，灯也暗了，小院里只余下一片黑。

水红菱扯了一根柳条，使劲撕得粉碎。她失望地吸了口气，正待走开，然而，她听见兆发的声音了，他在屋子里说起话来："好长的日子啊——"就这么一句，底下就完了，也许并没完，但是他没把它给说出来。这声音，水红菱长到这么大，从来也没有听见过有这种声音，不像哭，不像吼，更不像是在说话，就像一只猛狗，被警察局的人套起来的时候的那种喊叫，哀哀欲绝，也许比那狗叫更凄惨，更含着怨恨；还有他那喊叫的口气，又像是跟他自个儿，又像是跟这整个儿的世界，蓦然间，水红菱觉得很可怕了。

然而她还是舍不得走开，她扯着依依的柳条，她的心也像这树枝一样的依依。仗着胆子，她在这儿等着，等着。等什么？她可不知道。

于是，一刹那，像亿兆年般地过去了。

好长的日子啊……

里面不再有什么声音了。许久许久，水红菱才慢慢地走开，她一步一步挪着，心里在反复思量："好长的日子啊……"

街上的风有点儿冷了，远远地还有那打铁板的声响，锵！锵！锵！一千年一万年也打不完似的，好长的日子啊。

第十一章

水红菱关上门，落了大闩，一回头，瞧屋子里的灯正亮着哩，就知道是那个缺德的屈保长来了。没来由的，她从心底起了一把无明火，一转念，又将门闩给下了，然后三脚两步地走到屋里。

海棠红的鸳鸯格子布门帘子一掀：那细高条儿，身穿灰色派力斯长衫，脸上的雪花膏抹得一顺儿白，刚剃的头，新上脚的粉底黑直贡呢鞋，打扮得新姑爷似的，果然是屈保长，口里叼着半根烟卷儿，正在踱方步哩。

“水红菱。”他缠绵地笑着，张开嘴，露出镶金的牙，太多的吐沫水使得金牙在闪闪地发光。

水红菱气不知打何处来，耷拉下脸子，鄙夷地叫了声：“屈保长？”然后摇摇头，无限憎嫌地：“真正做梦也没想到……”

“没想到？”屈保长也没想到水红菱会摆出这么一副嘴脸来。

“可不是没想到？”她重重地“哼”了一声，“我又不是赛半仙，会掐指一算，知道这么半夜深更了，还有‘贵客’跑到这贱地来。”

“刚只三天工夫，你就变了心……”屈保长叹着气，很有点儿黯然魂销的神情。

水红菱气更大了：“什么变心不变心？你说话可得有个分寸，咱们桥归桥，路归路，你凭什么配跟我说这个？”

“为了你，我在我媳妇儿跟前撒了谎，为了你，我咒我妈在乡下得了急病。”

“那，”水红菱倒剔起一根眉毛，脖子一扭，撇撇嘴道，“干我个屁事？”

“是你自个儿约了我，你亲口说的，叫我今儿个晚上来。”他吸了口烟，把烟头扔在烟盘儿里，然后垂头丧气地坐下了。

水红菱“咦”了一声，不屑地嘲弄道：“空口说白话，表过不提，我按过斗箕给你么？倒会硬钉歪钉子哪！我的保长大老爷，人家给你屎吃，你也别连屎渣子也一股脑儿咽下去呀。”

“你，你——”屈保长委屈得说不出话来。

水红菱身子一挺：“我怎么着？”

“你这个——”他指着她，隔了好一会子，才说：“你这个女人。”

她笑得花枝儿招展，咯咯地：“我本来不是个男人。”

屈保长也笑了，无可奈何地笑，无可奈何地叫着：“水红菱！”

她没好气地应了一声，然后学着他的口气：“屈保长！”带点尖刻的一笑，又像在逗着人玩哩。

那一个心花都开了，站起来，挪过两步，低言悄语地，在她耳畔：“告诉我，水红菱，刚才的话你是跟我闹着玩；你还是——要留我住的——”

水红菱走上前，唰地给他一个耳刮子，吼道：“放你妈的狗臭屁，这有什么可闹着玩的？趁早儿把你这副甜不甜咸不咸的嘴脸给收起来。”

屈保长倒退了一步，被这一下出其不意的耳刮子打得愣住了，他摸着脸，又像哭又像笑地瞅着她，说不出什么话来。

这娘儿们两步就迈到房门口，一手叉腰，另一只手掀起门帘子，直着嗓子叱道："你替我滚！"

屈保长站在那儿，石头人似的，动也不动一步，不住地搓手，一脸苦笑："水红菱——"

"水红菱叫你滚。"她把头一昂。

但是屈保长偏还不"滚"。

水红菱忍不住破口大骂起来："你个死囚，瘟猪，兔儿崽子，断子绝孙的，狗头上顶不了四两渣的混账东西，雷打痴了还是怎么着？我叫你滚，叫你滚，滚！滚！滚！妈的个臭蛋，听见没有？"

屈保长也火了，涨红脸，发气道："好，你打了我，还又骂我。"

"我是打了你，又骂了你，怎么着？"她狠巴巴地瞪着他，"你要不马上给我滚，我还要打，还要骂。"

"这是什么话？"

"唐伯虎的古画，你爱听吧？"她倚在门框儿上，两手抱着胸，头一扬，刻毒地冷笑道，"嫌听着不受用，就赶快滚你妈的蛋；要不觉着碍耳，还有好的在后头哩。"

屈保长下不来台，无赖地说："是你请我来的！"

水红菱恶声恶气地笑了笑："好哇，还是这话——我请你来的？哼，就算我请了你来，"她站直了身子，点着他，"这会子我就要请你出去了，姓屈的！你耳朵竖直了听听清楚，两个山字儿叠起来，请——出。"

“请进来也是你，请出去也是你，由着你的性儿反？没那么容易，”屈保长也狠起来了，“我偏不出去，看你怎么着？”

“你真的不走？”水红菱跳了起来。

“嗯，不走，”一咬牙，“说了不走就是不走。”他在靠门的一张骨牌凳上坐下。

水红菱咆哮如雷，直蹦直跳地数说着：“你不走？你不走？你不走我到大街上去喊了，个死不要脸的狗东西，千刀万剐的杀头胚，仗着你当了个什么臭保长，到处敲人钱财，欺侮平民老百姓，可是你别瞎了眼，讹人讹到我这儿来了，告诉你，少睁着眼做糊涂梦，”她啐了口浓浓的吐沫，把胸脯一拍，“我水红菱，天不怕，地不怕，怕了你这兔儿崽子才怪哩！你到底走不走？姓屈的，你要是牙缝儿里再敢蹦出半个不字儿，我说话算话，这就上大街去喊了。”她一边儿嚷嚷，一边儿头也不回地就往外面走。屈保长不由自主地站起身来，不由自主地跟在她身后，脚底下跟着她，一步一步的；耳朵里听着她，一句一句的：“……我可不比那艳意坊的婊子，再说你姓屈的也不是那花钱的大爷们，你凭什么敢赖在这儿不走？你家姑奶奶是个自由身，上无天，下无地，爱怎么着就怎么着，玉皇大帝也管不得我，别说你个臭保长，打开天窗说亮话——来不来，听你！留不留，可得由我！别以为你手里有俩臭钱，就拿稳了人家甘心乐意跟你睡觉！我水红菱才不是那种见钱眼开的婊子哩。江湖有礼，朝廷有法，买根油炸鬼还得两方情愿，这等事也好强求？亏你还是个保长哪，也不知道你妈当先给你吃了多少狗屎，才长得这样人长树大，哼，连半点儿人味儿都没有……”就跟大联珠似的，这一大串，说得又快又响，只怕近点的街坊没一个不听见。那屈保长大气儿也不敢出，垂着个头，耐着性儿由她叨唠，他知道她那火暴性子，不搭茬儿还好点，一搭茬儿就更没个完。

“嘭”的一下子，大门开了。

屈保长松了一口气，谢谢天！这一小段路，今儿个晚上长得就像有十万八千里，可到底也走完了。他连瞧也不敢瞧她一眼，脚底下抹了油似的，没命地往外跑。

水红菱瞅着屈保长的后影儿，呸！呸！呸！啐了三口吐沫，然后孩子气地笑了，笑得哈了腰，气都喘不过来。直到连屈保长的影子也瞧不见的时候，她才止住笑，定了定神，转身回到门里。关门的时候，她在门缝儿里瞧见对过刘家此刻还有灯光，先前那打铁板的声音可没有了。

好长的日子，好静的夜啊……她心里想。天上没起风，可是她忽然打了个寒噤，之后性急慌忙地走回屋子里。

屋子里点着灯，灯光把她的影子映在墙上，放大了好几倍，飘飘忽忽的，鬼魅似的，一晃又一晃，在那灰白得发死的墙上。水红菱瞅着她自个儿的影子，忽然害怕起来，一下子就把灯扭灭了。

第十二章

刘老娘带着一天的辛劳和疲倦睡去，没有来得及整理一下那些难以整理的伤心和愁烦，她就沉沉入梦了。菩萨保佑！让这个可怜的老妇人有个好梦吧，哪怕是顶短顶短的。

T字形的两张铺，靠里墙横摆的那一张上，躺着刘兆发，夜已经很深了，他还不曾阖眼，眼睁得挺大挺大，却是茫然的，没有光也没有神，像没点亮的灯笼，又像干了的古井；他的脸上丝毫没有表情：没有愤恨，没有忧愁，没有憎厌，没有委屈……甚至连希望和失望都没有，只有一片绝望的麻木；疯子有他的癫狂，白痴有他的蠢笨，可是他，在哀哀无告的绝望中，麻木得像一个死人。五个月像五十年样地过去了，不管日、夜、风、雨、晴、阴，他总是在这棺材样的小屋里，躺在这张倒霉的铺上，二十五岁的年轻壮汉，像伏槽里的老马，不，应该说是猪圈里的猪，只吃不做，其实猪还能在污泥里打个滚儿，他可连一步都不能动弹，连猪都不如。

既然是连猪都不如，这样的人还有什么可活的？没法子活下去，总该有个法子去死。可是他——好汉刘兆发，为什么不死？已经在床上躺了整整五个月，而且以后还得躺下去，一直要躺到进棺材为止；这一辈子，还有什么可图？他不去死？凭什么他不要死？凭——什——么？于是，他看了看另一张铺，那张铺上躺着刘老娘，他的上了年纪的妈，老人家此刻脸朝外，正睡得熟呼呼的。他忽然觉得一阵疼，是那已经被锯掉的两截腿在那儿疼，隐隐的，却是蔓延的疼，一直疼进他的心里。

屋外头有布谷鸟叫的声音，叫得又凄楚和哀厉，听起来好像是“兆发好苦！兆发好苦！”——惨惨的一声，又一声，像在刀口上刮似的，一直刮到他的心里。

床面前，方桌上的油盏还亮着。原是灭了睡的，刘老娘怕他夜里要喝水或是干什么，所以留个亮，省得黑地里摸不着取灯儿；又为了怕费油，她临睡把灯芯捻得小小的，鬼阴阴的火苗儿，惨绿的一点光华，昏昏暗暗，一直暗到他的心里。

他用左手支撑了身子，右手扶住墙，用力坐起来，人有点儿眩晕，闭上眼，定了定神，一会儿也就好了。

他捻亮了灯，这才看见方桌上乱七八糟地堆满了东西：油盏，取灯儿，洋蜡头，草纸，掉毛的牙刷，缺齿的梳子，千疮百孔的搪瓷杯，没有嘴的茶壶，刨花缸，红骨头挑簪，破镜子，小胰子头，坏瓶子，破罐儿，黄纸签条，牙牌，糨糊碗，刮浆刀，顶针儿，粉线袋，针砖，线板儿，剪刀，尺，五彩花绒夹在花样本儿里，还有白纸，红纸，香烟盒子上的硬纸，各色的零碎布跟绸子，假珊瑚珠子，描花笔，黑墨，颜料碟子，刘老娘的老光眼镜，断了一只脚，用蓝棉线给缠起来的，还没有描上“五官”的黄布小老虎，一个一个挨排儿蹲着，没鼻子没眼睛地对着他，端午索像天上的彩虹，红绿花绒的小粽子刚扎了一半——大概是刘老娘累极了忙着去睡，这些都没来得及完工和收拾，平常她从来也不摊上这么一大桌子的。

他转过头，面对着方桌，桌上的镜子里映出他的脸，他止不住一惊，好多时——有一百年，不照镜子了，可是无论怎样，也没想到有这么大的改变。他伸直了手，将镜子拿到跟前，镜子已经坏了，左上角砸碎了一块，长方形变成了多边形，而且因为受过潮，背后的水银起了花，照起人来混混沌沌的，不过再模糊点，镜子到底是镜子，它不会把人照得走了样，除非是照镜子的人自己走样。

从前的刘兆发，是出名的好汉，是拳头上站得住人，胳膊上跑得了马的，有力气，有志气，有义气，孝顺妈，够朋友，受一班小弟兄们敬重和爱戴，不管谁，只要跟刘兆发在一块儿，就是天掉下来，也不怕什么，因为兆发能够支撑一切，挑起那谁都挑不起的担子。他的长相很像挑水的张三，他的顶好的朋友，一样的长方脸，两道浓眉，一双大眼，不知道的人，常把他们当作亲兄弟俩，不过他跟张三也真的情同手足。他的身个儿比张三还要高出小半个头，所以更显得魁伟。还有一点两人不同：张三是个老实的大孩子，他的脸也像他的心眼儿一般的纯良忠厚；兆发可是既刚强又有胆儿，他的发光闪闪的大眼里藏着男子气魄，英雄好汉的威严。“张三是匹良马，刘兆发可像只狮子。”王公馆的厨子金富有一次替这哥儿俩下过批语，听见的人没有一个不认可的。

可是现在，狮子受了伤，变得连猪都不如，连猪都不如。刘兆发对着镜子里的自己，这陌生的自己，走了样的自己，他看了大半天，不开口，不流泪，不摇头，甚至都不叹息。这青白无血色的脸，这空茫无光辉的眼，就跟死人的面具一样，这是狮子刘兆发？好汉刘兆发？……他毛骨悚然，疑心自己看见了鬼。从前的那个刘兆发已经死了，很久很久以前死的，跟他那锯掉的腿一块儿死去，再也活不过来了。

他把镜子送到原来的地方。“今生今世，再也不照镜子了……”一个转念，他又用力凑过上半身，伸手将它换了个方向，让镜子的背面对着他，不，是他要对着镜子的背面。

刘老娘翻了一个身，脸朝里，又呼呼地睡了。

没鼻子没眼睛的小老虎们还在瞅着他，他拿起描花笔，蘸了颜色，给它们一个个地点上耳朵、眼睛、鼻子跟嘴；起先有点儿不像老虎，三分像猫，七分像狗，慢慢儿地也就越画越像了，跟刘老娘点的简直一模活脱。他又把那扎了一半的小粽子拿过来，理清楚一股红绒和一股绿绒仔细地绕着，绕着，不大会儿工夫，居然被他绕得了三个，一个全红的，一个全绿的，一个半红半绿的，刚好一串，连在一块儿，底下再穿一颗银的或是金的玻璃珠子，一绺五彩流苏，就能够哄孩子换钱了。他的结实的大手，做这种细活儿，实在嫌太不够灵巧，不过他是这样的仔细和小心，所以居然也做得了。他又铰下一方青莲色的薄绸，打算缝几个小茄子，还有鸡心形的小香袋儿，是应该用娇艳的绸子或布才行。——他找了这又去找那，人又不能够离床，一个不小心，“当”的一下子，剪刀打铺上出溜下去了。

刘老娘从梦里吓醒，一骨碌坐起来，她抖着声音问：“怎么啦？兆发？你还没睡？”

兆发不搭腔儿，伏在铺上，伸手去捡那剪刀，剪刀离铺很远，费了好半天劲儿，还捡不着。

刘老娘下了地，揉揉眼睛，弯着腰把剪刀捡起来，搁在方桌上，说道：“不早了哇，兆发，你还不睡？坐着干吗？”

还是个不开口。

刘老娘定了大半天神，这才瞧见那些小老虎，那小粽子，那铰成鸡心样儿跟茄子形的碎绸碎布，她渐渐弄清楚了这是怎么一回事，一阵难受，止不住簌簌地流下眼泪，她张开嘴，可说不出一句话，只叫了声：“兆发。”

他皱着眉，脸上带着点不耐烦的神气，应了一声，却没有说话。

刘老娘“哇”地哭出声音来，坐在他的床沿上，抖抖惚惚地，哽咽着说：“兆发，我的苦命的孩子，咱们的命怎么这样苦啊？……”

兆发瞅着哭得泪人儿似的妈，心里满不是滋味，他装出一副若无其事的神气，慢吞吞地问道：“妈，您这是算什么？”

刘老娘抽抽搭搭的，肩膀一起一伏：“妈的心都……碎了……孩子……妈知道你的心……你心里……甭提多……多委屈……”

“委屈？”他惨笑着，坐在那儿一动也不动，“不——不委屈。”

“孩子，你别……别瞒我，妈全知道……妈心里明镜儿似的，你整天价地不开口，连哼都不哼一声儿，可是妈知道，你别瞧妈老糊涂，妈知道你心里……有一大车子的话，闷着不说。兆发，你心里苦，难过，气不平，委屈，妈全……全懂。……我的……可怜的孩子……”刘老娘越说越激动，泪如泉涌泣不成声了。

兆发低下头，他的森冷的眼睛里有了一点光，那是眼泪；可是他随即又把头抬起来，轻轻一咬牙，眼里的泪光没有了，恢复了原来的森冷和空茫。他摇摇头，死板板地说：“妈，我一点儿也不委屈，也不难过，也没有话要说，什么都没有，万事活该，这就是‘命’。您早就说过的，谁人都有个‘命’，怎么也逃不过，样样儿都是命中注定了的，从前我不信，可是，有年纪的人说的话毕竟没错儿，”淡淡一笑，掩饰了他的疾首痛心，“现在我可信了，我在它面前——甘心低下头。”他的头低下了，两手搓弄着一块鹅黄的绸子。一种无可奈何万不得已的屈服。

布谷鸟又在叫，凄楚而又哀厉的“兆发好苦！兆发好苦！”在清寂的遥夜里，一声又一声，刻骨，镂心。

刘老娘好容易才收了泪，她伤心地看着她的儿子，她的儿子也看着她，相对无言，默默地有好一会子。

还是兆发先开口：“妈，睡去吧，不早了。”

“可是兆发，你为什么不睡觉？你到此刻也没睡，”她憋不住地又哭起来，“天真不长眼睛啊，你那死去的爸爸一辈子没做过一件坏事，你妈也从不安坏心眼儿，还有你自个儿，刘兆发仗义孝母，这地方谁人不知？为什么老天爷害得刘家这么苦哇？我的可怜的孩子，你一个大小子，男子汉，熬着夜在油灯底下做这种活儿，你叫妈怎么不心疼，怎么不哭啊？”

“可是——妈，”兆发苦笑道，“我现在只能做这种活儿呀。”

刘老娘的眼泪像开了河：“我瞧见你弄这些，就跟万箭攒心似的难受。”

兆发反而笑了，但是铁青着脸：“别那么着，妈，您越朝苦里想，就搬到蜜罐儿里去住，还是一汪苦水；这五个月来，我心里一直抹不开。”他指着桌上的小玩意儿，“幸亏刚才，我试着干这些活儿，倒还顺手，我觉得勉强还能对付，慢慢儿地熟了，也许做得能更快些。您又说街上的孩子们挺喜欢买，这不是再好也没有的事儿么？我心里一盘算，马上就想穿了，只要明白自个儿还不是一块十足的废料，也就稍微安心啦。”他又满足地笑了笑，这一笑，五个月来从未有过，虽然笑的尾声，有一点儿像呜咽：“我真巴望天天过端午哩，不然这些小老虎就不应景儿啦，不过，我可以跟您学着剪花样儿，挑狗牙，拉鞋底……这些想起来也不至于太难，”像是挺乐观的样子，“我想我总能凑合。”

刘老娘越听越伤心，她止不住号啕大哭，呼天抢地地恨道：“天哪，你为什么，为——什——么没有眼睛啊？”

“妈，您弄错啦，”兆发沉吟道，“没有眼睛的不是天，没有眼睛的是我，我不该拿自个儿的性命跟那坏了的机器去拼，我不该在工厂里冒那么大的险。”他平静地告诉他的妈，像告诉她一件不大不小的新闻，“天倒是有眼睛的，不过他只看得见阔人，瞧不见咱们。”

可是刘老娘倒好像没有耳朵，她没有听见兆发告诉她的话，还是一边儿哭，一边儿埋怨老天爷为什么不长眼睛。

第十三章

日子过得真快，难怪慕兰在她每一篇作文里，开头第一句总爱来上一个“光阴如水”。

是的，光阴如水，还记得两个月前，她在日记上写着：“今天是端午节，爸爸说是古时候一个叫屈原的人投江的日子，可是我只知道是吃傻子的日子……”她把“糉”字写成了“傻”，被先生用红笔勾出来，慕蕴看见了忍不住地哈哈大笑，这孩子恼羞便成怒，一气之下，有三天不跟她姐姐说话，还是慕蕴给她把那两个顶难的算术题目——蜗牛爬墙啊，鸡兔同笼啊，偷偷地做好，那天她临睡整书包的时候发现了，这才大大地受了感动，红了眼圈儿跑到姐姐跟前去认错，并且送上一个银蓝色的玻璃小宝塔，是三个星期前吵了一架从慕蕴那儿抢来的，现在又自动地完璧归赵了。小姐儿俩都动了情感，流着眼泪笑着，恢复了“邦交”。

就从那个吃“傻子”的五月五，然后是猫儿狗儿洗澡的六月六，一晃就是七月七了。

七月七，听说人间的喜鹊要到天上去搭仙桥，给银河两岸的双星相会，那奇异惑人的神仙故事引起了多少美丽的遐想。今天夜里，有恒河沙数的孩子们，迟迟不去睡；在凉风习习中，睁大了好奇的眼，天真地，耐心地等着，等着，等那美妙神奇的一刻……直等得眼皮抬不起，倦了，慢慢儿地在露天下盹着了，明早再抱怨错过了良时美景。

所以慕兰发誓今晚通宵不睡，要等到明天天亮。刚一吃过晚饭，黄昏乍去，暮色尚不太浓，她就拉了慕蕴，连忙到院子里去了。

她们躺在竹床上，平卧着，脸朝天。天的颜色是蓝不蓝，灰不灰的，像一顶硕大无朋的青纱的帐子。初七的纤月，那一弯淡黄的影儿，就是青纱帐上的软金钩。星星还没有出来，也许已经出来，只因为天光犹亮，不怎么看得清楚。过了一会儿工夫，天色慢慢地暗下去，星星就明亮了，像人间的万家灯火。竹床上的两个孩子，指指点点的，议论哪一个是牛郎，哪一个是织女，什么地方有北斗，什么地方是银河……

忽然，慕兰从竹床上坐起来，摆了摆手，指着东边儿，只说了一个字：“听！”

隔壁有胡琴的声音。

慕蕴也坐起来了。

两个孩子话都不敢说，连呼吸气也细细的，她们聚精凝神地听，听那凄恻的弦音在叙说一些埋藏了很久的故事。——低低的，而且是幽幽的，许是因为隔了墙的缘故。开头是哀婉凄柔的南梆子：“柳叶双眉久不描，残妆和泪污红绡，长门自是无梳洗，何必珍珠慰寂寥?”底下转成了快板：“想当初，承眷顾，深情如海；叹红颜，犹未老，恩宠先衰；敢说道，贬楼东，君王偏爱；蒲柳姿，遭捐弃，本也应该……”

虽然这几个调门儿她们早就听熟了，不过那文绉绉的戏词，两个孩子可不容易听懂，尤其是慕兰，傻着一张小脸蛋儿，就跟对牛弹琴似的。

后来还是慕蕴弄明白了，她“哦”了一声，找着什么宝贝一样，告诉她妹妹：“梅太太在唱‘梅妃’哩。”

“‘梅妃’?”慕兰没听见说过，可又装得挺内行地说，“我还当是‘嫦娥奔月’哩。”隔了好一会儿，她愣头愣脑的，活脱一个“浑小子”，问慕蕴道：“梅……梅妃，是个什么人呀?”

“咦？梅妃就是唐明皇的妃子呀!”这时候，梅太太一段快板唱完，胡琴的声音也没有了。

“唐明皇的妃子不是叫……叫杨贵妃么？有一趟咱们在明星舞台听戏，那戏名字是‘贵妃醉酒’，韩媚秋扮杨贵妃，”引经据典，“我记得清清楚楚，本儿上写的，杨贵妃是唐明皇的妃子，怎么又钻出个梅妃呢?”

“古时候的男人可以娶好几个夫人，”慕蕴很懂事地说，“皇帝除了皇后，还有三宫六院哩。”她也引经据典，“奶奶屋子里，卍字架上有好些个旧书，什么《再生缘》呀，《笔生花》呀，

《安邦定国》呀，皇甫少华、文少霞他们，不都是一人有好多太太？”

慕兰摇摇头，睡了下去，不以为然道：“古时候的人，真正岂有此理，岂有此理。”忽然，她又坐起来，嚷道：“那么《钗头凤》里的陆放翁为什么不能跟他的表妹唐……唐什么的？”

“唐蕙仙。”

“那他为什么不能跟唐蕙仙好呢？”

“那我可就不知道哩。”

“所以我说古时候的人岂有此理，”停了一会儿，她含着笑，悄悄地说，“我想起一件事来了，要是陆放翁娶了唐蕙仙，说不定淡云姑姑也会嫁给爸爸，她就是咱们现在的妈了……”

“少胡说！”慕蕴喝住她，四下里看了看，还好，没有一个人。她申斥她的妹妹，像一个很世故的老大姐似的：“说大不大，说小也不小了，这种话也可以随嘴乱道？妈要是听见，不但要扯了你的皮，又得惹出一场大是非，又没太平日子过了。”

慕兰把个脑袋一缩，耸耸肩膀，笑起来了，“呸”了一声道：“太平日子？你做大梦哩，这个门里头会有太平日子？”

“你既然知道，就更该小心呀。”

“可是我总觉得爸爸跟淡云姑姑挺像陆放翁跟唐蕙仙似的……”

慕蕴扪住她的嘴，发急道：“真是个傻瓜，叫你别说，又来了。”

慕兰透不过气来，但又不肯讨饶，只死命地用手去扳她姐姐的手，两个人缠在一起，笑作一团，一个也不先放松，连有人走过来都不知道。

来的人正是她们所谈的淡云姑姑——过了夏天，她比两个月前瘦多了，衣服做得原本就大，身上这件葱白底苔绿细格子绸衫，是去年王老太太过七十整寿时做的，就跟借来的一样。她的脸色也更形憔悴，神情极为萧索。

但是此刻她却面露笑容，轻轻挥着桃子形的蒲扇，在竹床前低下头，爱怜地对那两个吵作一团的孩子“嘘”了一声，说道：“真是两个不安分的小东西，这么热的天，还要打架，弄得一身臭汗，澡算白洗了。”

两个小东西立刻安分起来。慕蕴摆了摆散在额前的乱发，气喘喘地问道：“淡云姑姑，您看榜回来啦？小弟弟取了么？”

淡云点头道：“取了——”

慕兰连忙抢着问：“取得第几名？”

“小班正取第五名。”

“我那时候是正取第三名。”慕兰不甘示弱，抖出当年的威风。说罢，她夺过淡云手里的蒲扇，使劲儿地扇，嘴里嚷嚷着：“热死了，这种天真热死人哩。”

淡云坐下来，温和地笑着，责备道：“热是热，心定自然凉，谁叫你们打架？”指了指她们的衣裳，两个人一样的月白裤子，藏青底子上大白荷花的日本纱短衫，脊梁上都汗湿了一大块。她摇摇头说：“真正不安分，衣服又得重换啦。”

慕兰把脖子一扭：“才用不着换哩，风一吹，待会儿就干了。”

慕蕴笑起来，是表同意的笑。

淡云刮着脸蛋儿，跟慕兰逗着玩："好没出息的小丫头！还是你们班上的卫生组组长哪，得整洁奖状？怎不害臊？"

她噘起小嘴："还笑话人哩，我们就是为了您才打架的。"

"你们俩打架，是为了'我'？"

"可不是？"扮了一个鬼脸儿，"刚才我说……我说……"

慕蕴瞪了她妹妹一眼，警告道："你敢说，说出来吃不了兜着走。"

慕兰吐了吐舌头，笑着跟淡云道："她不让我说，我只好不说了。"

淡云怕她们认真吵起来，也就不再追究。她站起身子，问她们道："我要到奶奶屋里去一会儿再来，你们可要什么？"

"蚊香。"慕蕴说，"这儿有小虫子，咬得我浑身都是小包。"

慕兰道："淡云姑姑，我要井水镇的酸梅汤。"

"个馋嘴的小妞儿，只记得吃。"淡云笑她道，"我叫人给你送碗六一散来。"

"嗯，我不要喝六一散，倒霉的六一散比果子露还难吃。"

但是淡云已经走远了。

隔了好一会儿，新来的老钱妈小脚伶仃地摇摇摆摆走过来，她垂着花白的头，全神贯注地瞧着手里的东西，怕它要泼洒出来似的。——王公馆两个月来换了四次用人。起先的朱妈据说太爱跑厨房，不上十天就被开革了。后来的杨妈和刘妈，一个嫌太笨，不识眉高眼低；另一个倒是不笨，可又透着太聪明了，聪明得连"高百岁"也瞧不起，其实是更笨，所以都是干了十天半月，就滚了蛋。再后头一个萧妈倒挺好的，伶伶俐俐的俊俏新媳妇儿，来了不上一个月，就博得公馆里上上下下的欢心，连“高百岁”都没跟她找过碴子，可惜又是个短局，当家的要到外码头去做买卖，舍不得丢下她，带着一块儿走了。这第五任，就是现在的老钱妈，比起前面四个用人，她简直是一无可取，做事迟钝，人又邋遢，外带还是个碎嘴子，啰啰唆唆的废话来得个多，可是她倒做长了——至少现在已经比前四个人日子多了几天。这个一无所长的老梆子，别瞧她不起眼，原来也有一件人不能及的能耐，她来了不上三天，冷眼旁观，这一家的天时、地利、人和……就都弄得一本清知。有道是不认识路好问，不认识人难混；又道是知己知彼，百战百胜。老钱妈既把个个人都识得透明透亮，自能“用兵如神”，她又知道只要桩桩件件投合了少爷奶妈的心，拍上了“高百岁”之后，就保险“凭阴阳，如反掌，保定乾坤”。钱妈识得了这个诀窍儿，就甭再愁这饭碗端不长了。

现在，钱妈端着茶托朝这边儿走过来了。

慕兰欢天喜地地嚷道：“钱妈，钱妈，有什么好吃的?”

慕蕴埋怨道：“快别跟她啰唆，回头招出她一大串的话来，唾沫星子溅到碗里，你吃还是不吃?”

慕兰听了她姐姐的话，连忙跳下床，飞似的奔过去，从钱妈手里接过茶托，放在竹床上。五凤齐飞的福漆茶托里，搁着两盏碧绿的瓜棱茶碗，盛得满满的八珍汤，一碟子绿豆糕，还有一盘蚊香，是慕蕴要的，洋铁皮的香盘儿跟洋火也统统拿来了。

慕兰瞧见了吃的，乐得直蹦直跳，什么话也不说，左手端了碗，右手拿了一块糕，刚咬了一口，就把糕捏在掌心里，拿着小银匙专找莲子舀着吃。

她姐姐笑骂道：“你瞧你，馋嘴猫，就跟一辈子也没吃喝过似的。”

慕兰稀里呼噜地喝着八珍汤说：“好，我馋就是了，你个不馋的也没把自个儿的一份送给我。”

慕蕴笑道：“我倒想送哩，又怕你那肚子不争气，回头吃多了，在床上疼得哎哟哟、哎哟哟地叫。”

慕兰也笑起来，跺脚骂声：“死鬼！”又伸手拿了一块绿豆糕。

钱妈俯着身子在点蚊香，擦亮了一根洋火，被风吹灭了，又擦一根，又灭了，再擦，再灭……她咬着没有牙的牙床，喃喃地咒骂，好容易点着了，又念了声“阿弥陀佛”。绿颜色的蚊香，像一条盘着的小青蛇，那烧红的香头儿，便像蛇芯子。她把蚊烟香盘儿摆在竹床的犄角儿上，一手给慕蕴抓痒痒，一手拿着大芭蕉，呱嗒呱嗒地给她们姐儿俩掌扇，话匣子打开了。

这老梆子可真当得起贫嘴碎舌，一五一十的，叨唠个没完：从她小时候撒尿尿湿了裤子挨揍说起，说到十七岁出嫁，梳的什么头，大红鞋子上扎的什么花儿，再说到她那酒鬼当家的怎么惫赖，没出息，她的花一样的闺女在婆家受磨折，十九岁就上了吊，她的儿子怎么样老实，受人欺侮，大孙子被抽壮丁的抓了去当炮灰……这些个陈谷子烂芝麻，抖了不知多少遍了，姐儿俩听得起腻，徐庶入曹营一语不发，谁也不搭 声腔儿。

钱妈有点儿惶惑，讪讪地找了另一个话题：“我说二小姐呀，”她也瞧准了慕兰爱管闲事儿，“刚才我到裁缝铺子去给欧阳大小姐取嫁衣，他们那儿又吵嘴啦。”

“那有什么稀罕呢?”慕兰懒洋洋地应着，“李广荣铺子里斗嘴，是家常便饭哩，我知道，李广荣到吉祥街，忘了绕道儿走吴孝子巷，他的女人又生起气来啦。”

慕蕴“哧”的一声笑了，她想起李广荣女人骂街的威风劲儿。

钱妈摇摇头，一脸得色：“不，大小姐，二小姐，这一趟可不是两口子斗嘴!”

慕兰道：“那，准是小虾米又挨了师娘的巴掌跟拳头。”

“也不，二小姐，是两口子在跟李姑娘怄气哩，这回可比往常闹得厉害，李姑娘都哭了。”

“真的?”慕兰一骨碌坐了起来。

慕蕴仔细地问：“到底为什么事呢？玉凤总归是不声不响的，怎么也哭了？我猜呀，一定是她嫂子不好，欺侮她好说话……”

“自然啦，”慕兰两手一拍，“再加上李广荣‘也’——”她压低了嗓门儿，笑了笑，偷偷地说：“也是个怕老婆，不管有理没理，一径儿顺着那只母大虫。”

“不，不，不，”钱妈直摆手，“起先倒是好意，不是欧阳太太瞧中了李姑娘，要她跟着小姐陪嫁进去么？李广荣自然没口子答应。谁知昨儿个跟李姑娘说明了，李姑娘不肯。这一来呀，两口子可火儿大啦，摔盘子掼碗的，脾气大着哩，一边儿拍桌子，一边儿像数来宝似的叨唠，口里不干不净，蝗虫蚱蜢，一例都骂，骂得好不难听；可怜李姑娘不敢回声，抱着侄子坐在一旁，只流眼泪。”

姐儿俩气得摩拳擦掌。慕兰恨恨地道：“岂有此理，真正岂有此理。”活脱一个小大人似的。

慕蕴比她妹妹懂事：“到底怎么了局呢？”

“就是说呀，瞧光景是非去不可的了，别说李姑娘的哥嫂子压根儿乐意她去，就算李广荣也不肯的话，一个裁缝铺子这等小可人家，怎拗得过欧阳太太那豪门儿大户呀？”这老梆子抓着耍嘴皮子的时辰了，“李姑娘也真蹊跷，这等兄嫂比恶公婆还难伺候，磨得她够受的，那整日价撒野火的侄子缠着她，跑街、做饭、洗衣裳，空下点儿屁大的工夫又得帮着做活，就怕梦里都没得闲，她干吗还丢不下这个破家，不肯上省城去？常言说得好：‘鸟往高枝儿上飞。’我看她这个主意是打差了，自个儿砸碎了自个儿的玛瑙碟子翡翠盏！她嫂子骂得才叫难听哩，说她迷上了挑水的张三，才不肯离乡背井，生根长苗儿地赖在家里白吃哥哥嫂子的饭，泥菩萨也有个土性儿，清清白白的大姑娘，怎肯让人葬送？李姑娘说了两句，她嫂子气更大了，她哥哥也——”也什么？底下应该还有，可是钱妈像中了邪似的闷声儿不响啦，慕兰以为她受了暑发痧，开不得口，谁知掉头看时，她那双伶仃小脚已经摆着八字俏步“飘然”而去了。

原来，花墙那边儿，高奶妈正大声在喊：“留喜，留喜。”停了停：“留喜姑娘，留——喜——奶——奶——”听那声气，这“水晶心肝玻璃人儿”的老梆子就知道罪孽深重的留喜，要祸延钱妈了。——钱妈做事常爱偷工减料，打这么个七折八扣，可是对少爷奶妈“高百岁”，她总是足尺加三倍小心，不惜工本地奉承，这一点儿“愚忠”，皇天后士，实所共鉴。所以也顾不得话没说完，就三十六着，走为上着了。

第十四章

王公馆，这“小朝廷”，应该是唐高宗时候的，或是满清末年的，因为三代以来，一直是所谓牝鸡司晨。

从王文先的父亲的父亲起，就有季常之癖，“惧内多豪富，欺妻一世穷”，这也未尝不是美德，王门有幸，所以有子跨灶，有孙更是跨灶，于是这十字箴言，无形中就成了“王氏家训”。

至于王公馆的“妇女界”（王家的小姐们除外，因为嫁出门的女，泼出门的水，女儿是人家人，她们不能属于王公馆的妇女界）：死去的太老太太王门程氏，引退了的老太太王门尹氏，当日都曾垂帘听政，决议奏事；至于王文先的太太王门龙氏，更是青出于蓝，自从临朝称制以来，风不调，雨不顺，而权倾中外，声震遐迩。

王太太芳名龙婉娴，事实上她不是和婉幽娴这一路子的女人，她精明强悍，敢作敢为，比一般男人还有魄力，也许只是骄横任性。今年青春三十有六，比王文先小两岁，可是又有人说她实在比丈夫大两岁，这话也不无可信，因为今年二月里，王太太过生日的时候，娘家送来了一笔挺重的厚礼，那是往年小生日不曾有过的事，如此看来，王太太的年龄也许真的有“官价”跟“黑市”两种？不过，这又有什么稀奇呢？何况王太太长得也还年轻，不算难看，中等身材，瘦伶伶的身段儿，当得起苗条二字，其实她也并不瘦，不过天生的美人胎子，丰不见肉；尤其是那棱角分明的脸盘儿，外带嘬腮帮，瘪太阳，高颧骨，鹰钩鼻子，三角眼，吊梢眉，小而且薄的嘴，包不住牙，微微地有点儿暴出来，看上去就越显得皮包着骨了。一条又尖又脆的嗓子，说话挺快，骂起人来更快，好似“大珠小珠落玉盘”，她很少有不发脾气的时候，然而她的不发脾气的脸，也像“山雨欲来风满楼”，和王文先整日价垂头丧气，无精打采，“薄雾浓云愁永昼”，正是异曲同工，无独有偶。

王文先对于这样一位太太，是嫌恶，惧怕，无可奈何，敢怒而不敢言。他自己是个既无高才，又无大志的平凡人物，懦怯，怕事，拙于交际，不善钻营；就连现在的差事，这芝麻绿豆官儿，也还是通过了双层的裙带关系，王太太拜托了欧阳太太去疏通了欧阳老爷给“谋”得来的；就凭这，太太的威信怎不日益抬高？而他，无论在情上，在理上，在一百一千个缘故上，就更该唯命是从，奉之若神明了；而王太太哩，她认为一个女人，只要肚子争气——会养儿子，就能做“良”母，再替丈夫找了事，那就更是了不得的“贤”妻；有多少女人能够做到真正的贤妻良母？王太太觉得自个儿给王家立下这大的功勋，还不够神明么？

所以厨子金富曾经有话：“咱们这个王公馆啊，可与众不同，这家门楼子里头，太太是‘老爷’，老爷是‘太太的太太’，还有高奶妈‘高百岁’，她——呀，是‘太太的姨太太’……”

现在，这门楼子里的“老爷”王太太正在跟她的“姨太太”高奶妈在西厢房里谈心腹大事，这西厢房是王太太的“机要室”，多多少少的“机密”，都是在这儿筹划，磋商，协议，和决定。这一遭，又不知有什么新的“机密”来了，两个人嘁嘁喳喳的，活脱似闺房里绵绵的情话。

高奶妈听了一大篇的肺腑之言，沉吟了一小会儿，然后低低地道："快三天没瞧见她啦，听说早上菜都是小虾米去买，衣裳在家洗，孩子李广荣老婆自个儿带，大门口都不到，她哥哥嫂子多机灵，不让她迈出大门一步，怕她找着张三，多生是非。按我瞧呀，就她哥哥嫂子不这么防着，她也没那个脸再往外跑啦，这两天，大街小巷，都知道李玉凤姘上了张三，那些串胡同的混混，歪毛淘气儿，编出小曲儿唱，她真不会上街哩，更没那胆子去找张三，在这个城里头，再也做不得人啦。外带张三的老娘又病重，找着了也帮不了她的忙，这可走上绝路，就是个神道，只怕早晚也得递降表。她哥哥嫂子可也真狠，想出这么个计。"

王太太问道："李玉凤跟挑水的张三真有一手？"

"那，"高奶妈贼眉鬼眼地一笑，"阿弥陀佛，人家没出嫁的大姑娘，我高奶妈不能跟她那毒心的哥嫂一样，血口喷人地葬送，按我瞧呀，两下里眉来眼去，男有情，女有意是真的，不见得就有事。"

"你就那么拿得稳？年纪轻的人……"王太太觉得高奶妈太"以君子之心度小人之腹"。

"我不过积点口德罢啦，太太！常言道'甜言美语三冬暖，恶语伤人六月寒'，人家跟我井水不犯河水，我何苦？——不过，话又说回来了，李姑娘这个人哩，不多言不多语的，倒还稳重，跟那些花里胡哨招蜂惹蝶儿的骚女人不同。张三那小子哩，也还规规矩矩，见人就脸红，大闺娘似的，是个窝囊废，连吊膀子都不会，只怕还得跟马连材学哩。"提起马连材，她忘了"六月寒"，狠狠地道："太太，您不知道吧？人小心不小，马连材跟留喜好着的哩，两口子蜜里调油，昨儿个表少奶奶差人送来的一篮子蛋，丢了四个，敢情被留喜偷了去喂她的相好啦。”

“混蛋！我还没吃，倒先给他们受用了去，这两个人模狗样的东西！赶明儿个我要叫他们双双地一块儿滚他妈的蛋！”王太太愤然地吼了几声，又言归正传：“据你看，李玉凤跟张三没有事儿？”王太太是个“了不起的女人”，但也和大多数的女人一样，对于“桃色新闻”的兴趣远较“窃案”来得浓厚，虽然这窃案也带点粉红色。

高奶妈“哧”的一下子笑起来：“我的好太太，有事儿没事儿，只有他们俩哑巴吃扁食——心眼儿里有数，我怎知道呢？”

王太太也笑了，扭过脖子，悄没声儿地：“听说呀，间壁梅太太跟——那个说戏的师傅也……也……”乜斜着眼，“有这话么？”

“那，也只有他们俩哑巴吃扁食——心眼儿里有数啦。”高奶妈笑得腮帮子上的肥肉直哆嗦，“倒是说戏的师傅真的长得模样儿挺俊，梅太太哩，丈夫外头有了人，五六年不回家，孤零零，一个人儿，也怪冷清的。”

“好好人家的太太，看上个唱戏的，”王太太为“太太”中的害群之马而慨叹，嗓子都提高了一个调门儿，“三等儿九格儿的花子。”

高奶妈也“唉”了一声。——是为女人中的“败类”而慨叹？

门帘子一掀，有人猛孤丁奔进来，性急慌忙的，人还没站稳，就嚷嚷着：“有点儿急用，我，还有姐姐，要，要预支下个月的月费。”

王太太一瞧是慕兰，这顶不听她摆布的丫头，一肚子没好气：“干什么？”

“陈……陈寡妇死啦。”

“怎么着!?”高奶妈满脸得色，夸耀自个儿的未卜先知，“过端午那天我就说过，小虎儿的妈至多挨过夏天，准过不了七月，果不其然，一点点儿一丝丝儿都没算错。”

王太太手一挥，不耐烦地对慕兰道：“死了就死了，也活不过来啦，要你这么大惊小怪干吗？大清早的，也不图个忌讳，你奶奶这大年纪了，死呀活的，叫她听见，又叨唠我这做娘的没有母教；”慕兰垂下头，王太太越说越有理，“再说你眼睛里还有我？晨昏定省，今儿个叫过人没有？”

“妈。”

“嗯，去吧。”顿了顿，又道：“昨儿个我赢了钱，请你们吃吉祥园的点心，不知道金富买回来没有？你们姐儿俩一人两个包子，慕飞三个，八宝饭给慕飞买的，因为他考取了学堂，别抢他的吃。听见了没有？去吧。”

可是慕兰站着不动。

王太太下巴颏儿一抬：“怎么？弟弟小，该让他多吃点，寒假里就要小学毕业了，连‘孔融让梨’都忘记了么？”

“不是这个，妈，”慕兰低下头，“我打算要……”

“要什么？”

“要点儿……钱。”

“干什么？”王太太沉下脸。

慕兰抬起头，大着胆子道：“给……给领弟跟小虎儿，他们的妈死了，尸首停在床上，一个子儿也没有。”

“与你什么相干?”

“大家都帮他们的忙，天热，他们说要不赶快埋掉，死人身上就要长蛆啦！穷人多可怜啊，活着整天做活儿，没有衣服穿，没有好的吃，生了病，请不起大夫，死掉连棺材都没有。”这孩子越说越激动，泪汪汪地哭了，“妈，您行行好吧，捐点儿钱，就这一趟，您捐一点儿给他们——”

“放你的屁，狗大的年纪，就爱管这些个闲事，长大了还能成人？家还被你败光了哩。”

“妈，这不是闲事，这是善事，您常给钱给吉祥庵的姑子们，您还替菩萨装金，您信佛。”

“信佛归信佛。”

“信佛的人就应该行善，妈，您只当打牌输了钱。”

王太太把桌子一拍，手指着她女儿骂道：“个死不掉的小王八蛋，我输钱，你称心是不是？吃了什么蒙汗药下去了？一大清早就说胡话。”

高奶妈在一边儿笑得像个鹭鸶：“这二小姐想得出的？太太待会儿就要上涌金巷去打牌，怎不挑点儿好的说?”

“死相，不要你管，你是个什么东西?”慕兰装了一肚子的委屈和怨气，正没处发泄。

高奶妈碰了钉子，嘴一撇，气冲冲地走出西厢房，“临去秋波”是一声“包罗万千”的叹气。

王太太火儿更大了，跺脚拍手地连声道：“小死人，个死不掉的小死人，还不替我滚，我一看见你，脑袋胀得有巴斗大。”

可是这“小死人”依旧不“滚”。

王太太点了一根烟，自顾自地抽着。

僵了有一小会儿工夫，慕兰鼓足勇气，装出一张笑脸儿，赔小心地叫了一声“妈”。她抬起头，偷偷地看着母亲的脸，王太太正死劲儿地喷了口烟，烟雾后面的脸，比学校里的“老虎外婆”还更可怕。慕兰不敢开口了。

王太太骂道：“左一声妈，右一声妈，倒像你妈也死了似的。呸！我的小姑奶奶，快请吧，请出去发财去吧。”

然而，慕兰不拿到钱，怎么肯出去“发财”呢？她提出了最后要求：“妈不肯捐钱就别捐了，可是我跟姐姐的下个月月费，请妈先给了吧！”

“什么话？下个月还早着哩。”

“有急用……”

“有屁用！我不能让你们自作主张地把钱拿去胡花。”

“可是，月费是我们自个儿的！”慕兰发了急，她已赔过不知多少小心，此刻也忍无可忍了。

“是你出娘胎的当儿打衣胞里带来的么？说得好轻巧，‘是我们自个儿的’，呸！身体发肤，受之父母，连你自个儿都不是你自个儿的哩。”

“不是我的就不是我的。可是妈，您就捐点儿钱吧，我们情愿下个月不要月费。您常说的，救人一命，胜造七级……七级……浮屠，您就救救人家吧，只有这一趟，一趟……”

“人都咽了气，还救什么命？”

“猫死了还得挖坑，穷人也得埋掉呀，还有两个小孩，您就救救吧。”

顽石尚能点头，可是王太太的头比顽石更顽固，她摇摇头：“待会儿我要打牌，此刻破了财，手气一定好不了啦。”

慕兰气破了胆，豁出去叫道：“您的心可真狠啊，连拉车的大个子他们都帮忙，二号梅太太，人家没咱们阔，还捐好些个钱哩。”

王太太变了脸，烟头一扔，唰地打了她一个嘴巴子，咬牙切齿地骂道：“你昏了头啦，你，得了什么失心疯？捐钱，行好，说得天花乱坠，就为了要摆‘阔’，这可说出真心话来了！我告诉你，放明白点，家当是弟弟的，丫头赔钱货，讨债鬼，别做大梦，没你的份儿。”

慕兰挨了打，却不哭，她受了这许多委屈，一个十二岁孩子的心装不下，但是她拼命地忍住眼泪，不让流出来，抖着声音分辩道：“妈，您可弄错了，我不要家当，我也不要摆什么阔，我不过拿梅太太比方一下——”

“住口！以后不许提梅太太，她是个什么？偷人养汉姘戏子，谁跟她比，倒了一百辈子的霉。”

慕兰知道自个儿的母亲无理可讲，但是，“名誉是人的第二生命”，在一个十二岁的孩子，是件天大的事，她母亲这样胡乱冤枉好人，她受不了，叫起来道：“梅太太又没得罪您，为什么造谣？”

王太太顺手取出大蓝花瓶里的鸡毛掸子，举得老高：“没规矩的东西，跟我这么粗声大气的，不治死你才怪。”冷不防一鸡毛掸下去，慕兰不及躲避，抽在肩膀上，哇的一声哭了，多少怨愤和不平，这一下子像河堤决了口，她放声大叫着：“爸爸啊爸爸，您怎么不回来啊……”眼泪像开了河。王太太气更大了，鸡毛掸子又抽了好几下……

好容易淡云跟慕蕴闻声而来，横拉竖扯地劝开，热天衣服单薄，慕兰的手上、胳膊上、脖子上都已经是青一条、紫一条，慕蕴拉住妹妹的手，低着头直淌眼泪，又怕给妈看见，慕兰哭得更凶了；淡云连哄带骗地叫慕兰去梳头洗脸，打发走了小姐儿俩，自个儿留下敷衍表嫂。王太太气得呼呼的，口不停地骂，骂几句，打一声嗝儿，再骂……

冲茶，点烟，绞手巾把……淡云忙得滴溜转，说了无数好话，劝表嫂平平气，只怪她没有三寸不烂之舌，所以不能化干戈为玉帛，王太太的气只是不能平，不平则鸣，因此骂得越发的响了，并且更扯到淡云身上来了：“真正是晦气星高照，照到家里来啦，为着别人的豆子，炸破了自个儿的锅，也不止这一遭儿了。个小讨债鬼，不知受了什么混账王八蛋的挑唆，越来越不把你娘摆在眼里！是哇，现在样样都作兴民主，十二岁的丫头就要做主教训妈了，好啊，有本事叫你老子离婚，给你换个称心如意的妈，也让他有个情投意合的太太，顺了一家大小的心！表妹，你说是不是？”淡云的心往下一沉，做出极自然的样子，笑脸相赔，正待说话，王太太却嫌箭放得不够，接下去道：“人无千日好，花无百日红，我是打到‘赘’字号里去了，这家子男女老幼一个脾气，家人说的耳旁风，外人说的金字经，小的跟着老的学，奴才顺着主子跑，我哪天是要告个‘长假’，找个有才有貌得人心的替替。”

淡云的脸煞白，那点笑容也僵住了，不知道说什么才好，可是要什么都不说就更坏。幸亏此刻救命王菩萨——慕飞到了，这孩子哭得抽抽噎噎的好不伤心，一头扑到王太太的怀里，放声大恸，喊起妈来。

王太太瞧见儿子哭，脾气也不发了，慌得连忙抱他起来，“心肝宝贝”亲亲热热地一阵子乱叫，问他是不是钱不够用，还是被人欺侮了。“是哪个死不掉的囚犯敢碰一下我的宝宝？叫他立时即刻就死，死了进十八层地狱，上刀山，下油锅……”

慕飞被她说得毛骨悚然，不敢再哭了，他恐惧地瞅着母亲的脸，有好半天，才说：“奶妈……她……要走……”

“什么？”

“奶妈生气了。”

“跟谁生气？”

慕飞摇摇头：“不知道，我一个人在踢皮球，后来奶妈来了，她跟我说她们乡下有的是田，在人家做用人受气，她要走了，明儿个晚上我要一个人睡，没有人陪，开了学也是我一个人去上学，”他揉揉眼睛，“妈，我怕，我要奶妈，妈叫她别走……”

王太太一咬牙：“慕兰这个小畜生，又是她惹下的是非，把我磨死，她就痛快了。”

“妈叫奶妈不走，奶妈走，”小孩子也施行恐吓，“我就不上学堂。”

“奶妈是哄你玩的哩，她不走，她要在这儿看宝宝取新娘子才走哩。”

“嗯嗯，”慕飞不相信，严重地说，“我在门缝儿里偷着瞧的，她理包袱哩，把新裤子也收起来啦，奶妈是真的要走了。”

王太太“嗯”了一声。

淡云站起身来道：“我去瞧瞧，表嫂说可好？”

王太太点点头，淡云走了。慕飞跳下地，大声地嚷嚷着：“淡云姑姑等我，等我，淡云姑姑……”

西厢房里就剩下王太太一个人了，忙了这一清早，人有点儿累，一瞧钟，原来已经十点半啦，按照他妈的什么“夏季钟点”，就是十一点半。整整闹了一个上午，大好光阴，付之东流，真是可惜，王太太把慕兰恨得牙痒痒的，想起欧阳家的牌局，忙不迭地去梳妆打扮了。

谁知道又来了人，来人是钱妈，一脸的“机密”，悄没声儿地说：“太太，裁缝铺子送衣裳来啦。”

王太太心里正不自在：“送来就送来，难不成还叫我去接衣裳么？”

钱妈碰了一鼻子灰，脸上笑得有点儿尴尬：“是李广荣女人送来的，她说要见太太……”

“哦，那……那就让她进来吧。”王太太拿着血牙色的小梳子用心“做”头发，怎么梳也梳不好，王太太气大了，又恨起慕兰来，要不是她，一趟紫罗兰理发馆，早就回来啦，这会子自然来不及再去，只好仍旧“做”那个老样子了。她觉得浑身不舒齐，连胭脂都擦来擦去擦不匀，还是刮刮叫的美国货，叫什么“炭基”牌子的哩。

装修好了“门面”，正好钱妈也引着李广荣女人进来了，裁缝铺子里的母大虫到了王公馆，一下子变了匹绵羊，脸上是眉开眼笑，说起话来柔声细气，就像一生下地从没恼过。她打开半旧的白底子青花包袱，把新衣裳捧出来，八蛮进宝般地搁在湘妃榻上，一件一件点清楚；然后折好包袱，小心翼翼地站在一边儿，跟王太太有一搭没一搭地说话，问遍了公馆里老少男女一家大小的安，只差大玳瑁还想不想它儿子没有问着。老钱妈到底心较比干多一窍，知道这娘儿们有心要嘴皮子，嫌着自个儿在旁边儿碍事，心里老大不快，暗骂李广荣女人不够交情，但也无可如何，只得“肃静回避”一番了。

钱妈走了好一会儿，李广荣女人兀自不开口。

还是王太太先问了声：“怎么样?”

她伸手掀开帘子，四下里瞅了一眼，像个受惊的兔子，绝望地道：“太太，我真没法子，好话说了万万千，她只给你个闷声儿不理。”

“那也只好算了，”王太太口里叼了一根烟，找不着取灯儿，冷冷地说，“凡事不能勉强。”

李广荣女人低眼瞧见取灯盒儿掉在地板上，忙不迭地弯下身去捡起来，忙不迭地凑到王太太跟前，忙不迭地划了一根，给她点着了火。然后，才低声下气地说：“难怪太太冷了心，不肯帮我们这个忙了。可是我们那位姑娘啊，脾气可真拧，我又是个窝囊废，火燎腿行货子，再加上……”她嗽了嗽嗓子，不开口了。

“再加上什么?”

“这……”搓搓手，挺为难的样子，“说出来就怕……有点儿不……不大合适。”

“装什么侨呢?”王太太淡淡一笑，不留余地地，“干脆说了吧!”

李广荣女人脸一红，讪讪地道：“我怕冤枉了好人，没准儿是我瞎疑心哩。不过，这几天来，马连材跟留喜姑娘可是三朝两日地往我们铺子里跑，一来就找玉凤，嘁嘁喳喳地说话，也听不清是说些什么。今儿个早上，到此刻还没正午，留喜已经来过两趟啦。”

王太太抽着烟，沉吟道：“你是说……?”

“我怕他们两个来找玉凤，跟这件事情有关。”

王太太摇摇头：“这件事我只跟高奶妈一个人提过，除她之外，这个门里压根儿就没第三个人知道个全本儿，连老爷都不清楚，断断不会漏出什么风声。他们两个……”她寻思了一小会儿，抽一口烟，跟李广荣女人说：“我有数，你只管放心。”

那个谢了一声，打算走了。王太太忽然又止住她，叫到身边，低低地嘱咐着：“这个月二十八就是欧阳大小姐的喜期，还要赶早上省城，也没几天工夫了，你可得弄停当呀，别到临时，急水发下不得乐，那可要了几家子人的好看啦！欧阳太太的脾气，你是知道的。”

李广荣女人连连点头。

王太太又道：“按我瞧呀，顶好趁早儿就把玉凤送到欧阳公馆里去，省得一来二去的容易变卦，出岔子。”

李广荣女人忙不迭地说是。

王太太接下去道：“害人之心不可有，防人之心不可无，你可得凡事留神啊。我也知道你能干，机灵，说话聪明，做事比男人有主意，可是现在的姑娘们也不比当先啦，见多识广，人也贼了。”

李广荣女人被王太太一捧，心花儿都朵朵开啦，只咧着个嘴：“太太，太太，您……”

王太太“扑哧”一笑，随即又正了正脸色：“事情成了，你们就是参谋长的舅老爷舅太太啦，她要是脚硬，进门再生个男，可真是前生修来的造化哩。我这就去涌金巷打牌，说不定欧阳太太有什么话要带给你，明儿个一早，你到我这儿来一趟。”

李广荣女人带着满面的春风，“谢恩”而退。

“太太，”门帘子一掀，留喜送上来一张纸条，“电话局送来的，欧阳太太催请。”

“哦，知道啦。”

留喜正待出去，王太太猛地一喝：“站住!”

留喜背向着她，朝门帘子站住了。

“掉过脸来!”王太太骂道，“干了什么丢人的事啦？贼胆心虚，不敢看我，屁股朝人。”

留喜掉过脸来，低着头看地板，这晴天的霹雳，已是家常便饭，所以她倒恬然不以为怪。

“小娼妇，小贼人，小婊子，”王太太喊得像死了妈，“有耳朵没有？我问你干了什么丢人的事，你怎么不说？嘴上生了疔，还是流了脓？你开不得口？烂货，你替我说啊，说啊，快说啊!你说是不说？你？”

“我……说……说什么……”

“呸!”王太太跳过去给她一个大巴掌，“装模作样的，十足一副婊子腔儿，还打张鸡儿哩，瞒着我黄猫黑尾，你干的好茧儿。我问你：昨儿个表少奶奶送的一篮子蛋怎么丢了四个?”

留喜这才明白了。她说：“两个散黄。”

“还有两个呢?”

“还有两个，那两个……”她嗫嚅了一会儿，抬起头，“太太，我……我不敢说……”

王太太“啊哟”一声，冷笑道：“原来你还知道‘不敢’?阿弥陀佛，既然不敢，又为什么要偷呢?”

“我……没偷……”留喜分辩道，“不是我偷的。”

“要不是你偷的，你为什么不敢说呢?”

“那是……”

“那是人家叫你偷的?”

留喜点点头。

“好哇，”又吼起来了，“马连材，你个贼小子，可越来越无法无天啦！小娼妇，这个贼小子怎么跟你勾搭上的？你一共偷过我多少东西去孝敬他？好好儿替我招出实话，不然仔细我剥了你的皮。”

“太太，那……那是……”留喜没想到，急得直哭，“那不是马连材啊……”

“不是马连材？是谁?”王太太也没想到，“你到底有几个相好?”

留喜哭得更伤心了：“没……没有我……我的事，是……是高奶妈叫我煎……煎两个蛋，我先拿两个，是散黄，后……后来就又拿两个……”

“放你的屁，那是小少爷的点心，你拿这来糊弄我，我问的是另外的，那丢了的四个蛋，你偷了给马——”

留喜抢着道：“就是丢了的那四个呀，两个散黄，还有两个，煎了给稳子的。”

“稳子?”

“是高奶妈的兄弟。”留喜擦擦眼泪，以为这总和自个儿没干系了。

谁知道王太太脸一摆，依旧拍桌子打板凳地骂：“我才不信你这套胡言乱语哩，高奶妈是多年的陈人，少爷吃她奶长大的，她可不像你们这班下三烂的东西！你不能性急了就乱咬人，四个蛋事小，可是我的眼里就揉不进一粒沙子，我这个门里可不能让你们两个再——”

留喜哭着说：“可是太太，那鸡蛋明明不是我偷的。”

王太太厉声道：“我说是你偷的，就是你偷的！犟嘴也无用，我这儿是不能再用你了，还有马连材，你们两口子成双作对地请吧。工钱，回头跟姑小姐去算，我会关照她付得宽点，不过你们两人的东西可得拿清，我这儿不是堆栈。去吧，这会子你也不用再做什么事了，”渐渐地，她的声气缓和了一点点儿，“去告诉马连材赶快收拾收拾东西，中饭只管在这儿吃，早点儿吃，还来得及赶下乡。”

留喜哭得呼天抢地哀哀地喊着：“太太，太太……”

可是太太像铁面无私的包黑子一样，决不徇情。她在湘妃榻上挑了件刚做得的衣裳，到卧房里“更衣”去了。

第十五章

天阴阴的，刮着麻风细雨。莫愁巷里静静的，没有人，连狗都没有。

一号里走出来三个人，打头是金富，嘴里哼哼着些什么，他一手挟着破席子的铺盖卷儿，一手拎了个青花布包袱，脸上有点儿悻悻然；留喜跟在他身后，半低着头，哭得红眼吗哈，使劲地用袖子擦脸哩；末尾是马连材，穿着他唯一的夏布长衫，王文先的破皮鞋，看得出是“打扮”过一番了，他挟着破油纸伞，提了一个大藤箱子，上头横七竖八地捆了好儿道粗麻绳，不然箱子就要散板儿啦。

马连材迈出王公馆的大门槛，使劲松了一口气，金富笑起来了，他懂得马连材的心思，点点头，笑着说：“好，我的好兄弟。”

“我又不是‘马连良的兄弟’啦？”马连材把伞递给留喜，接过金富手里的铺盖卷儿，留喜也把包袱拿过来了。

金富拍拍他的肩膀：“马连良他不配你，我就把你‘封’作我自家的兄弟了。”打了个哈哈，他要再送他们一程。

留喜止住他：“金大哥，你别，别送了，中饭还没开舒齐，回头人家又要挑眼……”

马连材也道：“自家兄弟，不在乎这一刻儿工夫，往后日子长哩。”

金富这才罢了，两手一拱，酸溜溜地：“常言道青山绿水好相逢，今日一别，后会有期。”又再三叮咛：“路上好走，到了乡下别忘记捎个信给我。”

马连材低下头：“知道了，不会忘记的。”当下黯然而别，留喜刚止了哭，这下子又去揉眼睛。雨渐渐下大了，路上有点儿泥浆。

马连材瞅着留喜道：“我的姑奶奶，一径儿哭哭啼啼的，不知道的人还当我拐卖人口哩。”

留喜噘着嘴，撑起破雨伞就走，马连材挨肩走在她右边儿，走了两步，不是滋味，又跑到左边来，嘴里还啜咕着：“怪不得人家说男左女右，嗯，男左女右，有道理……”

“你还乐？”留喜生了气，“人家气都气死了。”

“气‘死’了？谁？”

留喜想打他，左手有伞，右手拎毛袱，只好使劲地“呸”了一下。

马连材是地道的“英雄”，不因此而“气短”，追着问：“凭什么气死人？”

“凭什么不气死？他妈的‘高百岁’，赤口白舌地葬送人，就有那猪油蒙了心的太太相信，我好冤枉啊。”

“冤枉，”马连材笑起来，“什么叫作冤枉？你在王公馆门口喊冤枉，连头顶上的太白金星也装听不见。”

“明明是她的兄弟吃了，倒死咬一口说是我偷的，我偷的，我，”越想越气，恨得直咬牙，“我就那么不见世面么？”

“得啦，我的好姑奶奶，反正没人信她。”

“可是太太就信了。”

“太太!”马连材嘴一撇,“太太是个什么东西?”

留喜心里平了点气,可是嘴里还在叨唠:“说我偷鸡蛋!哼,我留喜就是再下作点,也不会看上这种不值价的东西,我要是偷——”

马连材忙不迭地接口道:“就偷我。”

“下流坯子,”留喜绷住脸骂道,“胡说八道些个什么?”但她自个儿也忍不住笑了,“狗嘴里长不出象牙来。”

“我的天,你可也笑了,”马连材涎着脸说,“又哭又笑,新娘子上轿,一泡屎一泡尿。”

“少胡扯,”留喜又气又笑,停了停,叹息道:“你就知道要贫嘴,我可发愁,赶明儿日子怎样过呢?你也没事,我也没事。”

马连材道:“愁个什么劲儿?一棵草有一颗露水珠子,天下有多少人生在天底下会干死了?东方不亮西方亮,金大哥有话:此处不留人,自有留人处。普天下就只王公馆这个吃饭地方么?”

“话是不错,你好办,我可不容易,”留喜低下头,“我又不能回家,我后娘会打死我的。万一找不着事,日子多似毛毛雨,挨得过一天,怎挨得过十天半月?”

“你瞧你,尽说这些个,要是给‘高百岁’听见,那才称了她那黑心哩。快别泄气啦,少挣两个钱,少受两回气,也就扯个值。你跟我下乡,我也不想再帮人家了,好在家里还有三间茅屋、一碗粗饭,不至于冻死饿死。回去正赶上秋收,也省得我爹妈忙不过来……”忽然,马连材正了脸色,温和而慎重地说:“留喜,我妈是个乡下婆子,人可是正正派派的,心眼儿也好,不像这班妖魔鬼怪,她一定喜欢你,疼你,当你亲生女儿看待……”

留喜抬起头，说了个：“你……”又低下头去了。

“我……？”

“不是你，是我，”她眼睛望着他，泪汪汪的眼，又是喜，又是悲，带着眼泪笑了，“我……我不知道我要说什么……”

这下子，马连材也乐得不知怎好，只大叫一声：“留喜。”

他们走到井边。

井边静悄悄的，一个人也没有，洼地上有一汪一汪的水，墙脚的青苔越发绿了。

留喜朝裁缝铺子那边看了一眼，感慨地：“玉凤姐……”

“要不要去告诉她一声？”

“算了吧，怪羞人的，玉凤姐不会说什么，李广荣夫妻俩可一定要笑话，再说，这几天他们已经嫌咱们去得太勤了。”

“张三哥那儿呢？”

“也甭去了吧，一来张老娘有病哩，二来咱们砸了饭碗，总怪丢人的，我怕瞧见熟人。”

“咳，你真是女流之辈，小心眼儿。”马连材想了一下，说，“倒是去跟不去也都一样，反正欧阳太太使的那绝子绝孙的诡计，咱们已经告诉了玉凤。”

“对啦，玉凤姐不是叫你告诉张三哥，今儿个晚上他们要在井边碰一下面么？张三哥一定会帮她的。”

“你猜得一点儿也不错，他们一定会想出个好法子，不会中计的。可惜，可惜咱们瞧不见了，咱们只好不管张三李四啦。”

“那就赶快走吧。——你瞧，一号有人出来啦。”

他们连忙闪在一边。出来的人是稳子，走了没两步，就被人叫了回去，那是“高百岁”的声音，清清楚楚地隔着墙传到他们耳朵里：“别忘了到灯笼店告诉二舅，就说你在这儿找了事，垫上马连材的缺，请他托熟人把你的换洗衣裳带进城来。”稳子答应着朝东去了。

马连材看着留喜，留喜瞅着马连材，隔了好一会子，马连材气极了，反而笑起来骂道：“妈的，原来是这么回事儿。”

留喜啐了一口吐沫：“好不要脸的狗东西。”

雨下得更密了，丝丝缕缕，像水晶也似的帘子。

留喜说：“咱们走吧。”

“这真是瘸子的屁股，斜门儿！我倒是不稀罕这个破饭碗，人争一口气，佛受一炉香，高奶奶这烂婊子，可欺人太甚，我马连材当真就这么脓包？你等着瞧吧，总有一天，哼，总有一天……”

留喜看他脸都气红了，怕惹出事来，只得拿话哄他：“好连材，快点儿别发孩子脾气了，恶有恶报，她会现眼给咱们瞧的……”

马连材兀自叽里咕噜，留喜推推搡搡的：“雨下大啦，快，快走吧……”他们走到双井巷口上，那一边李广荣打吴孝子巷踅过来，先是一愣，后来他就假装没看见他们，他们也假装没瞧见他。

李广荣走到自个儿家门口，偷偷地向西边瞟了一眼：一把破油纸伞遮不住斜风吹过来的雨，他们靠得更紧了，头也不回，一步比一步走得远……他心里有一种奇异的快慰的感觉，他就怀着这股子兴奋走进店铺里。

雨比刚才更大了，爬山虎濯得如同苍翠的玉，顷刻之间，低洼的地方积成了小水潭，雨点打在上面，化出无数的漩涡，后来连漩涡也没有了，因为那雨势越来越大，越急，下得翻山倒海，变成白辣辣的一片，什么也看不见了。

第十六章

雨住了，天也黑了，游云过处，还看得见上弦的月亮。

今晚没有纳凉的人，这么凉快的天，人们吃了晚饭，就赶紧寻好梦去了。

自然，也有那睡不着觉的，也有那睡着了寻不到梦的，还有那寻着了梦却不是什么好梦的。

赛半仙很早就睡去了，“正月瞎子金，二月瞎子银，三月里胡琴冷清清……”何况现在已经是七月？何况这米荒柴贵的年头？谁有闲钱跟闲情算命……在梦中，赛半仙会不会找着一个真正的仙人，为他自个儿算一下“命”？这穷命，这苦命……

姑子们做完夜课，也睡觉去了，不知道她们有梦没有？那睡不着的就睁着眼在做梦。

水红菱是有梦的，可是此刻却不能任心去寻她的好梦，红幽幽的灯前，她正陪着那个抹了一脸雪花膏的屈保长，那家伙灌足了黄汤，醉态酩酊，不断地说些个下流不堪的话，向她调笑。水红菱一肚子不情愿，怒火欲燃，可是她竭力按住了，不让发作，勉强打起一副笑脸儿，为了要骗他几个臭钱用：她要给小虎儿的妈出一份力，她要买刘老娘剪的花样，以及那手工粗劣的鞋底——刘兆发拉的鞋底。

刘兆发正在拉那双鞋底，刘老娘也正在剪一个“四季平安”的拖鞋花样，这个催那个早点儿睡，那个又叫这个别做活儿，歇歇。

张三屋里的灯没有了，大概张三和他那病重的老娘全都睡着了。

林七嫂拍着她的孩子们也睡觉了，她丈夫今儿个没去听戏，也不上宝摊，林七嫂的梦是安适的。

林七在陈家守夜——陪死人。这个可怜的寡妇，不是病死的，是穷死的啊，她身上盖着布，脸上蒙了纸，可是林七仍然看得见她死后是什么样子，甚至她没死以前的样子……他不敢再看她一眼，不是怕，他担心他自个儿止不住要放声大哭。十二岁的领弟坐在他身旁，却不再哭泣了，她的眼睛已经哭得枯干，死样的无光，目不转睛地盯住停在床上的死尸，无言，无声。明天一大清早，她就连这死尸也瞧不见了。领弟的脸不像一个十二岁的孩子的，像一个老人的，甚至是一个死人的。

大个子的女人把小虎儿带到自个儿家去了，她在替大个子补裤子，小虎儿在她床上睡得呼呼熟，她叹了口气，小虎儿嘴角一动，带着甜甜的笑意翻了个身，这可怜的黑小子！瞧见妈妈活过来了？还是在垃圾山又捡着了什么破烂？大个子的女人流下眼泪来。

大个子还没回家，准是又在涌金巷等王太太散牌局哩。要是他的运气好（老天爷得先保佑王太太的手气好），欧阳公馆开发了车钱，王太太会再外赏一份儿的，大个子这两天手里紧得很。

梅太太没吃晚饭就睡了，可是一直也没睡着，那一阵大雨，下得她的心比平常更沉了，加之说戏的师傅也因为下雨没有来，她就越发闷闷不乐。梅太太并不像外面传言的那般难堪：爱上了——甚至是姘上了说戏的。事实上，她倒没有爱上这个说戏的“人”，她只是恋上了这个人说的“戏”，那倒是千真万确，一点儿也不错的。她不应该么？她不能爱么？因为她的丈夫不要她了，她就理当什么也不要？就连这消愁解闷的玩意儿，也是犯法的？……于是梅太太退出现实的舞台，悄悄离开人群，走进虚无缥缈的梦里，走进虚无缥缈的戏里。凄凄恻恻的胡琴响了，梅太太凄凄恻恻的嗓子唱出陈年古代的故事，也唱出了自个儿心底的哀怨……此刻，她从床上起来了，夜凉如水，月色如水，幽怀也如水。远处，好像有凄凄恻恻的弦音。她不由自主地跟着弦音，悠悠地唱起来了，也许不是唱，是呻吟，或是告诉：“十二栏杆俱凭尽，独步虚廊夜沉沉，红颜空有——”仔细一听，原来没有胡琴，什么也没有，就是那庭前的月色也变得惨白不明。

王公馆的月色也是这般惨白，至少尹淡云的“扇面”上的月色就是这般惨白。她照例又站在窗前，惨白的脸，连心也是惨白的，因为心血快要呕干了。

外头屋的王老太太骂了一阵儿媳妇之后，累了，抽了两筒烟，再找补两句，也就盹着了。老年人要么没有梦，如果有，则大半是年轻的梦，在梦里，王老太太回到她临朝主政的时代，她的黄金年月，也是王公馆的盛世。

慕兰在月白珠罗纱的帐子里睡熟了，她看见童话里的快乐王子，和他的小燕子，小燕子唱着永远春天的歌，快乐王子带她到上帝的金城里去，还送她一个美丽的玫瑰花冠，慕兰戴着玫瑰花冠，俯视河面上自个儿的影子，她母亲凶恶的脸渐渐地远了，看不见了。

相反地，那张凶恶的脸却出现在她姐姐的梦中：慕蕴看见她的母亲握着鸡毛帚，从外面横冲直撞地走进来，指着慕兰厉声喝骂道："小死人，败家精，你的戒指呢?"鸡毛帚从高处猛孤丁落下去，慕蕴"哇"地叫了一声，醒了，吓得索索地抖，手心里还直冒凉汗，看见妹妹安恬地睡在身旁，她才放下心来。

另一间屋子里：高奶妈在灯底下给她的儿子做夹袄，线用完了，她喊了声："留喜!"没有人来，才悟到留喜已经滚了蛋，"眼中钉"是拔掉了，可是"高百岁"也觉着有点儿不大方便。

慕飞睡在大床正中，脸朝下，像个大蛤蟆似的，这孩子白天听了他母亲一套话，此刻梦见十八层地狱，刀山，油锅……还看见好些个牛头马面，红眼睛绿鼻子的鬼，吓得走投无路，喊叫不能，睡魇住了。

老钱妈等太太还不回来，在湘妃榻上盹着了。

金富心里一百个不痛快，因为马连材跟留喜无缘无故地被开革，兔死狐悲，气得任何事也不想做，勉强开了晚饭，厨房也懒得收拾，就一个人到明星舞台去听汪少棠余莲笙的《天河配》去了，剩下高奶妈的兄弟稳子，在厨房里刷锅洗碗。好在这小子是飞来的"横福"，一下子平步青云，当了王公馆的打杂的，所以倒也忙得十分起劲儿，不怨天，也不尤人。

裁缝铺子里：李广荣和他的女人，此刻正不约而同地到省城里去"会亲"，夫妻俩都穿戴得齐齐整整，全身披挂簇簇新，在参谋长公馆里大模大样地做客，没一个人不叫他们舅老爷舅太太……往日里李广荣和他的女人总是同床异梦，今天可是心心相印，心有灵犀一梦通了，这一梦，就把两个仇深似海的冤家，变成了恩爱同心的夫妻。

少掌柜的睡着了，裁缝师傅们睡着了，小虾米也睡着了。

李玉凤悄悄地从床上起来，屏气凝神，蹑手蹑脚地走出房门，走出店门，走到井边……

井边还是那老样子，可在玉凤眼里却大大的不同了，一切都这样的陌生，这样的值得依恋，只三天工夫，就像三个月，甚至是三年一样的长。她的脚踩在石板上，大雨后的积水还没完全消去，水沁透了鞋，有一股冰凉而亲切的感觉——一直沁到她心里去。

她攀着湿漉漉的绳索，张三打那边走过来了。

他看了她一眼。

她也看了他一眼。

谁也不说话，谁都有千言万语要说。

好不容易啊，费尽心思，才安排了这么一次会面……难道就是这样的会面么？

还是玉凤先开口：“张老娘好点儿了么？”

那一个皱紧了眉，摇摇头：“还是那个样子，这两天连稀饭汤也不能进口了。”

玉凤叹口气，停了一小会儿：“张老娘待我挺好的，她老人家病了这些日子，我也不能去瞧瞧，她会见怪么？”末了一句，玉凤好像是问她自个儿。

“她怎么会见怪呢？不过挺惦记你倒是真的，刚才还在念叨着哩……”张三鼓足了勇气，告诉她，“妈说我太……太无用，累你受好些个冤枉气……”

玉凤把头低下来了，她对着井说：“我不懂。”

“外头的那些个闲言闲语。”

“那都是我嫂子编出来的。”她摇摇头，表示“别提了”。

“我真是太无用，我要是能……能像兆发那样敢说敢做就好了，”张三恨他自个儿，也恨那个看不见的“命”，“要是兆发还是像早先那样，没有残废，也就好了。”

玉凤“嗯”了一声，没搭腔儿。她好像在想旁的心事。

爬山虎里有蝈蝈儿叫，纺纱婆子纺纱的声音。

忽然，玉凤像想起什么似的，她抬起头，问张三：“外面那些个闲言闲语，怎么会被她老人家知道了？”

“是马连材，他早上在我那儿说起这话，都被我妈听见，她生了好大的气哩。”

“那么，”玉凤还问，“马连材还说别的没有？”

“他还关照我晚上到井边来找你。”

“还有别的话么？”她凝神看着他。

“就是这个，”想了一下，“没有别的了。”

“没有别的了？”她好像不大相信似的。

张三肯定地说：“的的确确没有别的了，马连材来了一会儿就走啦，没说几句话。”

玉凤“哦”了一声：“的的确确没有别的了，那么，”她沉吟着，“那些个话……他没有告诉你？……”

“什么话？是不是欧阳太太要你上省城去陪嫁？马连材没提，不过我也听得街坊说过了。”

“不光是这件事，还有——”

“还有什么？”

“留喜告诉我的：他们家太太——”

张三摆摆手，打断了她的话：“他们家太太回来啦。”

他们连忙闪在墙犄角儿里。

大个子拉着车打双井巷那边过来了。车上坐着的正是王太太，问长问短地跟大个子说话，听那声气，挺高兴似的，想必赢了不少钱。

车子拉过井边，大个子没瞧见他们，王太太更没瞧见他们。

车子在一号门口停下了。大个子拉门铃，拉了半晌，没人开门。王太太火儿可大了，口不停地骂：将金富处了凌迟的极刑——千刀万剐，又将老钱妈发送到水红菱家去——当婊子，闹了半天，冷落的莫愁巷都是她一个人的声音，好容易稳子来开门了，打狗看主面，王太太碍在她的“姨太太”分儿上，只大吼了一下“小畜生！”也就算了。然后王太太进去了，“小畜生”把大门关上了，大个子拉着空车走了，莫愁巷又冷落起来了。

张三这才问玉凤道：“留喜告诉你什么话？”

玉凤没有回答。借了昏昏的灯光，淡淡的月光，她死命地瞅着他的脸，好半天，痛惜地说：“你瘦多啦。”

“我几夜没合眼了。”

“你的气色也不大好。”

“我自个儿倒不觉得。”装出挺有精神的样子，可是极其勉强。

“你……”她说不出话来，只怜悯地看着他。

“不要紧的，只要妈快一点儿好，我睡上一大觉就可以复原啦。”

“你，你可真应该小心保重哪，人到底不是铁打的，万一病了可怎么好……”她泪汪汪地告诉他，连她自个儿也没想到会激动得这样，忘记了害羞，忘记了平时的拘束，也忘记了将要来到的阴谋，此刻，她只知道一件事——他的健康要紧，别的，全都不相干了。

张三点点头，他不会说话，尤其是在玉凤面前，他更不会表达自个儿心里的情感。他奇怪玉凤今天是这样地和往常不同；往常她从来不自动地约他会一次面，往常她也不这么露骨地对他表示关心。他觉得荣宠，觉得高兴，可是他只会用感激的眼色望着她，说不出一句话。

月亮升得老高，大概很晚了，寒气也重得很。

玉凤道：“回去吧，时候不早啦……”

他答应着，却没挪开一步。

玉凤说：“凉得很，你的衣裳……”

他点点头，然后怯怯地问道：“刚才你打算告诉我的，留喜跟你说了些什么？”

“没……”支吾着，“没什么。”玉凤今天不想告诉他了，她不忍。

“你骗我，你刚才正说到他们家太太。”

“嗯，对了，他们家太太——”她瞅着他，又是好半天，心酸地摇着头，糊弄他道：“他们家太太凶得很哪，把留喜跟马连材一块儿开革了。”

“真的?”

“怎么不是真的? 下大雨之先，我哥哥打外边回家，亲眼瞧见他们走的，他们下乡去了。”

“怪，马连材怎么都不告诉我一声呢?”

“马连材那时候压根儿就不知道。”刚说出口，玉凤就发觉自个儿的话有了毛病，幸亏张三老实，听不出她说话前后不符，没找着漏洞。

起风了。

天也越发的凉了。

他们要分手了。

好不容易啊，费尽心思，才安排了这么一次会面，难道就是这样的会面么? ……

玉凤走到裁缝铺子门口，回过头，小声地告诉张三：“明……儿个……晚上……”她的声音有点儿哆嗦。

张三点点头：“我还在井边等你……”他也有点儿哆嗦。

他们就这样黯然地各自回家了，明儿个晚上，是的，明儿个晚上就会很快地来到，因为只有一昼夜工夫。一昼夜，有时候它会比一小时更短，可是现在却好像比一百年还要长了。

第十七章

一个夜晚过去了。

一个白天也快过去了。

太阳落山的时候，火焰似的云霞，把天空烧成了红的，把大地镀成了金的。

太阳落山的时候，莫愁巷热闹起来了——

那没吃晚饭的，忙着在家里做饭。那些吃了早晚饭的，就搬了小凳子小椅子到巷子里坐着乘风凉，也有没凳子的就拣块干净地方坐下，起风的时候，扇子是多余的了，就把芭蕉扇子垫在身底下，不过只有娘儿们才这般仔细。

还有那些家里有个小院子的，他们不出来纳晚凉，可也把大门大敞四开。一来透气串风，分外凉快；二来哩，街坊邻舍，理应有个“交际”，莫愁巷很少有人读过《圣经》，可是他们生来就知道爱自己的邻人，他们的爱法是——多知道对方的事，多互相研究些张家长和李家短，多交换一些走私的消息、幕后新闻。

皮匠忙了一天，挑着担儿回家了。

赛半仙也回家了，这可怜的瞎子，寂寞地抚弄着胡琴，弦子嘶哑无力的一声喊，在诉说谁人的命运？

捏面人儿的，吹糖人儿的，全都回家了。

裁缝铺子里也收工了。

此刻最走运的是那些卖吃食的小贩：卖凉粉的，榨甘蔗汁儿的，卖酸梅汤的，卖豆腐花的，卖桂花白糖粥的，卖棉花糖的……都先先后后地吆喝着，有的打这儿走过，再转到长街，也有的就在这巷子里歇上一会儿，做有钱人的买卖，招没钱的人流哈喇子。

庵里的姑子们在做晚课了，九岁的小尼姑涤凡，瞅着师父师祖们一排八个光葫芦头，把“南无阿弥陀佛”念成了“哪是你的头发”，越念越顺溜。

水红菱打扮得百媚千娇，摇着桃子形的细芭蕉，袅袅婷婷地出门去了：屈保长在吉祥园请区公所的爷们吃晚饭，特地邀了她去作陪。

梅家的胡琴响了。

小虎儿坐在垃圾山上。夕阳影里，肮脏的垃圾山变成了黄金岛，黑小子眯齐着两眼，愣巴巴地看天上的巧云哩，有一朵大莲花似的红云上，站着他的妈妈，小虎儿连忙招招手，云里的妈妈也招招手，可一晃就不见了，“妈妈驾着云，到天上去当神仙……”想呀想的，慢慢儿也就不再去看巧云了。他在垃圾堆里找到半拉西瓜，里头还有好些个红瓤儿哩，咽下一口哈喇子，小虎儿抱着西瓜有滋有味儿地吃起来。

太阳落山的时候，也是井边顶顶忙碌的时候——

刘老娘，林七嫂，大个子的女人，都在井边洗衣裳。她们谈起了陈寡妇的死，唏嘘感叹，惋惜不已。刘老娘尤其伤感，因为触动了自个儿的身世，她也跟陈寡妇一样，丈夫死了，年轻守节，辛辛苦苦地抚养孩子，总指望有一天苦尽甘来，然而这一天永远也不会来了，陈寡妇等不及孩子长大就死去，刘老娘没死，可是比死还要糟糕，兆发变成了残废，这以后的苦，就连想也不敢想下去了，同病相怜，刘老娘淌了不少的老泪。

林七嫂这个人，顶爱说笑话，平日里伶牙俐齿，此刻可成了拙口笨舌，一句话也说不出来。你叫她说什么好呢?

死者生前，和大个子的女人最是投机，今年三月里，陈寡妇吐血病倒，大个子的女人就知道她不会好了，她知道她要死的。

可是前天晚上，陈寡妇还跟她说了好些个话，叫她怎么相信这个人现在已经死了呢？陈寡妇再也不会带着那种惨笑瞧她一眼了。她已经装进棺材里，世上永远不会再有这个人了。可真没意思啊，死，活，就只是一睁眼一闭眼的工夫，又像是一个噩梦。大个子的女人越想越觉着做人可怕了。

三个女人，老年的，中年的，青年的，全在井边掉眼泪。

林七嫂说："按说这种世道，活着受罪，死掉也就算了，可是孩子都这么小，没爹也没妈，多惨啊，老天爷当真不长眼睛么？"

"老天爷长眼睛的，"刘老娘想起儿子说过的话，"就是他的眼睛只瞧得见阔人。"

"真是，"林七嫂啐了口浓浓的吐沫，"连他妈的天也这么势利眼。"

大个子的女人不言语，直抹眼泪。

"小虎儿呢？刚才在这儿的，怎么一晃就没啦？"刘老娘问。

"您老人家！"林七嫂道，"小虎儿不早就跑了么？朝东，准又坐在垃圾山上发愣去啦。咳！这黑小子，吗事儿都不懂，领弟到底大了，盖棺材的时候，哭得都晕了过去。"

"难得啊，十二岁的孩子，"刘老娘点点头，"她可好点儿么？"

大个子的女人说："给她喝了一大碗糖开水，这会子在睡觉哩。"

"林七告诉我，说领弟想找事做。"

"是啊，她妈临死时再三托付我照顾两个孩子，可是领弟一死儿要找事，她说她已经不算小了，就是不能养活小虎儿，也得养活自个儿。”

林七嫂赞道：“这孩子有志气。”

“不知怎么这事又被梅太太知道了，今儿个中饭后还特地差人来找我，她说领弟只有十二岁，能够干什么活儿呢，倒不如去给她做个伴儿。她还打算让领弟识字念书，又打招呼说不会亏待了孩子的。”

林七嫂说：“再好也没有啦，这一来领弟倒交了运。”

刘老娘念了一声佛：“总算阔人里头还有个好人。”

“好心没好报呀，”林七嫂气不平了，“梅太太这么好，你瞧梅老爷……”

大个子的女人告诉刘老娘：“阔人里也有好人哩，王公馆的二小姐，昨儿个把手上戴的戒指除下来做好事，是个一钱七分重的金戒指哩。”

刘老娘又念了一声佛。

林七嫂撇撇嘴，叹气道：“孩子比大人有人心。烟铺上的老太太，牌桌上的太太，全是把钱穿在肋条骨上的货。”

于是话题就一转转到王公馆，说到留喜、乌连材，说到高奶妈，说到……越说越远，暂时忘了哭陈寡妇。

张三到井边来挑水，心事重重的样子，不用问，也就知道张老娘的病一定又厉害了。

乌鸦飞过，天色暗了一层。月亮和星星也都上来了，不过暮色未浓，所以还不大看得分明。

张三挑完了水，暮色也就很浓了，这一个白天也就完全过去了。

洗衣裳的人全回家了，井边冷清清的。

“穿衣乘凉，不如赤膊上床”，纳晚凉的人也渐渐地少了。

大个子拉着空车，打双井巷那头来，瞧见张三，连忙叫住了。

“我有挺要紧的话告诉你，可又不知道该怎么说才好。”大个子悄悄地说了这么两句，把车子在井边放下。

张三摸不着头脑，愣了两眼瞅着他。

“是李姑娘……”大个子咽了口吐沫。

张三越发莫明其妙：“哦，她……”

大个子点点头：“对啦，是她，是李姑娘托我嘱咐你的，她叫我叫你……”摇摇头，他“唉”了一声，“没头没脑，还是让我从开头说起吧：今儿个傍中，总十一点左右，王公馆里那个老梆子出来叫车，那时候欧阳太太的包车歇在门口，另外就是我跟小狗子，你知道小狗子那狗脾气顶惫赖不过，有买卖总是抢先，不肯让人，他一瞅见那老梆子，就把车朝门口一横，胸脯一拍，说：‘我拉太太上涌金巷！’有道是好汉不挡人财路，我也就不迎上去，谁知那老梆子回道：‘一辆不够，要两辆哩，大个子你也去。’说完，她回转身就进去了。”

张三是个慢性子，可也着起急来，他皱了眉，朝大个子苦笑道：“这，跟她有什么相干呢？”

“驴头不对马嘴，是不是？说来话长呀，”大个子把脑门子轻轻一拍，咽了口吐沫，“你倒是个慢惊风，就是碰上了我这个更慢的郎中，别急！我这就言归正传了：那老梆子进去之后，不丁点儿工夫，就出来好些个人，欧阳太太，王太太，还有高奶妈搀着小少爷，还有老梆子，还有一个，就是……”

“是……？”张三明明已经知道是谁，可是他还盼望自个儿没猜着。

然而大个子说：“是李姑娘。”

“是……她……”他直觉地想到有什么灾难要来了。

“是呀，我可真没想到啊，李姑娘沉着脸，不像平常那么笑不唧儿的。当下欧阳太太坐上她自个儿的包车，王太太坐上小狗子的车，我把我的车停在高奶妈面前，以为小少爷也跟了去哩，谁知道高奶妈闪开了，脖子一扭，笑着说：‘我们可不去呀，你弄错啦，你拉李姑娘。’王太太跟欧阳太太全在车上嚷嚷起来：‘大个子，你拉李姑娘，——李姑娘哩，上车呀。’那老梆子就忙不迭把个李姑娘半拉半扯地推上我的车。我愣住了，不知怎么回事，老梆子跟我说：‘欧阳太太接李姑娘去住，大小姐要学绣花儿哩——’王太太在小狗子的车上骂起来了：‘少贫嘴，回家做事情。’欧阳太太把脚直跺：‘银根，快拉。’银根打头，小狗子当中，我压尾，车子进了双井巷。我一回头，高奶妈抱着小少爷到裁缝铺子去串门子啦，李姑娘低着头在车上擦眼睛哩。”大个子看了张三一眼，住口了。

张三的脸发白，声音直哆嗦：“后……后来呢？”

“我拉着车，长街短巷，转弯抹角地走，心里纳闷，可又没法子找李姑娘说一句话，两位太太三步一回头，五步一转身，恨不得像张果老倒骑在驴背上，看住我，怕我把李姑娘拉跑了似的。我就越发纳闷了。幸亏呀，车子出了枇杷巷，那拐弯口子上，不是有座桥通涌金巷么？心里一动，我有意慢了两步，银根小狗子全部过了桥，凑巧迎面又有明星舞台的戏报，洋鼓洋号，嘀嘀嗒嗒地走过来，天公地道，我的车子只好在桥这边待一待了。李姑娘在背后叫我，我回过头，她摆摆手叫我别掉过脸，怕桥那边看见，我就还是背朝着她，听她一个人在我背后说话。她叫我告诉你，昨儿个晚上她没想到有今天这一招，她要是能想到，就好了，她说这趟多半受人的骗，我不大懂，她只叫我想想留喜跟马连材怎么被开革的？我可越发糊涂了。”

张三苦着脸：“她……她还说了些什么？”

“她说你的话不错：一个人要是能够敢说敢做就好了，昨儿个晚上她还不大知道这话可对，今儿个她千信万信是真的了，可是太晚了，只怪自个儿无用，不能够快刀斩乱麻。”

“她没提到省城去的事儿么？”

“起先她没提，后来我开始问她是不是这件事有点儿蹊跷？正待开口，车子已经过了桥，两位太太都在车上等着哩，她只说了一句‘留喜知道的’，就到了欧阳公馆的大门口了。”

“留喜知道的，”张三想起昨儿个晚上她在井边说的话，恍然而又怅然，“留喜跟马连材下了乡，去问谁呢？”

“怪不得一下子开革了两个。”大个子也明白过来了，“还说什么为了偷鸡蛋哩，敢情全是假的，借沟出水，杀人灭口哩。”

“她还有别的话么？”

大个子想了想，“她叫你保重身体，伺候老娘，别把她放在心上。”停了停，大个子又说：“听那口气，好像她知道她永远也不会回这个城了。”

张三“嗯”了一声，没言语，他也许压根儿没听见大个子说的话？也许，听是听了，成心不搭腔儿，“永远也不会回这个城了”，他怎么忍心让自个儿的耳朵听见这样一句话？永远！从生，到死，就是一辈子啊，一辈子，她都不会回这个城了么？像城外护城河里的流水，一去不再回来么？……

天，完全黑透黑透了。

亮晶晶的星，千点，万点。

上弦月，挂在东天。

又是一个夜来了，夜晚之后，还有白天，还有黑夜，几百个几千个昼夜，像城外护城河里的流水，流不尽地流，流完这一辈子……

第十八章

星星接着星星，年华接着年华，多少个白天和黑夜，像护城河里的水，流去不再回来了。

李玉凤也没有回来，不知道是不是永远——一辈子也不再回来，没有人能够知道。两年前，她坐在大个子的车上离开了莫愁巷，据说第二天就被欧阳太太带到省城，据说欧阳太太把她送到一个有钱有势，挺了不起的人家……后来就什么消息也没有了，她的哥哥嫂子从来也没有去过省城“会亲”。慢慢地，她的名字不大再有人提起，那些从前爱她的人，欢喜她的老街坊们，好像把这个人忘记了。有时候，虽也有人禁不住要在心里想：“她还活着么？她死了么……”然而这也不过是瞬息一念，顷刻又像昙花般消逝。人们多半以为她是死了。她大概真的死了，但也许活着呢？要是她还活着，她在什么地方？她怎样打发日子？她还记得莫愁巷么？有一天，她会不会从另一个地方突然地回来？回到莫愁巷，在浮土极深的石板道上找寻从前的脚印，在井边，晦暗的暮色里，搜索她自己当年的影子，和另外一个人的影子……然后再带着仆仆风尘和无可奈何的心情离去。

假使她不幸没有死，那一天大概迟早会来的，因为屋檐下的燕子还记得它旧年的窝巢。可是来了又怎么样呢？浮土极深的石板道，时间消灭了一切遗迹，不知有多少双新的脚印走过了。辘轳在转，井水未涸，井边一切仍旧，她可无法去搜索她自己当年的影子，就是找着了又怎么样？还有另外一个人的影子呢。那另外的一个人，挑水的张三，他现在又在哪儿呢？张老娘在那年七月半晚上死去，几天工夫，难堪的生离和死别，打击得他实在受不住，反正只有他一个人了，他把家里能卖掉的东西统统换成钱，只带了极少数做路费，余下的全给了刘老娘，他悄悄地离开莫愁巷了。有人说他也到了省城，可是据从省城回来的熟人说，谁也没瞧见过他。也许是省城的地方太大了，他们没有遇着，也许是……

李广记成衣铺子还是照旧开着，梅红纸糊的门对，仍旧写着那两句老话："生意兴隆通四海，财源茂盛达三江。"小虾米变成了大虾米，除了三餐之外，师娘款待他的那些恶骂苦打，已经不及从前殷勤，原来李广荣又添了个学徒，那个倒霉的小替死鬼叫二和尚，二和尚比小虾米受的折磨更多，因为少掌柜的现在也会摆威风了。李广荣的女人还是整日价骂街，打学徒，跟当家的拌嘴，发胃气病，母大虫的威风不减当年。至于李广荣自个儿，他还是当他的掌柜的，还是挂着那特有的和气生财的笑，常常浇得人家一脸一身；还有，他依旧谨守闺训，他老婆定下的“家规”——从吉祥街回家，绕远道儿打吴孝子巷踅过来，不走水红菱那婊子的家门口过。另外，还有一份事可不能不提：李广记在枇杷巷添了个分号，掌柜的分身不开，就小舅子在那儿帮忙。新铺子开了近两年了，欧阳太太给拉了大批的主顾，比莫愁巷这边的老铺子来得生意兴隆，也有人少见多怪，怀疑李广荣哪儿来的老本儿？自然这些个人太小心眼儿，狗眼看人低，难不成李掌柜的就连这点子积蓄也拿不出来么？

吉祥庵的香火比以前更不旺盛，人连肚子都填不饱，对于菩萨也就很少热情了，虽然菩萨打着“救苦救难”的旗帜，可是越来越无法号召众生，众生必须号召以后方能普度，菩萨的业务因此日益冷落，不知道菩萨们是否也在担心有一天会失业。然而姑子们依旧养得肥头胖耳，风姿不见清减，这也是因为信女善男，到底不曾绝灭，再说，还有那驰名的绣货哩，还有那风光无限的牡丹田哩，所以她们并没有什么杞忧。每天，从早课做到夜课，八个光葫芦头之外，又加了一个小号的，因为小尼姑涤凡已经落发了，她现在将“哪是你的头发”，改成了“哪是我的头发”。——她的心未免有点儿思凡。

水红菱比以前更“那个”了，手面儿比以前阔，整天捯饬得花娇玉艳，遍体风流，那股子骚劲儿搅得一群游蜂浪蝶，吃睡都不能安，可又怕她那一点就着，霹雳火似的性子。她跟那个屈保长闹翻了，有一阵子和区公所的所长打得火热；新近又结识了县党部里的一个什么柳委员，水红菱管他叫“柳员外”的。

对过，颓墙里的刘家母子勉强凑合着，也对付过了这难过的日子，刘老娘还那么硬朗，刘兆发不言不语，可也不唉声叹气，外面世事如何，他一概不管，只埋头做活儿，他的活儿总能换得不少的钱，他从来没有怀疑过他的针工怎会这么好。他不再怨天了，既然天无绝人之路，他好像也就认了“命”。只是没有一个人知道他是否真正甘心？连他的老娘，连刘兆发他自个儿，全不知道。

赛半仙还是敲着当当儿，每天上街给人算命，他自个儿的“命”可越来越穷，也越苦了。皮匠林七还是干他的老营生，明星舞台有再好的戏，他也不去听了，宝摊上也自动地不去了，这一切用不着他老婆费心。可是林七嫂眼见丈夫改邪归正，倒没有从前那么有说有笑了，两年里他们又添了两个孩子，两口子整年胼手胝足，苦苦卖命地做，还应付不了一家大小的衣食。你叫林七嫂说什么呢？又笑什么呢？

大个子还是拉车，为了想多赚点儿钱，他做过几个月包车夫，王太太好心给他介绍的，可是他又自动地辞退了。人家笑他扔了好差使不干，大个子也承认自个儿是贱骨头。好像一只溜逃的狗，牺牲了牛肉，暖和的窝，宁愿风吹雨打，饥寒交迫，换那不值一个半子儿的自由。他的女人为他生了个女儿，新近刚断奶。小虎儿已经七岁了，他现在会做饭，领孩子，上街买东西，还能洗洗小件儿的衣服，分担了大个儿婶婶不少的忙碌，因此大个子的女人可以在外面做做短工，赚几个钱，贴补着用。

梅太太不学戏了，是因为人言可畏？还是那说戏的师傅跑别的码头去了？还是……不管怎样，梅太太仍旧唱她的戏，她的嗓子仍旧那么凄凄恻恻，哀婉动人，只不过少了胡琴的声音。也有时候，梅太太自个儿吹弄着洞箫，呜呜咽咽地在深沉冷寂的庭前，像幽泣的鬼魂。——梅太太应该有个伴儿。然而领弟到哪里去了？不知是这孩子没有念书识字的福分？或者，是梅太太注定这般孤单？原来“眼里揉不进一粒沙子”的王太太忽然在某一天发现：陈寡妇的死害她无形中损失掉一钱七分金子，冤有头，债有主，王太太必须要弥补这笔损失，她找上了大个子的女人，要领弟到公馆里当丫头，大个子女人拿梅太太来推，可是梅太太自动把领弟让给王太太了，她不愿意人家说她出钱埋了陈寡妇，就要她女儿卖身葬母，于是领弟就这样进了王公馆。

王公馆！王公馆在这两年里有些什么变迁呢？

王公馆依旧是莫愁巷的“圣地”。

那两扇黑漆大门上，依旧有那谁也看不见，但谁都感觉得到的字样——那用金笔写下的权威和尊贵……

深深的院落，长长的甬道，高楼，粉墙，花畦，古园……什么都是依旧，什么都没有变。

这“小朝廷”，依旧是牝鸡司晨，王太太继续垂帘听政。“万岁”、“千岁”和“百岁”仍是王公馆最有势力的一环。

王老太太还是整天躺在烟铺上抽大烟，骂儿媳妇，寿星老儿唱曲子，总是那套老调。

王文先仍旧在省城做芝麻绿豆官，很少回家，他不是不想回家，是不敢回家——每一趟回来，总惹出无数风波，渐渐地，他就失去回家的勇气了。

王太太一个月至少要打三十一场牌，因为夜里也常有牌局；不打牌的时候，除了吃饭睡觉，大半时间就是骂人，打鸡骂狗，寻事生非，在“机要室”和“姨太太”谈心事，做“儿子的慈母”。

奶妈无恙，“百岁”依然挟天子以令诸侯，这门里依旧人人对她怀着戒心，没有人打算在老虎头上拍苍蝇。

慕飞八岁了，在母亲和乳母的教育和熏陶中，他学会了用最下流刻毒的话骂人。后天的环境培养了先天带来的恶根劣性，这年方八岁的孩子是一个说谎的能手，他有一种邪道上的聪明，知道什么人可以欺侮，捉弄得人家啼笑不得，引以为乐；他会挑拨是非，显得自己更惹人疼；在学校里他是个“小霸王”，同学不跟他好，他会造谣诬赖人；背不出书，他会想法子叫王太太请先生吃点心；有一次，他把邻座小朋友的活动铅笔藏在自个儿的颜料盒子里，等那孩子找来找去，找得急了，打算去报告先生，他会很自然地打开书包，没事儿人似的掀开颜料盒的盖子，假装无意中发现了那支笔，然后打个哈哈完事。——王太大三天两日地要教训女儿，可是对儿子从来也不曾打过一下，骂过一声，于是八岁的慕飞就以为他的一切全是对的，不错的，而且是有理的了。

十六岁的慕蕴今年已经读高中，她是个品学优良的好学生，性情温和，又很懂事，说话为人都很有点儿分寸。她的妹妹慕兰和她恰巧相反，这个烈性的小妮子，一下子长得又高又大，她还是像从前一样地爱吃爱玩，爱哭爱笑，走起路来像一阵风，说起话来又急又快，像一串小珠子；但是她有点儿和从前不同了，的的确确不同了，一股新的力量顽强地在她心中生长起来。去年她进了初中，成绩比不上姐姐，可是那股子任何事不怕的傻劲儿，慕蕴就赶不上她。慕兰的作文簿上还是常有别字发现，分数也未见出色，可是她仍爱上国文课，她们的国文教员是学校当局认为的“激烈分子”，那些慷慨悲愤的言辞引得这个孩子发迷了，国文教员讲的那些她从来也没听见过的话，一遍又一遍地在她心中起了反响，生了力量，家庭的不愉快空气使得这股力量滋长得又快又顽强，她成了个“小激烈分子”。有一次，这个“小激烈分子”在教室里朗诵屠格涅夫的散文诗《门槛》，她庄严地站在讲台上，一句一句地念：“……我知道，我准备好了。我愿意忍受一切的痛苦，一切的打击……”她面色通红，眼眶潮润，“……我不要人感激，我不要人怜悯。我也不要声名……”激动得连声音也哆嗦起来。不久，学校里发现这个“小激烈分子”和另外几个“小激烈分子”都随着那个国文教员走了，走到什么好地方去，没有人知道。那是个大风雪天，慕兰走的时候只穿了一件丝棉袍，没有雨衣，没有伞，也没有钱。慕蕴在她的抽屉里找着一张纸条，歪歪斜斜地写着：“从前我想做快乐王子，现在我欢喜学那个勇敢的俄罗斯女郎。赵先生说做人应该不怕吃苦，但是不应该受气。我跟赵先生走了，他会带我到好地方去的。告诉妈妈我没有拿家里的钱，我的金锁片我把它夹在英文字典里了。你写信告诉爸爸请他放心，赵先生会好好地照应我们的，我一定一定会回来……”慕蕴哭着拿去交给母亲，牌桌上的王太太匆匆地看了一遍，觉得一阵心酸，但是这孩子的倔强触怒了她，王太太丢出一张五索，把头一昂，冷笑道：“这个小死鬼，在家里造反不够，又到外面造反去了，她找死哩。”知女莫若母，王太太说得一点儿也不错，这个“小死鬼”“小激烈分子”是到外面“造反”“找死”去了。从此，每天早上，莫愁巷只有慕蕴一个人坐着大个子的车去上学，冷清清地去，冷清清地回来，在家里就越发冷清清。慕蕴变得更懂事了，老成得不像个孩子。

两年来，尹淡云更瘦了，除了非说话不可的时候，她一直缄默着。王文先回家，她总是回避，不见他的面。连那把“神奇的扇子”，她也没有闲情去欣赏，是不是灯盏里的油，已经干了？

老钱妈做了八个月，因为说话不小心，得罪了“高百岁”，滚蛋了。可是后来的八个月当中，王公馆换了二十个老妈子都不止，不怕不识货，只怕货比货，于是老钱妈又光荣地“复辟”了。

稳子渐渐地不稳了。

最可怜的是领弟，她在二号只待了五天，就被王太太“抢”，梅太太“让”到一号来的。那五天，领弟在做梦的时候也想着那五天好日子。她不知道自个儿犯了什么罪，一下子从天堂跌进了地狱，这地狱，说得一点儿也不过火。领弟在地狱里有两年了，两年的生活是非人的，不是人能够想象得出的，也许只有一个留喜想得出，但是留喜还有个马连材哩，领弟可受尽了稳子的欺侮。

马连材跟留喜下乡之后，一直没有来过，从乡下来的人说，他们成家了。茅屋里的日子也许辛苦却是幸福的，他们应该谢谢“高百岁”，李广荣的女人，和王太太。

还有厨子金富呢？他现在怎样了？他还是爱喝酒，上宝摊，去明星舞台，可也不那么有说有笑的了。戏还是唱，尤其那一段《四郎探母》，差不离儿天天挂在嘴上哼哼：“杨延辉，坐宫院，自思自叹。想起了，当年事，好不惨然。我好比，笼中鸟，有翅难展……”他掼过好几次“纱帽”，但是王太太吃不惯第二个人做的菜，于是这“光禄寺卿”一席，金富就得永远连任下去了。林七的家累，吓得他到现在也不敢讨老婆，不过，也许是他至今还没遇着一个像水红菱那样义气的娘儿们做他的“秋胡戏”？

尾　声

这就完了么？

没有完。你不见护城河里的流水，正流不尽地流？那井上的辘轳，还在不停地转？星星接着星星，年华接着年华，要来的日子没有完的时候……

这就完了么？

没有完。你不见年老的人还不曾闭上他们的眼睛？年青的一辈，有的荷负了人生的苦辛，有的勇敢地扛起使命，也有的……幼小者长大，婴儿诞生。一代接着一代，生命接着生命，悲剧和喜剧也没有完的时候……

什么都不会完，什么都没有完的时候。……

现在，惨金色的斜阳，掠过屋角，那墙头上一抹日影，渐渐地淡了，没有了，乌沉沉的晚上，死一样的安静，只有夜风里闪着几点微光，是人间的灯，天上的星星……莫愁巷的故事暂时就这样收场了。——也许，这并不是什么故事：没有飘舞的花瓣代替你心中的雨点；没有黄金笛和紫檀箫奏成可歌可泣的离合悲欢，像缥缈仙音或是美丽的古代传奇；也没有日月辉煌，彩虹般壮丽的画面，让英雄们吹他的号角……因为莫愁巷不再是神仙的家乡，从前那一角好土，已经染上了人的气息，红尘的味道，所以故事也就平庸和可怜了。你知道，人的故事多半就是这样平庸，这样可怜的。……

井里的故事

一

日落西山，倦鸟归林，费彭年带着他的妻子儿女，回到了小城里。

那是民国二十六年春天里的一个黄昏，一辆古旧的大马车，在浮土极深的街上走着。年近花甲的费彭年，左顾右盼地打量街上的情景——这是小城里最热闹的一条大街，原先的名字是状元街，现在叫中山路，弄不清楚是哪一年改的了，反正是民国成立以后的事情。他瞅着走过的人家和铺子：木器店改了漆匠店，蒋回回开的那家古董铺子，现在是卖寿衣了，凤冠霞帔，朝衣朝帽，黑缎子的朝靴，粉底上还嵌着绿滴滴的镶条，大红的衾，大红的鸡鸣枕……这些原也是古董，在不久的将来，再被死者穿戴到棺材里去，将比活人爱玩的古董还更货真价实。景福茶叶店过去了，恒大祥布号过去了，香烛铺子过去了，宝华斋笺扇庄过去了……一家家的店门面和招牌，像老朋友的脸，亲切地呈现在眼里；他发现除了原先的合泰当以外，又多了两爿典当；还有一个相当华贵的理发厅，也是以前没有的。水果行门口坐着个正在打盹的小男孩，当年的水果西施大概已做了祖母；得意楼酒家照旧开着，照旧有一群狗，懒洋洋地躺在门外，不知它们是从前哪条癞狗的第十几世子孙。盈昌百货公司门口，悬着“春季大减价”的巨幅广告，无线电里唱着：“记得我呀，小时住在丁香山里，现在真想到那儿去玩玩，玩一玩，玩一玩，丁香山……”马车经过流芳巷口，那节妇牌坊还在，附近的房子也还不改旧观，于是他想起两个自小的同窗学友，陈保先和刘靖，听说一个死了，另一个仍活着，一家正走下坡路，子孙穷得只差要饭，那一家却比前兴旺了，正往上坡走。费彭年不由自主地叹了口气，几十年的光阴，这期间逝去的流水该有多少？然而，何只流水啊？何只流水……不过这种心情仅只一刹那，真正的一刹那，之后费彭年遂不暇顾念到他们了；此刻他是自私的，他想着的只是他自个儿，他自个儿，离乡背井，在外面，海阔天空的世界里，奋斗过，挣扎过。他这一代人，见过中国有史以来最大的世面，皇帝倒了，亲眼瞧见自由的民国建立，成长；费彭年虽不曾干过什么轰轰烈烈惊天动地的大事情，却也半点儿不曾贻辱祖先。他是个好人，世上的好人大多无用，所以他不能够建下丰功伟业来光耀门楣；他只是安安分分，辛辛苦苦，一面守住祖宗遗留下来的家产，一面靠着他自个儿挣来的钱养家活口，多少年了；今天，他带着妻子儿女归来，虽说不上衣锦荣归，可也对得住乡井，对得住先人。一向没有野心的费彭年想到这儿觉得骄傲和满足，他笑了，五十九岁的老人，笑得像十九岁少年一样的不懂事和单纯。

坐在他对面的费太太，不知是风尘劳顿还是病，一直懒洋洋的打不起精神，姣好的面容现出苍白色，皱着眉，带点责问的口气说道：“咦，这是怎么一回子事？一会儿唉声叹气的，一下子又乐得一个人傻笑。”

“我在想，”他真的又想了一下，“这些年，我只有这一趟才是真的回到这城里，以前的几趟，全算不得数。”

“算不得数？”费太太睁大了眼睛，她简直弄不明白这话是什么意思，因为他说得费解，她有点儿生气了，“为什么算不得数？难道那几趟你的魂没带回来？——疯疯癫癫的，不知胡说些个什么。”

他十分爽朗地笑了笑：“你不会懂。”

费太太的脸往下一沉：“我压根儿就没想懂。”

是的，费太太不会懂，而且真的压根儿就不想懂，她比她的丈夫年轻二十一岁，这一大截子的年月，像一道结实的墙，将他们给隔开了，她不会了解一个近六十的老人的心境；虽然她也是南边人，在一个和这差不多的江南小城里诞生，过了十二年贫穷的不快乐的日子，直到外祖母带她到北京去，才转了佳运。根据费太太童年的不愉快的记忆，她恨透了一切的小城，所以这一次南归，她是十二分的不愿意。

费彭年对太太一向是让她几分的，所以碰了个钉子，倒也并不计较，只是搭讪着笑笑，又去自顾自地想心事了。在春天的黄昏里，他想些个几十年前的事情，像做梦；费太太对这古老简陋的小城不感兴趣，她舍不得北京，心里只想那迢迢千里外的一切，像做梦，墙头上一抹惨金色的斜阳，迟迟不肯归去，在春天的黄昏里，像做梦。做梦……一个在逝去的时间里，一个在别去的空间里，不同的梦境，不同的情怀，然而他们都有叹息、颦眉、惆怅，和无可奈何的微笑……

但是坐在一旁的儿女，二十岁的克清，十九岁的克庄，却是快乐的；这兄妹俩，既没有父亲的悲喜交集的过度兴奋，也不像母亲那样懊恼。年轻的心，生命的活力，海阔天空的希望，锦绣灿烂的前程，在未来的时间里做梦；没有叹息，没有唏嘘，没有惆怅，他们的梦是光明的、快乐的、神奇美丽的、颜色鲜明的。

"多福多寿的老爷太太，修子修孙啊——"那个跪在大青石上的老要饭的，逼尖了嘶哑的嗓子一嚷，前额撞在石头上，重重地磕着响头。梦被他喊醒了。好心的克庄，连忙关照跟马车夫坐在并排的双翠（他们打北京带来的丫头）扔下去几个铜子。

一路上的人，都瞅着他们，有的还暂时驻足，好奇地打量；费彭年笑了，这小城里的人，仍是那么少见多怪，简单得可爱；但是费太太心下觉得实在可恼，这些人怎的这样没见过世面？而自己，从现在起，就得跟这些没见过世面的人喝一条河里的水，一年，十年，二十年……说不定一直到死，也未可知。

马车拐了弯，车夫加上一鞭，嘚嘚的马蹄声渐行渐急，他们到了彩云街。

费彭年对克清和克庄说："喏，这就快到家了，你们瞧这条街，跟我在北京时候说的是不是一个样儿？一面临河，河畔栽着垂杨柳，那儿是蚕桑模范学校，"他用手指着，"那儿是电灯厂，那是榨油坊——"

"完全一个样儿，爸爸，我闭上眼睛都想得出，"克清笑着插言道，“前面是普恩医院，再过去有个庙，叫什么……光……福寺，寺里有好些个和尚，有一个叫源净的，寺门外有座桥，叫虹桥——”

“咱们的老宅就离虹桥不多远。对河那边没有多少路，还有一个塔。”克庄说。

费彭年直点头：“一点儿也不错，你们记性真够好的，我的话全记下了。桥堍还有几个老街坊，张三房，孔善人家，房子全姓了别的姓；对河白家倒还在，听说前年春天白先生也过世了，我小的时候，白先生还教过我对对子哩！”他又叹了口气，“来一趟，就是一趟人事的变迁，沧海桑田，什么都不同了。”

不同了，连那河柳也不知青了多少次，河岸上的泥沙，曾经被多少熟识的和生疏的脚印践踏过；就是这桥和塔，庙宇和医院，厂房和学校，这些既无情感又无生命的建筑物，经过几十个寒暑的风吹、雨打、日晒、夜露，也不能和从前相比。人能像草木一样的无情么？人能像泥沙和砖砾一样的不老么？何况草木、泥沙和砖砾也都今昔不同。这时候，落日沉下去了，西天的残晖，化作浓红、淡紫、浅金的云霞，在苍烟暮霭里，像青灰缎上的彩色锦绣，也只有这青天和彩云，还像从前，也只有这青天和彩云，能够不老长生。

这暮景，这春天，这无法形容的老年的归客的心……

马车越走越快了，费彭年坐的是倒车，摇晃得特别厉害，他一手拉着旁边的克清，一手抵住车垫，怔怔地瞅着地上滚起的尘土，整个注意力全集中在这上面，不再看别的了，也不再想别的了。费太太仍是没精打采的。最起劲的倒是克清和克庄，这还是他们生平第一次长途旅行，对于这个抵不上北京百分之一可爱的小城，他们倒还颇具好感，尤其是这一点儿朴素的乡镇情调；虽然他们爱的仍是北京，那红墙碧瓦的故都，那古色古香的风光，曾经装点了多少美丽的年月啊！

经过一带灰色的围墙，墙里的桃花开了，直伸展到外面来，还有白色的玉兰，开着碗口大的花，在告诉北方生长的孩子们，江南春早。要是在北京，此刻，春梅还不曾谢尽，杏花正放，桃花才结出不点儿大的苞朵。要是在北京……但是，等不及让他们继续地去想北京，马车已经走过光福寺，走过几户人家，走过虹桥堍，又走过几户人家，停下了，停在一所又古又大的房屋前，两扇黑色的大门紧闭着，靠左手的一扇，上面歪歪斜斜的，白粉笔写的字："彩云街一百二十八号费公馆"，不知道是谁家淘气孩子的手迹。

他们叩了好几下门，良久，门才沉重地开了；一个老苍头，佝偻着腰背，眯起昏花的迟钝的老眼，打量了大半天，不说话，也不让他们进去。

费彭年问道："你是谁？"

老苍头"啊"了一声，嘿嘿直笑："怎么穿长袍的先生不识文字？我在门上明明写了'费公馆'，还要到这里来买煤。"

费彭年皱皱眉头："老李呢？"

"又要买米？"他摆摆手，"也不卖的。"

费太太一肚子的不高兴，说了声"倒霉"。

老苍头侧着脑袋听，不耐烦地咕噜道："又是买煤，告诉你，这里什么都不卖的。"他要关上门。

克清笑道："原来是个聋子，再加上不懂话，就瞎打西瓜岔了。"他止住他别去关门，大声道："你是这里的什么人？"

这回他听清楚了："我是看门的。"

"本来的老李——李有财呢？"费彭年也大声地问。

"死啰，'三七'都过啰。"咳嗽着，又浓又厚的痰，在喉间像"拉大锯"似的，重重地一口啐在地上，又用脚踩了。他开始攀谈起来："上月初，到马家甸，吃他外孙女儿的喜酒，多喝了几盅，又当天赶回家。来回路程二十里，他年已有七十春，病倒床前十几日，可怜一命就归阴。"又是一口痰，不过却不曾用脚踩了，大概忙着掉文，"老人好比风中烛，老人好比草上霜……"

克清和克庄笑得上气不接下气。双翠看傻了，虽不懂这糟老头儿哼些个什么，但瞧这份儿德行就比北京的要猴崽子跟跑旱船全都好玩。费太太也觉得可笑，不过她却板起脸，硬逼住不让自个儿笑出来。费彭年笑着问他道："你叫什么？"

他又听不清了，伸手直去抓脑袋。

克清对着他耳朵大嚷道："请问你的名和姓？"

"我乃有财亲姊丈，姓江名俊是其人。"说罢，还哈了哈腰，似乎做了个"小生这厢有礼"的姿势。

克清使劲忍住笑："再问先生几多庚？"

费太太无法再矜持，笑得指着克清连说："你这孩子，你这孩子……"

那"江俊"干咳了一声，不慌不忙地："我与有财同年岁，一生虚度愧煞人……"看样子他还想再续，可惜"江郎才尽"，底下没有了。

克清又待开口，费太太止住他，说道：“得啦，你再逗他，咱们要站到明儿个天亮了。快点儿进去吧！”

于是费彭年和克庄在前，双翠跟着费太太在后，克清落在末了，他等老苍头关好大门，和他有一搭没一搭地说个不休。这滑稽的门房，直到此刻才知道是老爷、太太、少爷和小姐回来了，他觉得十分惶恐，一再为刚才“买米买煤”的事而抱歉，埋怨自己的耳朵不好，又说连三小姐也没想着老爷和太太今天就到，房间昨天刚打扫清爽，只以为明后天才来哩！克清倒觉得过意不去，说：“今朝原是初相识，怎怪先生不识人？”那老苍头大为高兴，因为这位好少爷竟称他为“先生”，心里很感激这年轻小主人的知遇之恩，原来他曾是乡间书塾中的教书先生，可恨一直怀才不遇，才潦倒到今天这个地步。

这是一所极其古老的宅子，门内的古老更甚于门外的古老；而且因为这些年来，住人太少的缘故，这长长的十一进大厦，有一种阴森森的感觉，一股霉湿的味儿。走过门堂，走过门房和轿房，正中的二门关着，他们打西边的甬道走进去，一踏进这深邃幽暗的狭长巷子，大家都不自主地打了个寒噤。两边高得可怕的墙，高高在上的一带狭长的黄昏的天，可怕的灰色；阴暗的墙角，结着密密的蛛网；墙脚的青苔，砖缝里的野草，绿得有点儿异样；走路时，仿佛背后有人在追似的。

“好僻静的地方。”克清说。

克庄道：“像个深山道院似的，爸爸不是说要读佛经……”

“依我看，不得神经病就是上上大吉。”费太太道，“我真佩服你们姑姑，要是我，就一夜也没法子合眼，她在这儿住上六十三年了，而且后来就是她一个人，带一个丫头，一个看门的老头儿……”

“她的一生就在这儿过去了。”费彭年阴郁地说，半是感慨，半是抱歉。

一生就在这儿过去了。克清和克庄互相看了一眼，就是六十三本日历也不能一下子撕完，何况还是六十三年的岁月？白天和黑夜，这重重的门，这一进进的空屋，这高得怕人的墙，这狭长的甬道，这密密的蜘蛛结的网，一生就在这儿过去了，六十三个无花的春天，六十三个没有明月的秋天，六十三个寒冬和炎夏，一生就在这儿过去了……过去了……

天色一点一点地暗下来。算日子，今夜该有一钩纤细的月牙，但不在这狭长的天上，这儿的“领空”太小了。

老苍头在后面叫着：“就是这里，第九进，第九……”

费彭年定睛看了看，回到仪门口：“天黑，瞧不见，我差点儿走到后一进。”他把虚掩着的门轻轻推开，大家跟了进去。

一方天井，天井上头的天，一小半被那株高过屋顶的树遮住了，没有月牙，几颗稀疏的星；东屋里有灯光射将出来，墙犄角里摆着大水缸，和几盆花草，不知是兰卉，还是万年青，此刻却看不清了。

费太太悄声儿对彭年说：“你先进去吧！她没想到咱们今儿个到家，一下子看见一大帮人，回头受了惊。”

“呀”的一声，东边的房门开了，一个垂着两股长辫的白脸丫头，扶着她的上了年纪的女主人，慢步却又带点匆忙的样子走出门来，顺手将灯给扭亮了。

“是彭年么？早上喜鹊叫，迎弟说你们要回来了，我计算一下日子，总要到后天哩。”她说话很慢，很平静，似乎成了习惯，即使在最最喜悦而又激动的时候。

彭年道：“一路没耽搁，所以早了两天。——三姊这一向好么？”说着，费太太带了克清、克庄过来见礼。老人瞅着从未见过的弟妇和侄儿侄女，乐得眼笑眉开，这回可激动得一句话也说不出来了。

那个叫迎弟的丫头，跟彭年他们请过安，忙着去张罗茶水、手巾和晚饭，机灵的双翠，立刻去帮她。

他们围着八仙桌子坐下，老人喜滋滋地朝克清和克庄看了又看，说道：“好一对漂亮的孩子，克清真像他大伯，彭年，你还记得大哥当年，不就是一模活脱这个样子？”

彭年点头道：“克庄就像你，在北京的老亲戚，全都说克庄长得像姑姑。”

“克庄像妈，一双眼睛多美。”

费太太谦虚地一笑，没有说什么。

他们谈些个陈年旧事。在灯光下，那两个年轻人也在端详他们的姑姑。自打他们懂事之后，就一直在心里尊敬、崇拜、心向往之的培佳姑姑。这六十三岁的老人，看上去只有五十许的样子，要不是头发花白了，还要更显得年轻些；鸭蛋形的脸，高而且直的鼻子，肤色很白，并且不像一般上了年纪的人常有好些个皱纹和老人斑，衣服穿得朴素但很利落，举止谈吐典雅而不粗俗，跟她接近的人，总觉得她有一种说不出的端凝和高贵。世界上的一切，现实多半不及理想，但是坐在他们对面的培佳姑姑，可比心目中所想象的姑姑还要更好，更叫人敬重和爱慕。

良久良久以后，甬道那边一阵人声，原来是行李到家了。那个打北京带来的男仆赵升前来跟彭年请示，问搁在什么地方。

三小姐想了一下，然后指着西边屋说道："先堆在那边厢房里吧！等一下吃过饭，"她回过头来告诉费太太，"有什么今天晚上要用的，再去拿出来。后面一进，每间屋子全已打扫好，铺盖褥子也都是新洗得缝上的，迎弟连拖鞋肥皂也给你们预备下了，我想大概这一晚不会再拿什么啦。"

"三姊真是想得周到，我也不知说什么才好，"费太太感激地说，"这样麻烦您。"

"麻烦什么哩？再说，就是麻烦，也是应该的。"慈母一样，温和的语气，"一家子人了，自打那天接着你们动身的信，我每天饭都多吃大半碗，恒芳，别跟我这么客气。"

费太太道："我哪是客气呀？只是一到家，三姊样样都给安排好了，我们真是福气哩。"说着，大家全都笑起来。

迎弟走进来说："饭开好了，在后进。"于是由她领路，大家一齐到后进去。这一边留下赵升看管那些车夫搬行李。

旧式房子，除了厅之外，那余下的每一进全是一个样儿，即使有些差别，也是大同小异。这儿天井里，没有树，也没有盆栽和水缸什么的，同样一块长方形的地，比前面显得宽大多了。连天也大了些，所以看见了 弯淡白的月牙。

堂屋里的灯光比前面的亮，陈设也差不多：几幅字画，是昨天新挂的；一套紫檀的老式家具，桌面和茶几全镶有大理石的心子，椅子背上也嵌着，像一幅幅的扇面，黑白的石纹，扇面上有的是云海，有的是泼墨山水，有的是烟雨楼台；天然几上放着大理石屏，雨过天青的花瓶，插着几枝玉兰，也有紫色的，也有白色的；正中是三尊尺来高的瓷像，福禄寿三星。两边房门还上着锁，半钩着门窗帘子，看得出是新制的，淡湖色的底子上，印有一只只深紫的大蜻蜓。一进屋就觉得窗明几净，收拾得一尘不染。

彭年道："三姊，你真是太费心了。"

"这算什么？连你也客气起来，而且什么心也没费，东西全是现成的，不过督促迎弟摆摆好，扫扫干净罢了。要么就是这几朵玉兰花，是刚打树上摘下来的。"她莞尔而笑。

"还有这门窗帘子。"克庄说。

"噢，门窗帘子倒是新的，不过这个布也有年代了，"她叹了口气，感慨地，"还是那年大嫂从平壤带回来送给我的，高丽布的花样顶别致，她知道我喜欢——"

"快吃饭吧，三姊，回头我们再谈。"彭年连忙把她的话打断了。

她明白彭年的意思，也就不再往下说。忽然，像想起什么似的，她叫道："迎弟，到我屋里，把那瓶葡萄酒拿来。"

克庄看着她的姑姑，葡萄酒三个字使她想起父亲说过的话。父亲讲到姑姑的事情，告诉她姑姑怎样的好看，家中那时候怎样的快乐，园里的葡萄怎样的好吃。四十几年前，小城里流传的那句口号："费家的小姐，费家的葡萄。"意思说费家小姐的美，和费家葡萄的甜，在这个城里，都是出名的、无双的。但是，四十多年后的今天，葡萄制成的酒，还藏在瓶里，而且是越陈越香了；姑姑的美丽和青春呢？人的年华也能够像酒一样的，永久保持这恒远的芬芳么？……这个十八岁的女孩子越想越惆怅了。

“好，应该干一杯，四十多年啦，我没有像这样快乐地吃过一顿饭……”姑姑的声音。

克庄抬起头来，她的酒杯里，不知什么时候，已经斟满了酒，香洌芬芳的陈葡萄酒。她端起杯子，试着喝一点点儿，姑姑正对她极慈祥地一笑，她又一口饮尽，甜极了，也苦极了，四十几年前的葡萄，四十几年前的人……

二

克庄不知道那是个晴天，还是个阴天，只觉得朦朦胧胧的，但是她知道是个白天，弄不清是上午或是下午，在这深墙大院里，上午和下午似乎都是一个样子，一样地朦胧；她也没有想起看一下钟，因为她的心境正和天气一样地朦胧，朦胧，就连这脚底下的青苔，也绿得有点儿朦胧，天井上头的天，长方形一块，说不上来是白，是灰，还是蓝？……倒是那高丽布的门帘子和窗帘子，在克庄的眼睛里，是肯定的淡湖色，正像春季的明朗的天，一点儿也不朦胧。晴天里飞着一只只大蜻蜓，大得吓人，红得发紫，她自言自语地说：“这么些个红蜻蜓，天要下雨了。”

屋檐上有只鸟在叫，那声音叫人听不出是乌鸦，还是喜鹊，或许既不是喜鹊，也不是乌鸦；那鸟啼声也有几分朦胧。朦胧，从寂寞阴森的庭院，一直到天边，宇宙的尽头，全是这般朦胧；从过去到现在，往古到来今，全是这般朦胧。无尽的朦胧，像月光下的雾阵，风沙里的北京城，蒙上尘埃的菱花宝镜，褪了色的陈年古画：泛黄的宣纸上只剩得淡淡的隐隐约约的墨痕，看不见当初的烟雨、楼台、山水，和人物……

门帘子一掀，红蜻蜓受惊似的直摇晃；淡湖色的天边，姑姑出现了，她走到堂屋阶前，带笑说道："克庄，好孩子，跟我到花园里去……"

花园里，穿过狭长的甬道，穿过长年锁着的边门，这比荒山、古寺、墓地还更凄凉的所在，曾是父亲口中当年锦绣的园林？她明知自己只是初来，但是朦胧的心境却有一番重游的愁绪，徘徊又徘徊，惆怅又惆怅。那万紫千红，那花团锦簇，那莺的清歌、燕的软语，那玉笑珠香的华筵，吟诗弄画的雅集，钗光鬓影的春宴，呼童唤婢的嬉戏，对酒高歌的豪情，那昔日的美景、良辰、盛况、欢心……都到哪里去了？到哪里去了……徘徊又徘徊，惆怅又惆怅。荒芜的野草，依依的杨柳，一片朦胧，一片绿，无限凄清，无限恨，恨江南为什么春早？为什么？春早？假山上，寂寞的醉红亭，却没个人影；月洞门，再没有娉婷的佳人，像嫦娥伫立在广寒宫："雕栏玉砌应犹在，只是朱颜改。"石桥断了，桥下的水却不曾干涸，兀自潺潺地流，似不息的年华，不息的年华……这无情的逝水，它怎知芝兰不易再开，欢乐不易重来？秋千的索子坏了，蜘蛛到处筑起它的家，老槐树像叙述兴亡的白头宫女，寂寞，而稳重地靠着高墙。

"这园子老了。"克庄低低地说。

"老了，"姑姑叹息着，"几十个春天过去，怎么会不老？……"

是的，怎么会不老？克庄抬起头，面对着她的姑姑，无语地注视着，一刹那，她的头又低下了。

墙外有打钟的声音传过来，沉重的，一声声，像打在人的心上。她不由自主地打了个寒噤。

“克庄，你说，除了太老之外，这园子还不错么?”

“好极了。”

“你欢喜么?”

“很欢喜。”

“是真的?”

“我为什么要骗姑姑？假使我并不爱它。”

“不嫌太荒凉，太老——”

“不，”她天真地摇摇头，“我不欢喜太热闹的东西，红红绿绿的新衣裳不及旧衣裳好看，花在谢的时候顶香，一个人在伤心的时候比在得意的时候可爱；我不嫌这园子太荒凉。”

“哦，好孩子，你的话不错。可是，”姑姑拉着她的手，轻轻地拍了两下，“你不该有这个想法，年轻人不该有这个想法。——知道么?”

“知道了，姑姑。”

“爸爸跟你谈起过这个园子么?”

“常常谈起，不单这个花园，这个房子，就是这儿的大街、小巷，城里城外的每一样东西，每一家人家，爸爸都跟我们谈，”她笑了，“所以我们就跟老住在这个地方的人一样，半点儿都不陌生。”

姑姑也笑了：“你爸爸还是小时候那个老脾气。”

“夏天，你跟爸爸捉了许多萤火虫，搁在玻璃瓶子里，到晚上，在醉红亭里一放。对不对?”

“可不是，那年我只有十……四岁，你爸爸十岁，我们在学那个会玩的风流天子隋炀帝哩。”

“还有一次，你荡秋千，被爸爸推得摔下来，爷爷打了爸爸一顿，你哭了，跪着求爷爷别打，后来爸爸也哭了。”

“嗯，那是更早的事了，”姑姑点点头，“那时候……”在沉思里，她回忆着，变得默默无语。良久，她叹了口气，背诵着李后主的词：“往事只堪哀，对景难排。”

克庄忽然想起什么，想说，却又忍住了。

姑姑已经看出，她问：“你有什么话要说么?”

“没，没有。”

“不要紧的，只管说好了，好克庄。”慈怜温柔地朝着她。

于是克庄怯怯地说：“姑姑，我想知道，从前这儿有没有葡萄……”

“葡萄?”

“是的，葡萄。”

“费家的葡萄……”

“是这个城里有名的。”

“嗯，有名的，”姑姑的眼睛望着老远，老远的地方，她的声音也好像来自几千里外，那么幽幽惚惚的，还带点伤风的嗓子，“费家的葡萄是这个城里有名的，但是现在没有了，所有的葡萄树都死了，连葡萄架也都倒了，坏了。从前，打月洞门起，直到醉红亭下，下雨天就不会淋雨。”

“因为这一带全是葡萄架?”

“嗯，除了冷天，但是冷天谁也没那个雅兴上醉红亭。”姑姑颤声地说，“那时候，春夏天有青纱帐似的绿荫、翡翠般的藤萝，秋天，葡萄熟了，绿的像碧玉，紫的像玛瑙，那时候……送给亲戚、朋友、左邻右舍，一送就好几筐，费家的葡萄，怎么会不出名呢？这时候，唉，你跟克清都生得太晚了，不知道自个儿家里的葡萄，是多好的滋味。”

“但是，昨儿晚上的酒，我们总算尝着了一点儿滋味。”

“嗯，那是几十年的了。”

“酒是越陈越香的。”

姑姑点头道：“你说得不错，酒，是越陈越香的。葡萄的寿命不长，但是它能做酒了。”她起了感慨，“可是，人，人连葡萄都不如。”

“人的寿命也不长，但是人在别人的心里能够长久地活着。”克庄激动地说。

“就像那瓶子里的酒？”

“是的，姑姑。”

“不会有变成白水的一天？”

“不会的，姑姑。”

“也越陈越香？”

“一定的，姑姑。”

姑姑叹着，又似感慨，又似放心的样子，之后，她们都不开口了。

在那靠墙的园犄角里，有一张方形的矮矮的石桌，当初四周想必各有石凳，不过现在只有两张“健在”，一张坏倒在一边，另一张已经失踪了。她们在那“健在”的石凳上坐下，姑姑说以前这石桌石凳是在葡萄棚下的。

克庄仔细打量那石桌的桌面，说：“这是一张棋桌？”

“是的，现在桌面上的纹路已经模糊了。”

“没，还瞧得清，”克庄道，“姑姑会下象棋么？”

“懂一点儿，从前，你大伯母在的时候，她很爱这个，并且十分的精，我常常陪她来玩着。”

“嗯，大伯母……她爱这个……”

“你大伯母是个绝顶聪明的人，我来不过她，不过我喜欢陪她玩玩，后来，她死了之后……”

“就不再有人和你下棋了？”

“不，从那时候起，我就一个人下棋。”

“一个人？下棋？”克庄睁大了眼睛，奇怪地问。

“嗯，一个人……”

“一个人怎么好来呢？”

“也有个对手。”

“谁？”克庄胆怯地问。

“那个对手是看不见的，可是非常非常的厉害，”姑姑沉重地答，“我跟他一直拼到现在，克庄，那个看不见的对手，就是天，就是命。”

“姑姑……”

“克庄，这一盘棋，好艰难的局势啊，从光绪二十年，一直到今天——民国二十六年。”

光绪二十年，光绪二十年，那时候，世上还没有费克庄这个人，但是克庄永远不会忘记这一个年代，永远，永远不会。光绪二十年，这个用鲜血和眼泪写下的年代，那镂心刻骨的国恨家仇，克庄想起了父亲口中的故事：光绪二十年，为了朝鲜内乱，引起中日之战，失地丧师的甲午之役，一页惨痛的国耻。但是，在平壤，那大同江畔的重镇，有一段可歌可泣的英烈故事，总兵左宝贵将军牺牲了，一同死难的有他的部下费长年、费永年昆仲，那就是他们的大伯和二伯，两位伯母也投井尽节，大伯母还携着年仅四龄的稚子……

家中闻此惨变，痛不欲生，那时堂上椿萱，已近花甲，彭年只有十六岁，培佳刚过双十；兄嫂既故，从此侍奉双亲，教养弱弟，全在一人。于是，娇生惯养的千金，含辛茹苦，担负起重任，强颜欢笑，要高堂父母，忘却心底的创痛，苦口婆心，教无知幼弟，记得他的前程……

就这样，从光绪二十年，直到今天，四十三年。好艰难的一盘棋啊！弟弟长大了，娶妻生子，成家立业，双亲先后逝世了，寿终正寝，入土为安，她的责任渐渐轻了，她也老了……

人没有绿水青山的青春，正像葡萄树没有永久的青枝和绿叶，即使是这城里鼎鼎有名的“费家的小姐，费家的葡萄”……

克庄越想越难受，看着姑姑额前被风吹乱的几丝白发，她哭了。

“傻孩子。”姑姑好像明白她为什么哭似的，并不追究那原因，只爱怜地拉着她的手，克庄哭得更厉害了。

姑姑劝慰道：“傻孩子，别，别这样，有什么可哭的？……听姑姑的话，擦擦眼泪吧……”像哄小孩子似的，她给她擦眼泪，“走，跟我走，我给你看一处地方，我从前住的屋子……”她们走过月洞门，走出了花园……

克庄的心境越发朦胧了。她像走进美丽的宋词中，又恍惚置身在大观园里，大观园的哪一间屋子呢？怡红院太庸俗，蘅芜院太凄清，有点儿像潇湘馆，但潇湘馆比不上这儿的温暖与娇柔，因为那淡霞色的窗帘外没有森森的翠竹和一地的绿荫，这是个辉煌明丽的神仙洞府。真是神仙洞府，几十年的岁月，居然还保持着当年的新鲜，这太突兀了，不可能，不可能……但是，那秋叶形的白铜香盒里的芸香末，映出了卍字回文，细细的青烟，正自袅袅上升。栽在紫砂盆里的建兰，幽幽吐出清芬；灯光打石榴形的玻璃罩下射出去，是朦胧的乳白色的光华，它几十年都没有熄灭么？还有这芸香与兰气，也会有如此久远的芬芳么？一切都像昨天还住着人的。但是姑姑说有一万多个“昨天”，她不住在这屋子里了。这屋子，克庄觉得它像是往事和旧梦的冷藏室，又像古代的皇陵，那些稀世奇珍的珠光宝气，将死者的面目保持如生，将一切应该陈旧的东西都保持了新的光辉和颜色。但是，这穷乡般的小城里，怎么会有这样的奇迹？怎么会有？

“克庄，你欢喜这间屋子么？”

“怎么不欢喜？这儿太好了，不过……”底下的话她没有说。

“不过什么呢？”

“这间屋子一点儿也不显得旧，连灰尘都没有。”

“你欢喜有灰尘的屋子？”

克庄摇摇头：“我不，但是……”她还是摇着头，“但是，几十年了，怎么香还在烧，花还在开？……”

“几十年了，”姑姑细声地说，“香还在烧，花还在开……”她摇摇头，“我也不知道。”

“还有这盏灯，”克庄半信半疑的，“也没灭过？”

“没灭过。”

“一直亮了几十年？”

“是的。”

“怎么不灭？”

姑姑思索了一下：“灯里的油还没完……”停了停，她说：“不过不及先前亮了，”又停了停，“应该再换一盏。”

姑姑走到那盏灯前，她脸的下部在灯影子里，摇摇的光和影中现出她那空茫期待的憔悴面容，苍白的笑，也像惨淡不熄的灯的微焰。克庄止不住一阵心酸，她怕自己又要流眼泪，扭过头，装着瞧另外的什么东西，可是她的眼睛潮了，她不敢擦，怕被姑姑看见，等它自然干了，她一直把脸朝着那边，朝着那边。

那边，檀木几上搁着一样东西，长方形的朱红漆木框，用一方玫瑰紫的绸包袱平盖着，包袱正中有金线绣的福字。克庄猜想那是个绷子，古时候的女人刺绣用的；她走过去，却不掉头，说：“姑姑，我可瞧瞧么？”

“自然可以。”姑姑也走过来，用手拉开玫瑰紫的包袱，里面，白丝线绷着竹纸，她从头发上拿下金耳挖，用尖的一端将丝线挑起。

克庄揭开竹纸，一幅刺绣，未完成的刺绣——白缎子上绣着淡淡的花样，浅绿的水草已经全绣好了，水草间画有四尾金鱼，一条是完工了，用橙红色的丝线绣的，另一条最小的绣了一半，其余的两条却没有动工，缎子右角上四个勾空了的字“金玉满堂”，也没有做过一针。然而克庄看得出那手工的出色，针脚极齐，当然这是姑姑的成绩了。

但是她仍旧问了一声：“姑姑，这个，是你绣的么？”

“嗯，这幅《金玉满堂》，四十三年前的未完成的刺绣。”姑姑颤声地答。

一滴眼泪落在白缎子上，化开了。克庄不知道这眼泪是姑姑的，还是她自己的。

“自从平壤出了乱子，我再也无心绣它了。”

“姑姑，”克庄打岔道，“你绣得比我们学校里的手工先生还要好。”

“是么？”她强笑，但是眼里有泪，“克庄，你也会绣？”

“我会的，但是，妈老说我绣得不好。”

“要是你有工夫，你愿意——”良久，姑姑才说，“把这个完工么？”

“我愿意，只怕我绣得不好。”

“没有关系，只要你肯接着绣，这幅《金玉满堂》就能完工了。”

克庄高兴地坐下来，拿起别在竹纸上的针——针居然没有生锈，穿起一根橙红色的丝线——四十三年前姑姑留下的线，说：“让我试试看。”她试着做了两针，可是手指上直冒冷汗，针涩了，再也拔不过去，一枚绣花针像有千钧重似的。克庄一着急，手指流了血，针扎了手指，一阵疼，针扎到心里，又一阵疼，一直疼到心里。

在这一刹那间，眼前的一切都变了，整个地变了。

那鲜明的刺绣褪了色，泛黄的白缎子上满是血迹和泪痕，手里的针上锈了。克庄恐怖地站起身来，白铜香盒里满是烧残的灰烬，幽兰谢了，连兰叶子都枯死，淡霞色的窗幕变成暗黑色，满屋都是尘灰吊子，尘灰吊子，姑姑也不知去向了。她大叫一声，掩住自己的眼睛，慌慌张张地朝门外走，那距离就跟有十万八千里路似的，好容易才走到门边，但是那门推也推不开，原来已被人反锁起来。克庄急得只叫："姑姑，姑姑。"没有人答应，那盏灯却在此刻灭掉，亮了四十三年的灯，偏在此刻灭掉；她又惊又怕又恨，哭又哭不出，喊又喊不出，原来嗓子也闭了气，她昏倒在地上，什么也不知道了。等她渐渐有一点儿意识，恍恍惚惚只听见一个声音："克庄，将这个没完工的刺绣做完，这《金玉满堂》。"

是姑姑么？但是那不像姑姑苍老的声调，银铃样的，是仙女的玉音？也许是姑姑年轻时候的声音？好像就在她耳畔，又好像来自几千里地之外，是谁在说呢？是谁在说呢？"克庄，绣起这幅《金玉满堂》……"

克庄不自主站起身来，像挨过一阵重打似的，只觉得浑身酸痛，她艰难地站直了；一片黑，摸索着走，才走到檀香几前，摸索着，黑暗里找不到针，她心里怙惙着："没有灯，怎么好绣花呢？"

一念间，那盏灯亮了，半空里一个声音："克庄，你的灯亮了，新换的灯，绣起这幅《金玉满堂》……"那声音渐渐地远去，似永不再来的样子，克庄死命地叫着，虽然她叫不出，虽然她不知道这说话的人是不是姑姑，她只是用尽生平的气力在喊：“姑姑——”最后，她到底喊出来了。

她的梦也醒了。

“克庄，怎么啦?”睡在旁边的费太太也被她惊醒。

她定了定神泰然一笑：“没怎么，妈，我做了个梦……”然而她出了一身汗，此刻心里还很乱。

“这孩子。”费太太一翻身，又睡着了。

克庄掀开被，怪异的梦境搅得她头脑昏热，她轻轻地坐起来，悄悄走下床，蹑手蹑脚走到窗前，窗前的长桌上搁着一盏灯，不是梦中的灯，大概因为点过了半夜的缘故，火苗渐渐小了；然而就凭这暗弱的光辉，也还瞧得见那高丽布的窗帘子，淡湖色底子上一只只紫的大蜻蜓，想起刚才的梦，她怕这些个蜻蜓又摇晃起来，再把她牵连到乱梦里去，连忙回到床上，轻轻放下帐子，银钩触着床栏杆，那声响就跟击在她心上似的。克庄回想梦境中一切，实在不像个梦，但明明是个梦，有这么清楚的梦么？这些都太真，太像，也太对了。幻想和事实砌成了梦境，或许是可能的。可是，那个结尾，可怕而又怪异的结尾，离奇得叫人心悸……克庄不去多想它了。

远远地有打锣的声音，渐渐近了点，有人使劲用鬼哭神嚎似的嗓子喊：“三更天啰，三——更——啰——”凄厉得像夜半的枭啼，荒山的狼嗥，克庄吓得躲在被里，气也不敢透一口，她长到这么大，也没知道打更有这样打法的。

三

现在，彩云街一百二十八号费公馆，这古老的大宅，不似先前那么阴森了。虽然费太太还是说，这儿像冷宫，像墓道，像没有水的井，像断了香火的破庙，甚至像给囚人住的监牢；但是无论如何，费公馆千真万确地不似先前那么阴森了。

那幽暗墙角的蛛网还没有来得及打扫，那野草和青苔也都在，还有那高墙与长巷对锁着的无边静寂也不曾解除……但是无论如何，费公馆千真万确地不似先前那么阴森了。

千真万确的，费公馆并不见得比先前新鲜，比先前干净，或是比先前多一点儿热闹什么的。都没有，但是无论如何，它不似先前那么阴森了。就连那老苍头江俊也觉着了这一层，他摇头晃脑地告诉附近的街坊："自从主人回家转，昨日今朝大不同，彩云街上费公馆，人人面上笑春风，少爷小姐多和气，老爷待人真宽宏，兴高采烈三小姐，苦尽甘来乐无穷……"的的确确，昨日今朝大不同，自从多了六个人以后，大不同了，因为"人"是屋子的灵魂，没有人，再好的屋子也是鬼阴阴的。

最兴高采烈的，自然是培佳姑姑了。自打平壤事变之后，她一直是含着眼泪，抑住伤心，吞下痛苦，打起精神，一步一步地在人生的途程上朝前走。好艰难的途程啊，为了可怜的爸妈，为了可怜的彭年，她不得不咬紧牙关，熬着，熬着，一步步，一步步地朝前，朝前，水深火热，她不能够退后，柳暗花明，她不能够旁顾，她只是朝前，朝前；将忍受当作享受，在她，牺牲的痛苦也就是成功的欢乐。从光绪二十年到现在，好长的途程啊，隔着四十三年悠长辛苦的生命路途向回头看，每逢想起那地覆天翻、魂断心碎的一刻，不由自主地就会打一个寒噤，谁也不知道那是快乐的战栗，还是悲哀的战栗。就是她自己也无从知道隐藏在内心的究竟是一种什么滋味。——一种苦尽甘来的滋味么？不一定，但是多少有一点儿，即使这一点儿，也好不容易啊，古往今来，世上有恒河沙数的人，受尽千辛万苦的磨难还不肯自己倒下去，也就是等着渴想着这一点儿甘来的滋味。人总是人，尤其是在情感的洪炉里千锤百炼过的培佳姑姑，对于这一次的团圆，她怎会不兴高采烈呢？她怎会不兴高采烈呢？

因此有时候她竟怀疑这不是真的，只不过是一个过分逼真的梦，是上天怜悯她的孤独，赐给她一点儿安慰、一点儿喜悦，其实都是假的，虚幻的，无凭的，稍纵即逝而又不可复来的，当梦醒了之后，什么都会完了，还是她一个人，怀着阴森的心守住这阴森的屋子……想到这里，她浑身寒冷，失色，无言，手足不知所措；直到有人跟她说话，意识才能清明过来，证明了这一切并不是梦之后，她想起在自己的一生中，居然还会有这样的一天，禁不住又凄凉又幸福的一笑。——这一笑使得克庄为之心折，这个十九岁的善良女孩子衷心崇拜她的姑姑，她告诉克清说："姑姑的那一笑是世上所有美德的总汇，我相信，在天使的花园中，最美而圣洁的花朵一定是采撷了姑姑的笑容长成的。"这话说得一点儿也不过分，也并非是偏见，无论是谁，只要和她一经接触，就为她所吸引住了。一个六十三岁的老人似乎不会有多大的魔力，但是她那种庄重而不流于傲慢的态度，文雅而不流于寒酸的风格，会将你完全地征服，并且死心塌地相信了她侄女儿的话是对的，并且丝毫也不过火。

至于费彭年，当然更是极其快乐的，不过他的心境却有一点和乃姊不同，一个所感受到的是苦尽甘来的悲和喜，而他却是单纯的喜悦：回到故乡之后，闲散的家居生活，他感到一种宁静，一种和平，一种休息的恬适，一种团聚的豫逸，一种倦鸟归林的自在和舒徐；他热爱这朴实的小城，因为他自个儿本身的情感和生命也是和这小城一样的无华。费彭年就是这样一个人，假使有一隙空地让他栽植些花草，他一定宁愿撒播些卑微的凤仙、牵牛之类，而不欲种植什么奇葩异卉，在他，种植就是种植，牡丹虽然珍贵，玫瑰虽然美丽，但是后者多刺，前者需要经心刻意的培养和扶持，倒不如那凤仙、牵牛的自生自灭，只要它不操人的心，也不刺人的手。所以，像北京那样的大城，如果他不是因为两个哥哥都死了，逼不得已地要他赤手空拳去和外面的世界短兵相接，他是万万不愿意去的，固然他也喜爱北京的那一份懒散，可是北京那股子帝王气象，那种壮丽山河的雄姿，他总觉着有一点儿威胁，过日子过得怯怯的。要不是他在北京做事，要不是北京有好的学校给儿女念书，要不是他的太太一死劲儿地不肯离开，只怕他早就回南来了。这一遭，亏得他做事的那个机关改了组，克清自打去年秋天进大学之后，压根儿就寄宿在学校里；克庄寒假里已读完高中，女孩子家升什么大学？就是要念，也不一定认真拣什么有名的学府，彭年并不希望自己的女儿念成个女博士女学者，只要将就读过点书就成了，再说好的大学，不见得只在北京；于是他觉得没有理由在北京了。而且自从有了所谓“满洲国”之后，唇亡齿寒，北京就不怎么太平；于是他更觉得有理由应该离开北京了。加之他们典来的那所住宅，恰巧在今年二月里期满，房主来赎，并且声言要收回自用，费太太虽然不喜回南，但是对于找房子搬家也一般地不感兴趣，何况留在北京的“大势”已去，她到底拗不过这“一切的一切”，因此，就这么着一家回南了。至于所以如此的匆匆，那是因为要赶在克清的春假里动身，克清回来见过从未见过面的姑姑，清明扫墓之后，还要去北京读书的。

如今，他是踩着故乡的土地了，这样的踏实，这样的安全，这样的亲爱，怪不得他脸上的笑容老是那么满足。在他看来，那古色古香的北京风沙也抵不上这小城里的尘土，这一衣带似的小河，比那昆明湖、北海有更多的诗趣，就是横在河上的虹桥，也强似北京的金鳌玉蛛；冷落的光福寺较之白云观容易引起他的信心；万寿山、排云殿、漪澜堂、五龙亭，还有紫禁城，城内那些红墙碧瓦的瑰丽宫庭……都不及这小城里的简陋建筑叫他生一种油然的亲切之情，“世界虽大，家乡最好”，这看不厌的家乡的月亮、星星，和好太阳……

正和费彭年相反，费太太觉得这儿什么都是讨厌的，即使是万古如斯，遍天下一般的月亮、星星和太阳，在这小城里也变成讨厌的了。什么都是讨厌的，这些破旧的屋子，狭窄不平的街道，街上到处都有野狗和叫花子；水车走过，晴天也像下过一场雨；满街都看得见痰、垃圾，猪在街上拉屎，人在街上小便，街心里常有人倒许多药渣；肮脏的顽童在大街上滚铜板，扔石子，打架，骂着下流的俚语；墙上贴着用过的坏膏药，抹了些鼻涕，挂着“敬惜字纸”的篮子，字纸却是遍地都是；上午，粪车过处，家家户户倒马桶，一片洗刷的声音，各式各样的马桶，和那臭不可当的气息，真是有声，有色，有味；洗过的衣服，晾在街上，连裤子也高高在上地挂着，行人从胯下走过，这儿人人都是韩信，不以为辱。街上的人也都是那么讨厌，要是你穿戴得时髦点，一个个大眼鸎鸡似的瞪着两眼瞧，就跟看见了鬼似的；铺子里伙计说起来嘴角边吐沫星子喷喷的，溅得人一脸，说话不中听，一点儿也比不上北京做买卖的懂规矩。这儿的人啬刻得出了格，一件衣裳穿个十年八载，还要传子孙，最后还不舍得扔掉，留着填鞋底，当抹布，扎拖把。这儿的马车洋车都是又旧又破，坐在上头，浑身连骨节都不舒服。全城有一半人家还没有装电灯，晚上黑黝黝的，像到了阴曹地府。这儿的戏园子唱不出好戏，全是北京挂三牌的角儿，电影也都是一年前就瞧过的。倒霉的厨子做不出好菜，鼎鼎有名的得意楼酒家也没有什么了不起的拿手杰作，那儿的炒腰片一点儿也不嫩，冷盆还是旧式的，面里头有碱味。绸缎店里没一件看得上眼的料子，理发馆里的毛巾比包脚布还不干净。为了克清就要去北京，他们拍过一张“合家欢”，这儿的照相师竟有脱胎换形的通天本领，叫人连自个儿的本来面目都认不出来了。最最奇怪的是，同样的大前门香烟到了这倒霉地方也变了味儿。

这种种的不称心、不如意，真是一言难尽，素来娇弱的费太太遂因此气坏了身子，这几天正在发胃病。她没精打采地半卧在床上，面前摊着一本张恨水的《金粉世家》，却不在看，一脸懒洋洋的神色。窗外的天渐渐地一点一点地暗下去了，她伸手在床栏杆上摸了摸，又缩回来，记性真坏，这儿连电灯也没有，怎么会有床上开关呢？双翠还不将洋灯送来，这丫头又不知到哪儿去了，不来伺候，没有电铃，喊破了嗓子也叫不着一个人，这监牢似的屋子，《聊斋》和《萤窗异草》里的屋子，青天白日都好像要有鬼魅出现，别说这黄昏的晚上。费太太越想越怕，又恨又怒，一个转动，“啪”的一声响，她吓了一大跳，原来是那本《金粉世家》掉到床下去了。她叹了口气，来日方长，这个地方怎么过得下去？怎么能住？而她，也许一辈子都要住在这儿了，她今年只有三十八岁，就是活到六十岁，还得在这儿住上二十二年。二十二年！她回来还不到二十二天，已经不能忍受了，那长长的二十二年，无可奈何的岁月，叫她怎样一天一天地挨过呢？……她心里起了一种梦魇似的感觉。可不是，这一切都是梦魇么？昨日的风光，今日的凄清，明日的恐惧，全都是梦魇，全都是。生命本身就是梦魇，世界也是梦魇，从洪荒的太古时代一直到无穷远的未来——宇宙的末日，都是梦魇；总有一天，她要直僵僵地躺在这太平间似的停尸床上，叫不着人，看不见亮，然后寂寞地死去，一个人也不知道，连她自己也不知道。但是这一天在什么时候呢？不过不管它在什么时候，这一天总要来的，总要来的，而且是一定要来的……等她在这儿度过多少个惨淡的黎明、晦暗的白日，和可怕的黄昏，那命定的一天将冷酷无情地来，将她从这一个梦魇带到另一个梦魇。

至于他们儿女的想法，那又是大不相同了。

克庄将回家那天的梦告诉她哥哥，于是兄妹俩谈起了姑姑，他们用不合自己身份和年龄的口吻下了一个按语：“红颜多薄命。”——那一个梦境为他们两人所秘密共有，一直就没有给第三个人知道。因为十九岁的克庄相当懂事，那个梦的离奇结尾虽说不上是“凶”，却也不见得“吉”，而说起来有许多地方，免不了又要旧事重提，所以他们打定主意不多噜苏这一件事了。但是他们两人每一次聊天，总要谈到这一个梦，尤其是克庄一个人单独的时候，梦里的那些荒唐却又真实的事情，立刻就盘旋在心上了。

她去过花园，自然那情形和她想象中、梦中的花园迥异，因为她的想象和幻梦全是根据父亲的叙述而产生的，而费彭年口中的花园已是四十多年前的“古物”了。还有那长年深锁的一进进的屋子，也曾为他们打开过重重的门扇，但是并不曾发现有一间同她梦里一样的姑姑闺房，卍字回文香没有，福建的兰花也没有，亮了几十年的灯和未完成的刺绣都没有……尽管没有，克庄还是相信她的梦境，也热爱这古老的大宅。那天，当她跟着姑姑他们沉默地走过那一进进、一面面满是灰尘无人居住的屋子的时候，心里洋溢着多少凄凉的辛酸和热烈的亲爱啊。她带着眼泪含着微笑告诉每一个人：“我爱这屋子，所以我也爱这条大街跟这个小城了。”姑姑紧紧地拉着她的手，彭年和克清会心地点点头，只有费太太一脸的奇异，一脸的岸然，说：“孩子，电影公司要是知道，一定会来借用一下拍《夜半歌声》的……”她的话说得很轻，所以姑姑没有听见，而且姑姑对于《夜半歌声》也莫明其妙。

是的，克庄不但热爱了这屋子，热爱了这条街，并且也真的热爱了这座城，当然她更爱的是北京，除了北京之外，地理教员告诉过她中国还有许多美丽的名山大川，但是克庄却不搁在心上了。这小城虽然肮脏、穷僻和落伍，可是有她的家，尤其是有她的姑姑。——有了姑姑，这古旧的屋子也明朗了，这讨厌的街道也可爱了，这落伍的小城也伟大了。而且，最最要紧的，克庄现在已经稍微有点儿懂得生命是悲壮而美丽的了。

有一个关于虹桥的故事是克庄所喜欢的。据说在很久以前，河上原没有桥，过河的人全靠渡船，这附近只有一只，从日出到日落，天一黑就停止过渡，所以极不方便。河对岸有一个年轻的卖唱姑娘，姓什么不知道，名字叫虹娃，她不是本地人，是四川流亡来的灾民，那时候她只有六七岁，家里人全失散了，说书的钱老爹看她可怜，领了回去。钱老爹是个穷人，老婆儿子都早已死去，他要虹娃一半也是为了解除自个儿一点儿寂寞。钱老爹老了不能说书之后，就靠虹娃卖唱过日子。这姑娘脸蛋生得不错，人又和气，所以倒能够赚几个钱。人们正说钱老爹老运不恶，谁知有一天夜里忽然得了急病，河那边没有郎中，晚上过渡的又没有，虹娃束手无策，眼看他撒手归天，觉得自个儿受恩未报，实在对不起钱老爹。想起误事的原因，就是夜里没有渡船，因此发心要造一座桥，给晚上行人方便，于是一边卖唱，一边到人家去募捐，三年工夫，居然让她如愿。桥造成的那天，虹娃就离开了这地方。有人说她到别的城里去做同样的事情，也有人说她往上江找自个儿的父母去了。人们纪念这个有情有义的女孩子，就唤这座桥叫“虹桥”。

这故事是姑姑说的，小城里谁都知道，克庄奇怪父亲怎么忘记将这一段美妙的事情早点说给他们听。她深深地大为感动，在每一封给同学的信上，都详为叙述这动人的一节，用无限至高赞的词句介绍那名叫虹娃的卖唱姑娘，并且还发痴似的到对岸虹桥那边去找寻当年虹娃住过的旧址。为了这，克庄很容易地就把这小城拥抱进她的亲爱情感里面了。

二十岁的克清，是个理智与感情均衡的人，他不像父亲和妹妹一样地热爱这地方，却也不像母亲那样怀着偏憎，他能够适当地安排自己的情感，同时又能清楚地认识目标和处理一切。他的头脑极会分析，这一层和父母大大不相同。费彭年虽然凡事多有考虑，却不爱思索什么深刻的问题；至于费太太，那就任什么天大的事也怕去想一下子，因为她不爱费神，以免额上要起皱纹。也许克清这些地方比较像姑姑，他的镇静和稳定使得他不像自己原有的年龄了，看起来似乎要比二十岁大一点儿；但是有时候，他却又极其淘气，像一个十五六岁的顽童。他的内在的情感，不见得不及克庄热烈，不过表现得十分淡定，也许是男孩子的缘故，喜、怒、哀、乐的情绪，不大形之于色。在这一个家庭里，他敬他的姑姑，孝他的父亲，顺他的母亲，爱他的妹妹。至于他们对于他哩：彭年四十方得此子，自然是爱护得无微不至，从小到大，别说没挨过打和骂，就是一点儿难看的脸色也没瞧过，克庄的奶妈常不平地说："咱们老爷那份儿待清少爷啊，简直没看见过第二个，太阳底下怕晒化了，风面前又怕吹跑了，幸亏清少爷不是那种宠不得的人，不然的话……"这个无知识的老妈子说话却极其有见解，不然的话，彭年真的要像天下所有只知溺爱不知管教的糊涂父母一样，将克清给纵坏了，甚至是断送了。他的母亲倒不像父亲那样溺爱，虽然也一样并不管教，费太太对于儿女是公平的，公平地爱和欢喜，有时候因为和彭年怄气，她反而做得偏心女儿一点儿。其实，他们兄妹之间的手足之情却极深浓，从不曾为了大人的一些偏爱而有什么间隙，克庄常常对她的同学们说："克清不但是我的哥哥，而且还是我的顶好顶好的朋友。"姑姑第一眼看见克清，就说他像大伯，当年的大哥是家中为培佳最心折的人，所以她才和大嫂那么亲爱，姑姑怎么会不出奇地欢喜现在的克清呢?

去年春天，克清考进了大学，许多人以为他有缜密的头脑，应该是一个好的会计师，或是律师，但是他却攻读了教育；所以克庄常常开玩笑地称他为"人之患"。

他的确有一点儿"人之患"，每次和克庄散步或是聊天的时候，谈起这座城，这所彩云街的大住宅，克清总有许多意见发表，他认为这么大的一所屋子，让它空着完全是一种浪费，应该改建为学校，教育那班在大街上滚铜板的儿童。所以每一次，当他们兄妹俩站在虹桥上向自己的家门看着的时候，总有许多美丽的梦想涌在他的眼前，他好像已经看见了那学校，铛铛的钟声，琅琅的书声，一群群活泼愉快的男女孩子们……"现在他们早操了，"他指着告诉克庄，"那一班上劳作课……那是女学生的家政实习……明天晚上初中的童子军要在这儿小队露营，还有营火会，希望你来参加……"克庄笑他痴人说梦，但是他总带着一脸的庄重和认真告诉他的妹妹："你等着，总有一天，这不是梦，是千真万确的。愚公可以移动太行山，铁杵能够磨成绣花的针，为什么这不可能实现呢？……"

真的，为什么不可能实现呢？天下无难事，只怕有心人。克庄站在桥上瞧着潺潺不息的流水，想起卖唱的虹娃还能砌一座桥，她渐渐地感动了，也和她的哥哥一同走进柳暗花明的梦想中去了……

四

正像一颗石子投入湖心，平静的水面上漾出层层涟漪……

费彭年一家人南归之后，小城里就起了一阵骚动，其中顶顶忙坏了几位太太们，那些有“男大当婚”的少爷和“女大当嫁”的小姐的太太们忙着托人为自个儿的儿女做媒，那些无儿无女或是儿女年纪并不相当的太太们就热心地忙着为别人家的儿女做媒；彩云街费公馆的大门门槛也差点儿被人走得个稀乎脑儿烂，别的还不打紧，这下子可乐坏了老苍头江俊，笑坏了小丫头双翠，累坏了这一双娇女佳儿的母亲费太太。

做媒的太太们进进出出，出出进进，费公馆的大门开了又关，关了又开，把个老苍头忙得个摇头摆尾，就差浑身都散了班儿啦，可是为了这是他的好少爷好小姐的喜讯，忠心为主的江俊直乐得屁是屁汗是汗的，抽着空当儿还忙里偷闲地编了些“诗文”：

想当初，我江俊，看守门庭；
整日价，冷冰冰，好不凄清；
今日里，费公馆，双喜齐临；
愿苍天，保佑我，公子千金，
早日价，成嘉礼，鸾凤和鸣；
……

不管人前人后，他不离口的“吟咏”，并且还恭楷誊录在一张白仿连史纸上，拉着克清请他指正。克清拿去给克庄看，兄妹俩又是气又是笑。

十五岁的双翠，小孩子家最是口没遮拦，又一向被费太太宠惯了的，心里有什么就说什么。每一趟，当做媒的太太出了大门，她就飞也似的立刻找着迎弟、赵升，和新雇来的王妈去说长道短：

“迎弟姐姐，我敢跟你打赌，咱们少爷要是愿意娶韩家的那个风干美人儿，双翠就把眼睛珠子挖给你踢球。”

迎弟笑起来：“只怕双翠的眼睛大是大，给我当球踢，可还嫌太小。韩小姐人灯似的，清少爷自然不要，我看状元坊程家的大小姐，也许合意——”

“状元坊的程小姐？”双翠嘴一撇，“在这个小旮旯儿地方，自然数她是一块头牌咧，”头一摆，满脸不屑的样子，“可是赵升大叔，咱们北京新开路的梅七小姐，长得多俊哪，听说还是外国学堂里的什么花哩，程小姐给她拾鞋都不配，咱们少爷连七小姐都瞧不上眼，她？哼！做梦。”

“我早就说嘿，这些个太太们白忙，白操心。”赵升摇摇头，“可也难怪，凭咱们小姐少爷的这一表人才，她们哪会不一盆火似的？不过，话又说回来啰，逛过颐和园的人谁还爱去隆福寺？皇城里的土也比这小城里的泥带点儿香气，咱们小姐少爷，怎么会瞧得上这个地方的少爷小姐？她们忙死了也是白搭，一盆冷水浇头，这叫乘兴而来，败兴而返。”

“我看不见得，”王妈不相信，“早上来的那个马太太，给小姐提亲，男家是警察局包局长的少爷，我们老爷的样子像是中意的——”

“你这就是新来乍到，不明白事儿呀，”双翠插口道，“这门亲事稳不成功，第一，老爷中意，压根儿就没个屁用，老爷是听太太话的，太太不中意，别说包局长的少爷，就是包公的少爷，他也做不了主，太太早说过包家那小子长得贼头鬼脑，她一瞅见就生气，你想老爷就是中意又能怎么样？第二，咱们小姐，过了夏天就要进大学念书，那个姓包的在这种鬼地方的鬼学堂里还要留……留……”

“留级。”赵升替她接了下去。

她咽口唾沫，点点头：“你想想看，他怎么配得过咱们小姐？”

“那么曹四房的少爷呢？人家也是在上海的大学堂里念书的。”

“啧，啧，啧，那天魏老太太带来的相片儿，我也偷着瞅了一眼，可了不得，那样儿长得跟咱们北京胡同口上卖豆汁儿的胖张一模一样，大嘴，塌鼻子，柿子脸，外带一对招风耳，要是咱们小姐嫁给他，真是一朵鲜花插在牛屎堆里。”

王妈还是不信：“照你这么说，通城就没有人配得上这门里的少爷跟小姐么？”

“差不离，”那丫头一脸的岸然，鼻子眼儿里哼了一声，“只怕提着灯笼也难找得到半个。”

“说实话，咱们小姐少爷都不愿意这么着急，在北京的时候他们就说过，顶早也要大学毕业再谈——”赵升的话还没说完，江俊在外面叫起来，原来双井巷的曾太太到。那曾太太是有名的“曾大炮”，为了她的表侄女儿已经来过三次，这一趟是第四次“攻势”了。

迎弟悄悄地道：“少爷小姐不急，倒急死了这班人。”

双翠抿住嘴一笑，也低低地道：“这位曾太太啊，可真是个二百五，上次咱们太太接过她那宝贝表侄小姐的一张相片儿连瞧都不瞧一眼，就朝旁边儿一扔，她还不识趣，一径儿叨唠唠、叨唠唠、叨唠不过来；第一炮轰不响，还要第二炮、第三炮，还不够，这回是轰他妈的第四炮啦。”

“别这么尖嘴姑娘似的，”迎弟心眼儿忠厚，不喜欢她这么刻薄，“人家总是一片好心，双翠妹妹，你就省两句吧。”

“好心是好心，不过我劝她还是死了这条心的好。”

“不到黄河心不死呀……”

真的是不到黄河心不死，那些太太们争着要将绮年玉貌的千金嫁给费克清，为她们的翩翩浊世的公子匹配费克庄。可是费太太翻来覆去永远是那么一套话：“他们一心在念书，年纪还小哩……待我问问他本人……他爸爸的意思是再过两年不迟……嗯，我看是再好也没有了，不过现在时代不同啦，做父母的也做不了主……克清说过的呀，要他能够自立，才肯提亲，话是不能算错，成家立业，可见立了业才能成家，两件事原是一件事，我也驳不倒他呀……可不是么，我也巴不得早点做婆婆抱孙子，但是没法儿叫他听话。……原是呀，这门亲事我是再中意也没有了，做娘的总指望儿女嫁在本地，就跟在眼前一样，可是克庄这孩子真调皮，她说：‘不出嫁不是更在眼前么？’一句话说得我倒回不出别的词儿了，现在的姑娘也跟男孩子一个样儿要自作主张；说句笑话，做爷做娘的全被儿女给打倒了，你说对不对？……”玲珑剔透的费太太就这样地谢绝了所有的媒人，她的话说得那么俏皮而又委婉，她脸上的笑容表现得是那么亲切而又温雅，她的礼数是那样的周到，她的应酬功夫叫人虽明知其虚伪也仍然喜欢她那份儿虚情假意。所以那些媒人们离开费公馆的时候，即使是扫兴、失望，也还是怀着满心的好感。但是费太太对她的客人的“好感”，可在客人走了之后十九就立刻化为乌有了，她那伪装的笑容变成了一脸的不屑和骄傲，她的委婉俏皮的谈风立即转换为尖刻锋利的饶舌：“哼哼，简直是癞蛤蟆想吃天鹅肉么……别说给我做媳妇，给我做丫头我还嫌她那样儿难看哩……哟，这小子敢情是梁山泊上的黑旋风李逵投胎吧？瞧他这副长相，我的天哪……警察局的儿子出得了什么奇？看不上眼还不就看不上眼！……我要是要这家人家的姑娘啊，老实说，眼光儿这么低，孙子都快进幼稚园啦……那整天脑袋缩在脖子里的小子也想要咱们克庄么？也不去撒泡尿照照镜子，配得上配不上，哑巴吃扁食，心眼儿里总该有数……家家的闺女都爱朝这儿送，咱们克清倒可以娶三宫六院哩，嘿，嘿……咳，前客刚走，后客又来，照这样下去，倒要为她们吃点参汤补补才行哩，可把我给累坏了……”虽然，费太太的胃病却因此痊愈了，为什么她没有“累坏”反而“累好”？想起来，大概是她的虚荣心得到了满足，无论如何，这样川流不息的媒人来媒人去，做母亲的总归是风光体面，有点儿扬扬得意。着急的是费彭年，他很不赞成太太这种作风，拒人于千里之外，丝毫不留余地，不留余情。因为他想到自己的年纪，觉得儿女的婚事，不宜耽搁，最好早点男婚女嫁，尽了做父亲的心愿；可是费太太坚决反对，她不愿意和这个小城结下亲，如果她的儿女在这儿婚嫁，那她只有老死在这倒霉的地方了。克清和克庄也就利用他们母亲的这一点心理，可以高枕无忧，省去许多麻烦，起初还有一些气恼，但是一趟两趟，也就司空见惯，反而觉得好玩，当作别人的热闹了。

但是有一次，对河白家——白太太请客。

那白家和他们费家是世交。白老太爷和费老太爷是同年，白老太爷去世得早，甲午年费家遭难时，白老太爷夫妇早不在了。白家人口单薄，只有一个独生子白世光（就是前年过世的白老爷），那时已娶了亲，夫人冯氏很是贤惠。白世光和彭年的大哥年岁相仿，所以看待彭年像个小弟弟一样。及至彭年长大，白世光已经宦游江西，他在南昌九江一带做过几任不大不小的官，很有一点儿政声。民国以后，弃官从商，颇积下一点儿钱。膝下三男两女，大少爷和二少爷系冯氏夫人所生，都在外埠成了家，不大回来，其余的是庶出。冯氏夫人过世后，侧室花氏扶正，就是现在的这位白太太。花氏今年也快五十了，儿子念祖已经结婚，从小被花氏溺爱，不肯好好念书，所以肚子里没有什么墨水，但是人却能干精明，混的本领、应酬功夫都极到家，再加上白家过去的一点儿名望，现在的一点儿财富，在这小城里倒也能有点儿场面。他的两个妹妹，大的叫秀琼，今年二十四，小的秀瑶，年华双十，全都待字闺中，不曾许人。

费彭年回乡之后，拜访各处亲友，白家在对河，却不曾去过。他并没有忘记两家是“世交”，只因为白世光死了以后，似乎不再有去的必要，这一位白太太虽也见过几次，彭年不顶瞧得起她，由于先入为主，姨太太总归是姨太太，扶了正也还是个不正的正，彭年是个好好先生，然而也没有“屈尊”去过一次。至于念祖，那是做小辈的，理应他先来拜见自己才是。

果然，那白念祖，虽不爱诗书，却深为达礼，在他们回来不多久之后，就来拜望老伯。接着白太太又亲自上门见费太太，这位饱经世故的花氏夫人，自然比小城里别的太太们见过世面，懂得人心，加之一张嘴又能说会道，死的能够被她说成活的，活的能够说成更活的，察言观色，随机应变，见风转舵，全是她的拿手好戏，所以费太太竟和她一见如故，两下十分投机；第二天费太太过桥到白家回拜，白太太又放出手段来，敷衍得风雨不透，并且约她去打小牌，请少爷小姐也一块儿来便饭。当下费太太答应着，过后也没搁在心上，因为只当她是顺嘴说说玩的。

到了那天，白太太打发人来请，费太太自是去了；不料待会儿白家用人又来请少爷和小姐，克庄正在帮着克清整理东西，因为春假已满，后天他就要上北京去，所以懒得去应酬，白家的用人去了又来，说他们太太请费少爷费小姐务必赏个脸儿，兄妹俩还在踌躇，结果白念祖竟亲自来请，拗不过人家的厚意隆请，只好略微收拾了一下去了。

克清兄妹被白念祖带进烟雾腾腾的大玻璃厅里，白太太一手拉一个，眉开眼笑，乐得什么似的，笑得嘴都合不拢，直说：“你们再不来呀，我老婆子就要自个儿登门来请啦，今儿个我的面子可真不小——”话没完，她又跟白念祖直摆手：“想起来了，刚才裕和有电话来过，郑三爷在钱庄上等你，说有要紧事商量，叫你快去一趟。”白念祖忙不及地走了。于是白太太再来和他们周旋，话连珠价地从她嘴里出来，恭维的，夸奖的，亲热的，客气的，一而再再而三的。玻璃厅里有两桌麻将，一桌纸牌，全是些太太、老太太、少奶奶们，也有他们认识的，但大半还是不认识，白太太为他们一个一个地介绍，弄得他们头昏脑晕，在十几双眼睛之前，在混混沌沌的玻璃厅里，在烟气粉气人气掺和的空气中，克庄简直有点儿受不住，她只看见“曾大炮”和她的母亲在一桌，此外全不知道了。克清倒不像他的妹妹，他好整以暇地笑着，直等到每张桌上的牌局都重入安静状态。白太太自个儿没有打牌，这桌走到那桌，穿梭似的来去，问长问短地张罗；她是个高个子，瘦伶伶的身段儿，青灰袍子上罩了一件铁灰色的绒线坎肩，在沉浊的烟气中走着，克清觉得她很像《浮生六记》里沈三白小时候玩的“云中鹤”。

然后，白太太才言归正传地带他们到后面小书房里去，说：“我给你们找几位小朋友玩。”走出玻璃厅，穿过一个小天井，又是一个大天井，太阳光辉煌地照着，克庄深深呼了一口气，好像如梦初醒样的。

在小天井里，就听见一阵风琴的声音，有气无力地弹着，尖尖的女孩子的嗓门儿，唱着《教我如何不想他》，平板得既无情感，又无灵感，而且人是人，琴是琴，各自为政，一点儿也不合拍子。

白太太却炫耀地说：“这是秀瑶在弹琴哩，她们学堂里的同学，练起唱歌来都在我们这儿。”不怪她这份儿自鸣得意，在这巴掌大的地方，家里能有一架风琴，自然是有钱而又摩登了。

白太太提高了嗓子在窗户外面叫了声“秀琼”，里面的琴声和歌声立刻就没有了，静悄悄的，没有人答应，没有人说话，好像里面的人也“土遁”了似的。“有客人来啦，怎么悄没声儿的？”白太太打头走进小书房，原来里面的几位小姐们正忙着理头发，扯衣裳角，掸鞋子，搓手绢儿，拉袜子，如今看见客人已经走进了屋子，不由羞得满面通红，坐又不是，站又不是，你推推我，我搡搡你。

还是那个弹风琴的秀瑶大方点，她走上前，含笑对克庄道：“这位是费家姐姐吧？我们等你大半天了，全是妈不好，你来了她也不叫个人告诉一声，好让我们在门口欢迎你。”

克庄正待客气，白太太“哟”了一声，指着秀瑶笑骂道：“瞧她倒编派起我的不是来啦！好，好，你既这么能说会道，我可要到厅上招呼我自个儿的客人去了。”其词若有憾焉，其实乃深喜之：“费少爷，我们家这个小丫头专爱瞎贫嘴，你和费小姐可别见怪啊。——我到前头去一会儿，回头见啊，回头见——”说完她走了，连秀琼她们的同学叫她伯母都不曾听见。

秀瑶给克庄介绍了她的姊姊秀琼，克庄就给大家介绍她的哥哥克清，这些女孩子们颇感到对他的称呼之为难，秀瑶道：“你已经是大学生，我们就全都叫你费先生吧。”

他客气地说“不敢当”，但是她们已经一阵风地叫起“费先生”来了。于是一个一个自我介绍：那个年纪顶小，圆圆脸，刚才唱《教我如何不想他》的一个道：“费先生，我叫李爱珠。”坐在李爱珠旁边的一个戴眼镜的，未开口脸先一红，头几乎低到胸前：“我是徐仪华。”其中顶胖的一个，银盆大脸，弯眉细目，扁平的鼻子，看不清她的嘴是什么样儿，因为她老爱拿着一条手绢握住嘴，她婷婷袅袅地走过来，向克庄报了名，眼波却瞟着克清，因为那手绢儿里面的发音极其模糊，所以克庄请求她再说一遍。

“关淑君，”她解释着，“关是‘关关雎鸠，在河之洲’的关，淑是……”

“淑是‘窈窕淑女’的淑，”秀瑶打趣道，“君是‘君子好逑’的君。”

“嗯，讨厌，我不来啦。”她撒娇地走过去打秀瑶，因此被人见了刚才用手绢儿遮住的嘴，有点儿歪。

秀琼不大开口，有点儿楚楚可怜的风致。秀瑶很会招待客人，说些学校里的笑话，叫人不感到寂寞，克清他们谈起北京时，她就问这问那，表示十分有兴趣，谈得差不多了，她又捧出许多照片簿子来看。有一本全是贴的她们姊妹俩，从小到现在的，她们长得很像，不过在极小的时候就看得出一个是忠厚老实，一个是伶俐慧黠。其实秀琼比她的妹妹清秀得多，只可惜太清秀了，成了清瘦，就显得十分单薄相。秀瑶比姊姊丰腴，人也活泼，看起来令人觉得她容光焕发，神采奕奕。她们的皮肤都很白净，鹅蛋形的脸，五官端正，虽不绝美，却都是中人以上之姿，比她们那三位贵同学，不知要高明多少了。

秀瑶和克庄十分要好，竟将自己仅存的一张相片送给她，因为克庄赞之者再，这个聪明的女孩子立刻从照片簿上拿下来，说：“假使你喜欢，我愿意送给你，不过，这是抛砖引玉，我希望你……”

“我一定送给你。”克庄感动地说。克庄是最容易感动的。

几个女孩子谈得十分亲切投机，克清觉得无聊，信步走出小书房，穿过天井，他到了花园里。

白家的花园虽及不上他们自个儿家的花园大，却不似那么荒凉，此刻，清明已过，桃花开得正盛，远看像一片红色的云，风过处，又像一片红色的海水，杨柳也越发绿了，燕子呢呢喃喃地叫着，叫不破这可爱的幽静。克清站在篱笆旁，忘形地站着，忘记了这儿是白公馆，忘记了小书房里那些扭扭捏捏的女孩子，忘记了玻璃厅里那些赌钱的太太们，连他的母亲和妹妹都忘了，甚至连他自个儿也忘了……

忽然，一样东西打在他的脸上，他惊得叫起来，低下头一看，原来是一团硬泥，怪不得那样疼。他掏出手绢儿擦擦脸，脸上还有余痛。不知道什么时候，篱笆那边的芍药台上站了个人，弯着腰，不知干些什么活儿。看那后影儿，像个年轻女孩子，那团泥想来准是她扔的。克清正待问她，谁知那女孩子却先猛地转过身来，绷起脸蛋儿，高高站在芍药台上，指着克清骂道：“什么事儿这么鸡猫子喊叫的？你妈死啦？还是你爸爸死啦？”

克清怒道：“你怎么可以扔东西打人？又出口伤人？”

她双手一叉：“我是打了你，又骂了你，怎么样？”

“你还敢撒野？我也打得你，骂得你。”说着，他捡起那团泥使劲对着她扔过去。

她把头一偏，躲过了：“活该，你打不中，骂吧，我的爹跟妈老早都上了西天。”

克清不开口，捡起一粒石子就扔，又被她躲过了，又是一粒，又躲过了……越是扔不中，他就越生气，那女孩子就越是扬扬得意，她笑得前仰后合地逗他："有本事，有本事，百发百不中……"

"好，你有本事，就等着，我跳过篱笆来打你，可别跑。"

"哪个灰孙子才跑？你有胆子快跳。"

"我不打得你求饶我不姓费。"

"什么？你姓费？"

"我姓不姓费与你何干？"他卷起衣服正待要跳。

那女孩子扑地跳下芍药台，走近篱笆，一脸的惊奇："你就是那个费……克清？住在河对面的？"

他点点头："怎么？我想你不见得认识我吧？在你扔泥团儿之前。"

她摇摇头，傻笑着："不认识，不过她们一直说你，我没想到你就是他。"

"我就是他？"克清的怒气渐渐平了。

"嗯，你就是费克清，我没想到。"

"没想到，那么你以为我又是谁呢？刚才把泥团儿打在我脸上的时候，你打的是谁？"

"我谁也没打，我原是无意的，你不是瞧见我背着篱笆弯着身子的？我在这儿分芍药。"她腼腆地诉说着。

"那刚才为什么不这样说？倒要开口骂人？"

"我欢喜骂哩，你管得着？"

"噢，我不管，我管不着。"停了停，他问："你是谁？"

"不要你管。"

“你是白家的什么人?”

“什么人也不是。”

“你干什么的?”

“告诉你，你管不着，还要问，还要问。”

“我不是要管，不过想知道一点儿，也不可以么?”

“一点儿什么?”她天真地问。

“一点儿……关于你的事情。”

“不高兴。”头一摆，她要走了。

克清使劲拉住她：“好好，我不问就是。现在，我可以跳过篱笆来么?”

“跳过来打人么?”她眯着眼笑了。

“不，帮你分芍药。”

“不劳费心。”

“那么你跳过来。”

“为什么? 隔着篱笆说话不好么?”

“自然是再好也没有了，因为省得打架。”

“但是隔着篱笆还是可以打。——掷石子，掷泥团儿。”她又笑了，又黑又浓的睫毛簇在一堆，圆鼓鼓的腮帮子，淡褐色的皮肤，红菱似的小嘴，笑起来露出雪白整齐的牙。克清看得怔住了，大半天不说话。

“你……干吗瞪着两眼，装死啊?”

他笑起来：“我在想一件事。”

“想……什么?”

“想你真像一个人。”

“胡你的说，我不像一个人，难道像一只狗？”

“不，我的意思是——你像我从前看见过的一个人。”

“从前看见过的？”她问，“在北京？”

他点点头。

“女的？”

他点点头。

“是你的好朋友？”

“不是的，”他瞅了她一眼，笑起来，“我不喜欢她。”

“为什么？”

“她脾气太大。”

她生起气来：“闹了半天，你就在转弯抹角地骂人。”

“我几时骂你？一点儿都没这个意思，是真的，那位小姐，骄傲得像个孔雀似的，看见谁都不爱理。”

“她长得好看？”

“所以我说你像她。”

她噘着嘴道：“还是骂人。”

“说你好看，这叫骂么？”

“自然啦，好看的东西都是没用的。——而且，我知道我不好看，你在挖苦我。”

“挖苦么？明天我给你带些牵牛花种子来，你撒在这篱笆旁边，夏天开出紫红的大喇叭花，你采一朵戴在这漆黑的头发梢上，你就知道你自个儿多美了……”

“去，去，去你的吧，有人来请费少爷吃点心啦，你的梦话留着你睡觉的时候再说吧。”她跟他扮了一个鬼脸儿，跑了。

“喂！别跑，告诉我你的名字，你的名字……”

但是她头也不回地走了。

五

“白家的两位小姐不坏呀。”

“嗯……是的。”

“一个风姿楚楚，一个神采奕奕。”

“嗯。”

“一个端庄，一个活泼。”

“嗯。”

“一个艳如桃李，一个冷若冰霜。”

“嗯。”

“一个像低言细语的燕子，一个像能说会道的鹦哥。”

“……”

晚上，费家兄妹打白公馆告辞出来，在回家的路上，克庄兴高采烈地一径儿谈论着白家姊妹，她的哥哥却心不在焉，一径儿“嗯”呀“嗯”的，后来索性“嗯”也不“嗯”了，惹得克庄咕嘟了小嘴，生起气来，喊道：“怎么你不说话呀？像锯了嘴儿的葫芦似的。”

克清笑着说：“小姐好大的火。”

“倒不如说少爷好大的架子。”

“架子？”他摆了一个姿势，“豆腐架子，是么？”

“豆腐不豆腐，我不知道，反正，你在搭臭架子。”

“搭架子？我？”

“不是你，还是我？”

“我搭什么架子来着？”

“干吗我说话你不搭岔儿？”

“不搭岔儿就是搭架子？”

“嗯。”

克清直摇摇头：“好难伺候，赶明儿个我是要运动运动妈了，还是趁早儿把你嫁给那个什么姓包的或是姓曹的小子吧，不然的话，我这‘令兄大人’早晚被欺侮得找歪脖儿树去上吊。”

克庄啐了一声道：“得了吧，咱们的‘费先生’，‘费先生’这样子掉进情网里去了，别闷声不响的，还是来运动运动‘令妹大人’是正经，告诉你，我这儿有她的相片儿，就是为你要的，别那么狗咬吕洞宾，不识好人心……”

克清有一句话想说，但是又止住了。

停了一会儿，他的妹妹侧过脸蛋儿，颇为关心地问：“说真个儿的，你觉得她们怎么样？”

“她们？谁？”

“可了不得，咱们的‘费先生’真是越来越政治家风度了，这么轻悠悠的一句‘她们？谁？’就跟没事儿人似的；可是，哼，刚才，在白家，有那么一个人，心中若有所思：‘她？是谁？’……”克庄笑得咯咯的，还俏皮地瞅了一眼。

她的哥哥说：“咳，你又误会我了。”

“误会就误会，干吗还加上一个‘又’字？好吧，省得我误会，你自个儿告诉我吧，你觉得白家姊妹怎么样？你且从实——

招来。”

“好一个‘你且从实一一招来’，不但政治家风度，还十足官僚习气。”克清忍住笑，正了正脸色，学着他妹妹先前的口吻，“白家的两位小姐不坏呀；一个大，一个小；一个矮，一个高；一个丰腴，一个苗条；一个是樱桃口，一个是杨柳腰；一个娇滴滴，一个滴滴娇。”

“讨厌，”克庄又气又好笑，“你还有得说么？”

“为什么没得说？”立刻接着道，“一个叫白秀琼，一个叫作白秀瑶。”接得快，话却说得慢吞吞的，招得克庄直笑，连话也说不出来，他却又来了“灵感”：“喏，仿‘江俊公’的笔法，还有两句：一个貌如王嫱重出世，一个颜如西子再还魂——”

“得，得，得，知道你出口成章，天才横溢，可是太缺德了哩，‘费先生’，人家没有惹着你呀，干吗这么取笑她们？”

“你不是叫我说的么？”

“我可没叫你这么着胡扯呀。——我知道，你心里的话，不肯直说出来，瞒着我。”

“我心里的话……”他沉吟着，一会儿又笑了，“我心里有什么话呢，就有，又瞒你干什么呢？”然而他垂下头，他的眼前掠过一个影子，那张唇红齿白、乌浓笑眼的俏脸儿，“她是谁呢？”——克清心里真的有这一句话，但是他不好意思告诉他的妹妹。

克庄不言语了，半信半疑地瞧了克清一眼，这个又天真又懂事的姑娘，老是直觉地以为她的哥哥对白秀瑶有了点特别情感，就是小说里所谓的“一见倾心”。她的想法并没有太错，一见倾心是真的，只不过并非倾心于白秀瑶。

兄妹俩说呀说的，不知不觉已经走上了虹桥。白天，这座桥上永远有一个老道，坐着跟人要钱，卖花的小姑娘们兜揽生意，车子，担贩，行人……不断地穿梭似的来去，还有成群的野孩子们聚在这儿戏耍，所以显得十分拥挤和不安静；可是夜晚就大不相同了，卖花的姑娘早已归去，行人稀了，车子少了，担贩也没有了，老道和野孩子全都睡觉去了，这座桥就显得异样的清净，异样的宽阔，尤其在这满月的银光下，看起来倒像是寻蓬莱仙岛的去路，他们不由得停了脚步，在桥上站住了。

皓月当空，河面上映着圆圆的月影，风吹过的时候，月影子在水里直晃动。远处有野狗在吠，一两点人家的灯火，一两点船上的渔火，在月光下全显得黯淡了；街道，树木，庙宇，房屋，渔船，宝塔，荒场……在月光下全黯得一种异样，异样的情趣，水晶瓶里看天地的朦胧之感，又像一张年深日久渐渐模糊了的照片。

克庄轻轻地叹了一声道："我第一次觉得月亮这么可爱。"

"你弄错了，"她的哥哥反驳她，"其实你是第一次觉得这个小城可爱。"

"不，我早就觉得这个小城可爱了，当第一天，我第一眼看见它的时候。"

"不对的，你还是弄错了。从前你只是因为这个城里有家，你才觉得它可爱，事实上你并没有觉得这个地方可爱，一直到今天——"

"算了，算了，我才不跟你咬文嚼字，"克庄说，"我也不要你数理给我听，我全知道。”

“好，不听就不听，咱们是话不投机半句多。”他拉着克庄下桥。桥畔有一棵极大的柳树，树影子依依地在月亮影子里摆动，他扯下一枝嫩条，“多美的晚上，多好的月光，多可爱的家乡，来的时候没有发现这儿有好些个长处，现在要走了，才一点一点地知道，真有点儿舍不得。”他叹了口气，感慨地，“还没有离家，先已经想家了。”说完，他自个儿却又笑起来。

这一次，克庄没有跟她的哥哥捣乱，她只垂下头，不言语，好一会子，才悄悄地道：“后天此刻，你已经在路上了。”

他们谁也不再说话，穿过彩云街——彩云街也比白天清静宽阔。到了家，克清回过头又看了一下迷蒙的月景，忽然说：“这一小段路，该谢谢白秀瑶，要是依了她那老兄的主意，给我们叫车，或是派人张灯送客，那可大煞风景，她到底比那钱庄上做事的哥哥风雅点。”克庄心里有了成见，听见这话不觉微微一笑。他知道她又误会了，想辩一声，不知怎样一来，又觉得还是不开口省事。

江俊开了门，拎着风灯送他们走到后进，一路他有一搭没一搭地说话，克清驴头不对马嘴地应着，他瞎打西瓜岔地听着絮絮的，接二连三，又重三道四的，克清起先觉得腻烦，讨厌他，一下子不知怎么又觉得抱歉，对不起他了；大概因为后天就要走的缘故，有点儿惜别起来。

他们先到姑姑住的一进，费彭年也在那里，晚饭已经吃过了，他在吸水烟，姑姑坐在方桌旁，教双翠认方字块，迎弟在灯下做活计，一件浅竹布褂上拿深蓝色的线挑狗牙。

克庄打趣她的爸爸："人人都有件事，只有你一个人游手好闲。"招得一屋子的人都笑了。

姑姑问："妈呢？"

"牌局还没有散，我们先回来。"克清说。

彭年吸了口烟，笑道："你妈今儿可称了心啦，快一个月没沾过牌，她的手都痒了。"

"瞧你把恒芳说的，"姑姑埋怨着，"当着孩子，还有底下人的面。"

彭年笑着没言语。双翠认完字，到厨房里张罗茶水去了，迎弟也去整理床铺。大家谈些个白家的事情、白家的人。

克庄说："那白秀瑶，挺好的。"她看了克清一眼——又有意，又无意地一瞥。

"那个大的，叫秀什么——噢，秀琼的，也不错，"姑姑道，"人挺文静，不声不响，一点儿也不像她妈。"

"顶像妈就是白念祖，花言巧语，摇头摆尾，我真不要看他那份儿德行，完全一个市侩。"彭年把水烟袋使劲往桌下一搁，"真没想到白世光有这么一个宝贝儿子，庶出究竟是庶出，显祖和耀祖跟他一比，简直是霄壤之别了。"

"那自然，前头的白太太跟这位'白门花氏'一比，还不是一天一地么？"

"所以这位白太太的两位小姐，再好点，我总觉得好不到哪儿去，"彭年固执地批评着，"常言说得好，龙生龙，凤生凤，老鼠生的会打洞。"

克庄一本正经着脸说："不过她们姐儿俩不会打洞。"大家又都笑了。

姑姑对克清道："后天你一准动身?"

克清笑着说："这趟是风雨无阻，决不顺延，已经旷了快两个礼拜的课，再赖学，要留级了。"

"你们不回来，我冷冷清清一个人也就过去，可是这一聚之后再散，可真舍不得哩。"

"可不是，刚才我在路上还跟克庄说来着。"停了停，他道，"好在一放暑假，就要回来的。"

大家都有点儿黯然，但是大家都要装得毫不在意的样子，装不像，就只好不言语了。

时钟响，十点。

彭年对他们道："不早啦，你们别等妈了，应酬了大半天，也怪累的，明儿个还得归理归理东西，先去睡吧，我再跟姑姑聊一会儿天。"

兄妹俩互相看了一眼，这才请了晚安，到后头去了。

六

克清走到自己的屋子里，正待就寝，双翠打外面飞也似的闯进来，看见他，却又轻手轻脚的，连气也不敢出的样儿，这淘气的小丫头，贼眉鬼眼，不怀好意地一笑，交给他一封信，说："梅七小姐写的，今儿个下午寄到——"话还没完，扮了一个怪有趣的鬼脸儿，拔脚跑了。

他淡淡地一笑，接过信——梅伊弗的信，如果梅伊弗知道克清对于她的“芳函”远不如双翠有二分之一的兴趣时，这位骄傲而又娇贵的小姐不知道心里是一种什么感觉，伤心？生气？还是像她平日那一贯作风，轻蔑地将眉毛抬抬？

克清拆开信，心不在焉地看着，雨后天青的信笺上，那纤丽的钢笔字，那一缕若有若无的芳香气息，也像梅伊弗本人一样，出奇的漂亮，活色生香，并且那信也像梅伊弗一样地没有内容：“克清：为什么你还不回北京来？已经是这么久了，自从你们回南，我们都非常地惦记，而你却信也不写一封，即使一封极短的信。虽然，East or West，home is the best，但是我们从不曾想过：一个人忘记了他的朋友是对的。威廉等着你来一齐逛西山，汤要和你去北海划船，纳茜和安美等着你一同来打网球；还有我，当然。Dad 有一个 Tea Party，在上星期日，你们校里的教授 Dr. 邓也是客人之一，他问起你。许多许多的人问起你，关怀你，希望你早一些来北京。春假早已结束，你不能再不上课，如此之多的时候。你知道，我们学校有过一次月考，我的国文失败了，并且成绩非常的 poor，我更是如此地盼望你来，教我的国文。附寄一张我的最近相片，请送给我的最亲爱的，亲爱的朋友——克庄；还有你，我一定送给你，等你来了之后。再见，无限的好意给你，和你的家人。”最后是梅伊弗的英文签名。

读完信，他忍不住笑起来，在北京的时候，他们住得离梅家很近，而且又有电话，所以从来也用不着写信，梅家的七位小姐少爷，全都是外国人办的学堂出身，洋文极有根基，但是他从没有想到他们的国文竟也会有洋文的根基；梅家一家子都洋派，什么都洋化——洋化得连国文文法也洋化了，西风东渐到如此惊人的地步，他怎能不少见多怪？

记得有一位西籍教授说过，中国学生的英文作文，大半都是Chinese English，但是梅七小姐伊弗的信——中国人写的中文，却完全是English Chinese；可惜那位西籍教授不通华文，否则，克清真想拿了交给他拜读一番了。

最最出色的，自然还是那张相片，那是一张放大的剧照，克清知道她学校最近校庆纪念，只要一演戏，梅伊弗总是当然的女主角，看那剧照上的打扮，很有点儿神话中和牧歌中的意味，克清想不出她演的大概是什么戏。照片因为放大过了，所以有点儿模糊，因此那油彩涂抹过的脸，倒很像天生成的。梅伊弗有一个绝美的希腊型鼻子，薄薄的樱唇，修眉入鬓，一双眼睛狭长而多姿，因为怕胖，老是想法子瘦，所以她那原是鸭蛋样的脸，就成了瓜子型，虽然人家都说胖一点儿更好，她自己可是欢喜这样；这张化装过的相片，脸蛋儿不那么纤瘦了，胭脂增添了嘴的轮廓，像一个菱角，眉毛浓了，眼睛也显得大而分外水汪汪，也许失去了几分梅伊弗素有的娇贵和清丽，但是却更多了一些她从未有过的野性天真——那是克清所欢喜的。

梅伊弗，像所有聪明的女孩子一样，也许她根本是顶顶聪明的一个。她知道满面春风比满面秋霜要美上一千倍、一万倍，所以在这相片上，她是这样笑盈盈地对着人，虽然平常她是个最爱生气发火的千金小姐。

这样爱娇的笑颜，这样乌浓的水汪汪的笑眼……克清越看越觉得不像梅伊弗了，他想起了白家的花园，篱笆那边的芍药台，那个掷泥团儿、开口骂人的女孩子，那么美，却又那么野性，那么不讲理，却又那么好玩……他自言自语地：“多么像的两个人，可又多么不像的两个人。”但是，她是谁呢？姓什么？叫什么？是白家的什么人？为什么姑姑、爸爸，还有克庄，一个都不曾提起她呢？……克清越想越糊涂了……

“怎样？克清，你还没睡么？”彭年打外间走进来，克清睡在他爸爸的套房里。

“嗯，爸爸……外面的月亮真好。”

“不早了，明儿个还要归理东西。”

“全弄得差不多了。”

“你妈还叫你明儿个到白家去辞行。”

“妈回来了？”

“刚回来，三家输，你妈一个人独赢，所以明儿个又要去了。”彭年笑着说，“那白太太呀，不知怎么捧你妈来着？她回来说得她一朵花似的，两人感情如兄若弟一般，自打到家这些天，我还头一趟听见她夸奖人哩。”

“白太太娘家姓花，自然是一朵花了。”克清也笑起来。

“这一来呀，我真发愁虹桥也要走断了哩，这年头儿，人心不古，可没第二个虹娃了。——你瞧你妈，一高兴，又想起规矩礼数来啦，还郑重其事地要你明儿个到白家去辞行，说了又说，连我都嫌贫。”

“明儿个早上我去一趟就是。”

父子俩又谈了一些别的，彭年回到自己屋子里去睡了。克清看了看窗外，月在中天，子夜了，一切都是这么静，这么静。他故意不拉上窗帘，让水一样的月光直泻进来，他要在这月光里，睡一个恬静的觉。临睡，他告诉他自己：明天早上去白家之前，不要忘了跟克庄要紫色牵牛花的种子。

七

昨儿个晚上的月亮太好了，克清在那美妙的月光里，找着了不少诗和梦，所以他是这样的怡然自得，他轻轻地吹着口啸，欢愉的孩气的短歌，一节又一节……

克庄俏皮地瞅着他，他懂得她眼神里所表示的话："我明白你为什么这般乐？那白秀瑶……"双翠更是傻里傻气地一径儿对他笑，梅伊弗的信带给这丫头莫大神秘的材料。——克清心里明白她们两个人的心事，不由得暗笑她们有几分傻气，但是——但是继而一想，原来他自个儿也有几分傻气。"人，都是这么傻的……"想着，他笑了，他这一笑，就似乎无形中证明了对方的笑是对的、确实的、不错的，虽然克庄和双翠两个人根本是各笑其所笑。

"克庄，我给你一样好东西瞧瞧。"

"是什么？在哪儿？"她瞧着克清空空的一双手。

"天机不可泄露，你先猜。"

"别卖关子了，我可没那么些个精气神儿想这想那。"佯作不耐烦地，"什么好东西，爱献宝就拿出来，舍不得就别捧出来沾现世。"

"好，不猜就不猜，我给你就是，压根儿就本来是给你的，"他从上衣口袋里拿出一张相片，"不过，弄明白，献宝的不是我，要活现世的也不是我。”

克庄接过相片，没来得及听完她哥哥的话，就嚷起来：“啊，是伊弗，她给我的？真的么？嗬，太美了，美极了……”她不住地赞颂着，端详又端详，“真美，是送给‘我’的？”

克清微微一笑：“当然是送给‘你’的。——喏，这儿是她的信，‘……附寄一张我的最近相片，请送给我的最亲爱的，亲爱的朋友——克庄……’嗯，这是‘最亲爱的，亲爱的’伊弗的信，你拿去看吧。”

“不，”她含笑拒绝，婉转地，“信，你收起来吧，这是伊弗给你的，也是伊弗给你看的，我不想违犯她的本意；至于这相片，是伊弗给我的，但是伊弗却是要给你看的，你看够了么？‘最亲爱的，亲爱的’老兄，伊弗真是聪明，叫我不得不佩服她……”

“因此就更叫我不得不佩服你，克庄，我的好妹妹，你是聪明人当中的聪明人。”他笑着，却也是由衷地，“女孩子总归比男孩子聪明，由于你们与生俱来的敏感。”

“岂敢，岂敢，你这是损我了，”眼珠子一转，她笑道，“因为我批评了伊弗，你挖苦我？其实，我没什么坏意呀。”

“咳，这趟你可敏感得过分一点儿啦，我护她？为什么呢？”他爽朗地笑了起来，“而且，你的批评十分公道，伊弗原就是这样的人。”

“所以你不喜欢她？”

“你喜欢过她么？”

“我？”想了想，天真地说：“我不喜欢她人，她那种样子，不是叫人喜欢的，她叫人眼花，羡慕，惊奇，站在远远的地方爱她恨她，她可不是叫人喜欢的，她就是这么一种人。”停了一会儿，克庄看着她的哥哥，“但是我喜欢她的相片，真喜欢。”她小心地问：“我说得对么？”

她的哥哥深思了片刻，几乎比她更小心地回答：“你说得一点儿也不错，我也一样，”像经过无穷考虑似的，他轻轻地说，“我喜欢她的相片——这张相片。”

“说起相片，我这儿也有一张，是我自个儿的，交给你，请送给——”

“请送给，”他抢着说，“最亲爱的，亲爱的伊弗，是么？”

“不，也许还要加一声‘亲爱的’哩。”

“啊？那是谁呢？”他跟她开玩笑，“一准是姓包的，或是姓什么——噢，姓曹的了。”

克庄啐了一口，道：“当然是姓白的了。”

“一张相片，两份儿人情？”

“人情是假的，给你找个‘过门’是真的，待会儿你不是就要跟妈到对河去辞行么？总不能进门喊大嫂，没话找话说，这儿不是北京，白家小姐虽然大方，究竟不及伊弗她们开通，你总得有个题目，才好写文章。”她那一本正经的样儿，和絮絮不断的一大套话，逗得克清笑了。

克庄有点儿恼羞成怒：“好，你又来——”

“狗咬吕洞宾了，是不是？我不好，我不好，以后再也不敢啦。”

“讨厌。”她把相片扔给他。正好费太太打扮停当，款款地走了来，叫克清和她一块儿到白家去。——于是，克清带着他妹妹给他的“题目”，以及他今儿个一大清早就跟克庄要来的紫色牵牛花种子到白公馆去了。

虽然，昨儿个夜里的月亮那么好，那么如水的澄明；今天却是个坏天，迷迷的雾，蒙蒙的雨，就跟诸葛亮“草船借箭”的天气一个样。这种天气是一种阴沉的重压，容易引起忧郁症，费太太碰上这样的坏天，多半要发胃病，闹脾气……但是今天例外。克清没有“胃病”，当然也无从发作，昨晚的月光既给了他许多诗、许多梦，今晨的雨和雾，也一样地给了他许多诗、许多梦……

费太太一到，说了没有三言两语，就上了牌桌，因为赌场的人比官场的人还要懂得“争取时间”要紧，只有这种“工作”，人们才相信“一寸光阴一寸金”，所以不但寸阴是惜，连分阴、厘阴也珍惜起来了。

克清坐了一会儿，“使命”已经完成，要告辞回家，白太太诚意挽留，坚邀他吃过午饭再走，又要打发人请克庄来，费太太说克庄要在家陪姑姑，这才算了。白太太待客真是无微不至，因为念祖在钱庄上没回来，所以丢了牌不打，叫念祖媳妇代替，自个儿陪着克清谈天，弄得克清回家又不是，不回家也不是。白太太十分健谈，又博学广识，她和克清说了半个时辰“四大名旦的拿手好戏”，“慈禧太后吃的窝窝头是栗子粉做的”，“有一本书上林黛玉死了又活过来，嫁给宝玉为妻”，“张恨水的《啼笑因缘》听说是真有其事”，以及“秀瑶的外号是‘小胡蝶’，秀琼则一半儿像徐来，一半儿像袁美云”……克清要笑，可又不能不忍住，正在啼笑皆非的当儿，幸亏小丫头来请少奶奶。原来白念祖的小儿子尿湿了裤子，哭着不肯换，一定要妈。念祖媳妇唉声叹气地后头去了，白太太才无可奈何“逼上梁山”似的上了牌桌，连连向克清道歉，告诉他一会儿秀琼姐妹就要打学堂回家，克清如逢大赦，来不及地就一个人溜到花园去。

花园还是白家的“领土”，但是比起刚才的玻璃厅，真是“上天下地”了。克清顺着昨天的路走到篱笆旁边，地上的泥土犹未湿透，蒙蒙小雨还在下着，雨丝打在他的衣襟上、头发上、脸上和手上，微微有些凉意，愉快甘美的凉意，沁人心脾的愉快和甘美。他不由自主地笑了，虽然篱笆那边的芍药台上空空的不见一个人。他下意识地摸摸自个儿的脸，昨天被泥团儿打着的地方，虽然芍药台上不见扔泥团儿的人；于是他笑得更厉害了。

一把芝麻撒上天，
肚里山歌万万千，
南京唱到北京去，
回来还唱二三年；

一个女孩子的甜亮的嗓子，唱着山歌，歌声打芍药台那边传过来，一个字一个字，清楚地传过来，克清一听就知道是谁。芍药台那边有一排玻璃的花房，隔着芍药台，隔着花房里的扶疏的花草，他用尽眼神瞧过去，可是什么也瞧不见；那山歌的声音却又起了：

山歌不唱忘记多，

大路不走草成窝，

快刀不磨黄锈起，

胸膛不挺背腰驼；

“小燕，小燕。”克清又听见一个老迈的声音。

“嗯，公公，干吗呀？”

“把靠窗口的那几盆福建兰花搬到这边儿来。”

“是啦，公公。”

“小燕。”

“嗯，公公？……”

“你搬不动，怪沉的，还是我来吧。”老年人爱怜的口吻。

“公公又来瞧不起人了，”撒娇地，“我饭还比您多吃小半碗儿哩。”

“傻孩子，公公舍不得叫你干重活儿。”

“这个活儿又不重啰，您瞧，我一个手能举一盆兰花，我情愿干粗活儿。那天四小姐教我绣花，一根小针怎么也不听我的话，后来连针也断了，手指头也破了，白竹布上也染了红点儿。”

老头儿笑起来：“小燕，你不像个女孩子，”他叹了口气，“你要是个男孩子多好……”

“公公又来了，女孩子还不是跟男孩子一个样儿？那些个臭小子有什么比我强的？”

“噢，我不是说你不及男孩子，我只想起你妈临死的时候说过‘要是小燕是个男的，那就好了’……”

“不，公公，妈是怕我不能养活您，才盼望我是男的，妈要是知道我也像男的一样能吃会做，她就不会那么说了。”

停了一会儿，山歌的声音又起了：

山歌好唱口难开，
樱桃好吃树难栽，
白米饭好吃田难种，
鲜鱼汤好喝网难抬。

克清已经将山歌的调子听熟，这一趟，他有意无意地和着那歌声吹起口啸，直到歌声没有了，他还不停地吹。但是，那个名叫“小燕”的女孩子和她的“公公”，始终也不曾露一下脸，并且他们的谈话也中止了。克清快快地站在篱笆旁边，雨下大了，他想到她大概不会出来，只得将带来的牵牛花种子撒在地里。“这样也好，不让她知道，直到这种子发了芽，”他心里想，“开了花，给她一个惊奇……”

“费先生，这么大的雨，您——”

克清回过头，看见秀琼和秀瑶站在他的后面，他觉得自个儿的脸稍微有点儿热，不过态度却很镇静，他说：“我听见花房里有人唱山歌……”

秀琼笑道：“那是小燕。”

“这个疯丫头，”秀瑶说，“是我们家花儿匠的外孙女儿，我们叫她赛小子哩。”

“是么？”克清笑了，有点儿言不由衷地，“她一定很野吧？

长得像小黑炭，猿背熊腰，虎头豹眼……”

姐儿俩咯咯地笑起来，秀瑶也淘气地说：“那倒不，但是比起您费先生来，她就有点儿欠文雅。”

“是么？我可不信。”

“信不信由您，难不成我还当真叫她出来跟您行个见面礼，再打擂台么？”秀瑶俏皮地开玩笑，但是有点儿腼腆，她也并不顶惯和人交际的。

秀琼笑着埋怨她的妹妹：“瞧，尽陪着客人在雨里头说话，还不进去么？”

“真是的，我多糊涂，快点儿请进去吧，费先生。”

他们一块儿离开了花园，克清回过头看看那竹篱，颇有点儿依依，好像他在那儿遗失了什么。是的，他在那竹篱下的泥里撒下一把牵牛花的种子，“不知道它会不会发芽，开花？……”他问他自个儿。雨势在骤然间大了起来，雨点越来越大，榆叶大，铜钱大，这于那泥里的种子是好的。

晚霞的余韵

一

让时光倒流过去四年，这故事展开在二十六年的初夏。

五月，晚风吹着。一片蔚蓝的天，连着开遍了鲜花的原野，大自然像一幅美丽的图画；京沪车在图画里驶过去，载着韩文渊，从上海到南京。

轮声轧轧里，窗外的原野飞也似的向后逝去。车厢中很寂静，大概是火车站上黯然魂销的音乐，将有心人的离愁撩起来了。

韩文渊的心里，没有什么别绪离情萦绕着；他很宁静。但也许有些事情使他感到遗憾——去年，也是这五月里，鲜花开遍了原野的时节，他大学毕业，刚只有二十三岁，不正是青年奋发的时机么？不幸患了初期肺病，于是病榻上消磨一载年光，眼看着同窗旧友，个个有作有为，前程远大，越显得自己落伍，消沉，老居人下。

他的身体虽然渐渐地健康起来，心绪却因此懦弱，不健全了。

为了金迷纸醉的都市生活，能摧残病体，会消磨壮志；父亲希望他出外旅行，让大自然的名山秀水医治他怯弱的身心。韩文渊高兴地依从了，并且决定了南京是目的地，因为可以顺便去探望别了多年的姑母和表兄。

轮声轧轧里，窗外的原野依然飞也似的向后逝去。车厢内渐渐骚然，喧哗替代了寂静。

轮声轧轧里，一站又一站，原野上金黄色的阳光渐渐地移向那一边去。

车抵下关，一天的旅程，他感到些微的疲倦，脸上泛出了罕有的红晕。表兄陈惠然来迎接他，久别后的重逢，他们都高兴得不知道话该从哪一句说起。

进了龙盘虎踞的石头城，他不禁肃然起敬："庄严伟大的中华国都啊!"憔悴的心也活泼鼓舞了。

二

日子像飞燕掠水，轻快地飘过了时间的大海。

韩文渊寄居在姑母家里，清新的环境，不再似以前那样的病弱和惆怅，他渐渐地变得愉快，喜悦，有朝气。

一个月来，瞻仰过庄严伟大的中山陵，帝王气象的明孝陵；也曾荡漾在幽寂静谧的玄武湖；也曾徘徊于巍峨瑰丽的紫金山；还有燕子矶、秦淮河、胭脂井……他的足迹踏遍了金陵名胜。

他欢喜南京：一半儿城市，一半儿乡村；有诗情，有画意。他爱慕南京的一切，他更颂扬这雄伟壮丽的大好河山。

六月天是漫长的，陈惠然只有公余才能伴他出外；于是游山玩水常常独个儿他也会去。

这天，微风清凉的早晨，没有朝阳，天空很黯淡。静悄悄的玄武湖，游人疏忽了这别有风格的情调而绝迹。绿柳荫中，只有韩文渊拿了几本书，悠闲自得地在看；似乎天上人间，只此一地，只此一时，只此一人。

偶然，他将书合上了，向湖波凝视着：是几时漂过来一只小舟，由远而近，看清楚那上面一个嫩黄衣衫的窈窕影子，他有些惊讶："居然也有人和我一样的兴致，大清早独自来赏鉴阴天的玄武湖？"

小舟靠了岸，窈窕的影子，走进柳荫中驻足了，似乎在寻找或是期待着谁。

眼前的一片色彩太和谐了：这微蓝的湖水，这翠绿的柳条，这嫩黄的衣衫；一阵柔风吹起飘扬的秀发。韩文渊疑心自己到了仙境，他深深地感到新颖，幽美……不可言说的快感。

"对不住得很！请问您可曾瞧见有三个人到湖上来过么？是女的。"一串银铃子似的声音，传入他的耳膜；禁不住有些神往，但立刻他又恢复了自然状态。

"哦！小姐，我没有瞧见，而且今天早晨湖上还没有来过其他的游人。"

"谢谢您！也许我来得太早一点儿。怎么天气又是这样不好！"最后一句，她凝视天空，自言自语地说着。韩文渊不便再插上去说话。

果然，天空渐渐地更黯淡；可是在眼前却似乎有一种夺人的光辉吸引住他——那是一张圣母型的脸，两弯秀逸的修眉，斜飞入鬓；长长的睫毛下垂着，微微地在颊上留下可爱的阴影；水一样明朗的眸子里蕴藏着青年人的热情；樱唇上像是永久流露着神秘的微笑。

这一刹那的印象，韩文渊觉得这位小姐实在有些不可思议：倾城倾国的绝艳之中，带着神圣不可侵犯的尊严与冷静。然而这正是他所爱慕的，他爱慕着女性的崇高，而不是女性的美丽。在这样四围翠绿之中，一位崇高的女神前面，他好像已经隔绝红尘，感到飘飘欲仙起来。

湖上依然静悄悄，期待着的人还没有来，她有些感到无聊。

“先生！可以借一本书给我看么？”又是一串银铃子的声音。

“可以，可以，这里几本，随便您挑！”韩文渊高兴地回答，他觉得和这样一位崇高的女神多说一句话，都是无上的荣幸。

“《祖国》！”她果然仔细地挑了一册，那是萨度的剧本，“就是这个吧！谢谢您，等一会儿奉还！”

“不用那么客气，慢慢地看好了，我并不急着要……”韩文渊已经忘了这是个素不相识的陌生人。

像没有听见这话一样，她早就冷静地在看书了，聚精会神的，一页又一页。《祖国》是一部悲壮感人的爱国剧，韩文渊看她似乎因了剧中慷慨热烈的情绪而动容。

柳荫外送来一阵笑语轻韵，打破这无边的寂静。她似乎知道这是熟识的人，匆匆地合起书，说声“再见”。女神的影子翩翩地走出柳荫，在他的眼前消逝了。

他忽然想到说了很多话，却没有问过她的姓名，自己真是太疏忽。还有那本《祖国》，他觉得高兴，他羡慕他那本书的命运。

风吹得柳条乱舞，雨点打在脸上，将他从迷惘中唤醒。他感到恍然如有所得，又怅然如有所失；他将要永久庆幸这刚才片刻的遭遇。

三

苦雨孤灯的夜里。

一切都是像往日一样的平静。不平静的是韩文渊的心，似乎起了巨大的变化。

柳荫里的印象太深切了；尊严美丽的女神影子，又掠过心头；还有那神秘的微笑，长睫毛下流露着的眼波，一串银铃子似的说话声音……他开始有些迷恋起来，不，他简直是崇拜，他相信这样崇高的仪态，一定会蕴藏着一颗圣洁的心，一个美丽的灵魂。

热情激动了他无尽的希望，和美好的幻梦，直到雨点打进窗户，才微微地感到寒意侵人。

梦想的狂乐过去了，意识渐渐清明起来，他很快就觉悟到自己的错误：一个患有肺病的青年，有恋爱的资格么？过去他曾经自甘和“幸福”绝缘，永久度着独善其身的生活，然而他并不是冷酷，没有情感的人。火一样奔腾的热情，被冷静的理智，凝成一种不肯泄露的忧郁与苦闷，潜伏在心的深处；他感到无名的寂寞，尤其是今天，那始终压迫着他的那一种寂寞，更残酷地将他陷入极度的苦闷之中。

今天，在那长睫毛下的眼波里，他找着热情的寄托了；然而又被冷静的理智，凝成苦闷的矛盾，在他心头。

女神的影子，更亲切了。他的脸上现着微笑，同时更现着忧郁。

夜已深，凉更甚，风雨欺人。窗外一片黝黑。猛然一个新的意念袭来，他禁不住有些哑然失笑。

“连人家姓名都没有知道，不过像大海里浮萍一样，偶然漂在一起，再相逢却渺茫得很，何必庸人自扰……”虽然如此，他还是不能淡忘。

时钟三响，好像击在他怯弱纷乱的心上。这是韩文渊到南京以来第一次失眠。

四

“雨天本是愁天”，韩文渊的心又憔悴了，极端的苦闷与过度的失眠，精神也渐渐地萎靡，失去健康。姑母和表兄都担心他会旧疾复发。

一连好几天的绵绵阴雨过去了。

久雨初晴的星期日，他觉得心情似乎开朗些，精神也振作得多。清晨一人独自在花园中散步。

“表少爷，您早。”仆人送上来一个纸包，“这是刚才一个包车夫模样的人送来的，说是给您。”韩文渊有些愕然，匆匆地接过纸包，急急地打开来，里面是一本《祖国》，没有其他的东西。他禁不住惊异地问："送书的人还说了别的话没有?"

"没有说别的，只说起表少爷的姓名，问我们少爷可认识，后来就将这个纸包留下走了。"

韩文渊左思右想，也明白不了其中的奥妙。她是谁呢? 她又怎么会知道我的姓名呢? 她更怎么知道我在这里呢?

难道她真是天上的女神么? 这般神秘不可思议。

五

将一切始末都告诉了表兄，陈惠然也是莫明其妙，而且他更奇怪为什么这位小姐会知道他的住处。

疑云满布了他们两人的心，无可奈何之下，只有将那本《祖国》翻来翻去地看个不停。

果然，新奇的事情被韩文渊发现了：那是一片荷花瓣，色彩鲜艳，像是采下来不久的样子，夹在书的最末一页。荷花瓣上隐约地还有着字迹。

"黎晚霞!"韩文渊读出荷花瓣上用针刺成的三个细小清秀的字："是她的名字么?"他惊喜得有些过分，好像获得了什么似的。虽然他获得的如此空虚。

"原来是晚霞——"陈惠然拉长了声音，点点头，似有所悟的样子。

"表哥! 你真的和她认识么? 能不能……"韩文渊几乎疑心这一切的遭遇是梦，是一个虚构的美丽故事，他做了这故事的主人公。当前的快乐使他无暇顾及这故事的将来是欢喜，还是悲愁。

“认识她，认识她，今天晚上就可以带你去和她相见!”陈惠然抢着说下去，“金陵城里不知道有几许人为她疯魔，却没有一个被她瞧得起。表弟，你好幸运啊！初次相逢就得着美人的青睐。”

“她究竟是谁呢?’韩文渊莫名其妙地问。

“天机不可泄露，到那时候自然知道。”陈惠然调侃地回答他。

想起表兄刚才的说话，他似乎觉得自己是幸运的，热情在他脸上燃烧着青春的光辉，但是一刹那间又消逝了。

六

秦淮河畔，华灯齐明的晚上。

其实，只不过是一湾臭水而已，没有诗情，没有画意。六朝金粉将它凝成了金陵的脂粉区域：黄昏过后，画舫里乐声曼妙，夫子庙一带的茶楼歌榭，门前真是所谓“车如流水马如龙”。这一片人声笑语，这一片衣香鬓影，点缀得秦淮河，有说不尽的风流韵事，有话不尽的旖旎风光……

今晚，韩文渊怀着诚惶诚恐的心情打算和黎晚霞小姐晤面，没想到表兄领他到这里来，他开始有些茫无头绪，而且他又素来不大喜欢这脂香粉腻的秦淮河，今天更感到憎恨。

进了天香阁，抑扬顿挫的娇声，送入耳鼓，韩文渊这才有些明白："表哥！这位黎晚霞小姐，也是这里卖唱的歌女么？"陈惠然点点头，一边又用手指着台上笑道："是的，底下就轮着她唱了，你快洗耳静听吧！"

果然，刚才唱的那一位姑娘已经不在，没多久，绣帘一闪，这多天来魂牵梦萦的女神影子又重现在眼前了。台下轰然地在叫好。陈惠然朝他笑笑，他会心地点点头。

黎晚霞亭亭玉立在台的中央，还是那样神秘的微笑，还是那样长睫毛下流露着的眼波。她穿着黑绸的长衣，和那些姹紫嫣红的装束相比，更显得不同凡俗。

乐声响起，全场肃静无哗，韩文渊对于西皮二簧原是门外汉，毫无兴趣，今晚他却屏声静息，瞧着黎晚霞露启朱唇，发皓齿，曼声长歌。这曼声长歌似乎勾起了他的悠然遐想——灯光下，黎晚霞冷艳的影子，愈过愈缥缈，幻成圣洁的天使，朗朗地唱着赞美诗……他忘了这是天香阁，脂香粉腻的秦淮河。

忽然乐声止了，台下的听众，立刻报以赞赏的鼓掌。他好像大梦初回，用最后一瞥将黎晚霞送入绣帘，然后拉着陈惠然走出了天香阁。

秦淮河畔，还是一片人声笑语，衣香鬓影，但他不再感到憎恨了。

归途上，他们谈论着关于黎晚霞的事情：

"要不是我亲眼看见，我无论如何也不会相信她是歌女，那么崇高，那么庄严，而且她还很有学问；表哥！你说是么？"韩文渊最初就觉得这位小姐有些神秘，如今更证实了他自己的见解不错。

陈惠然也同意他的说话：“可不是！晚霞绝不能和那些庸脂俗粉同日而语。她有热情，有血性，有眼光，而且还有着当年葛蕊芳、李香君一样的侠义胸怀。”

“她的身世有人知道么?”还是韩文渊怀疑好久的问题。

“外面传说她的过去很凄凉悲壮，但她从来也没有对谁说过。这也难怪，她根本就没有什么知己朋友，叫她如何说起……”

韩文渊忽然打断了他的话，自己迟疑地说着：“她根本就没有什么……知己朋友!”

“对啊！我看她对你却似乎有情，明天我约她在乐安咖啡馆和你谈谈如何?”陈惠然看出他的心事，自告奋勇地为他们拉拢。

韩文渊没有回答，他似乎在想别的心事。

不知不觉地到家了，这风吹得他感到一层凉意。

又是失眠，又是一夜的辗转思索；怕到三更，早到三更后。

七

第二天中午，乐安咖啡馆里。

晚霞来了，陈惠然殷勤地为他们介绍：“黎小姐！其实已用不着我再介绍，这是我的表弟——”

“韩先生！我们久已认识，真的！陈科长您可以免去这一套了。”接着她又向韩文渊说：“真对不起韩先生，上次将那本书拐回家好几天。”

“那不足挂齿得很！黎小姐真是仔细，还特地差人送来。”韩文渊很想问她一声怎么会知道自己的姓名住处，但总觉得不便启口。

黎晚霞似乎知道他的怀疑："哦！我还忘了谢谢陈科长，上次转托您替我还书……"

刚说到这里，陈惠然也想起上次的疑团了："那倒不用客气，倒是您怎么知道我会认识他？"

黎晚霞辗然微笑，答复他们的疑问："那天我匆忙之间，将那本《祖国》带了走；回家一想自己委实太荒唐，难不成还到玄武湖边去等着还书不成？后来幸亏在书面上看到韩先生的图章，里面恰巧夹着陈科长的名片；我想这位先生一定认识陈科长的，陈科长我也认识的，所以我就大胆请陈科长替我还书了。事后我还怕陈科长嫌麻烦，想不到不费您吹灰之力。"如珠走盘似的说完这一番话，他们才恍然大悟，交相称扬她的慧心，有独到之见。

仆欧将菜一道一道地送上来，他们稍稍中止了谈话，

午餐过了，陈惠然办公时间已到，独自先离开了咖啡馆。

暂时间是一片静谧，黎晚霞吃着冰淇淋，默默地没有话说。韩文渊坐在她的对面，不由得感想纷起：和这样一位美丽的女性一同吃饭，他认为荣幸；但他又有些拘泥，因为她是那样的"艳如桃李，冷若冰霜"。其实，从刚才的谈话里，韩文渊觉得她是很和蔼，爽快的。也许由于人情世故的过于熟悉，她有一些放浪，但绝不是轻佻。

韩文渊只是怔怔地若有所思，她似乎觉察了："韩先生近来还常到玄武湖么？"

"玄武湖近来没有去过，一直是雨天。"韩文渊回答，"黎小

姐近来去过么？那天的巧遇真使我高兴，高兴居然能够今天和你坐在这里。”

“何必那样慎重其事地抬举人？到天香阁多听两次清唱随时都可以看到我，这有什么值得高兴呢？”她顽皮地说着，长睫毛不住地闪动，脸上现出凄凉的微笑。

韩文渊觉得有些不便接下去说，于是只好用别的话支开：“您还要看小说么？我有。《祖国》您爱看不爱看？”

“好极了，《祖国》真叫人感动，不过我恨多萝莱，简直替女人丢脸。”她像是含有无限的悲愤，“像多萝莱那样的女人，太平凡了，不！简直危害国家。我最不满意多萝莱的一句话：‘我的祖国就是爱情。’唉！她为什么不说：‘我的爱情就是祖国。’”她眼波里漾着火一样的奔腾的热情，语调也渐渐地刚强果决起来，韩文渊不由得肃然起敬，他热情地说：“晚霞小姐！你真伟大。”

“伟大？不，我是一个下贱的秦淮歌女。”她冷然地回答。

“不，你绝不下贱，下贱的是那些自甘堕落的人；你有着铁一样的意志，火一样的热情，你是崇高的女杰。”韩文渊严肃地说，“我相信你一定有一个可歌可泣的过去，能够告诉我么？”

“不堪回首话当年！”她长叹一声，泪光浸湿了长睫毛，但立刻她又竭力制止住自己的态度，“这些话我本想永久也不再提，你能够了解我，就告诉你一个大概吧！我也是所谓‘书香子弟，名门之女’。不幸‘一·二八’的炮火，炸毁了我的家，父母兄弟都无辜地牺牲了。那年我只有十七岁，一个无知的女孩子。六年来，东飘西荡，走遍天涯海角，度着无依无靠的生活，我对人是佯装诡笑，人对我是冷嘲热讽。最初，我实在不能忍受这些痛苦，久而久之，也就觉得很自然了。环境将我变得这样狂放、怪僻和冷淡。先生，您不会见怪吧?”

韩文渊惋惜这一朵名花飘零，禁不住流起泪来。

“韩先生！我自己不难受，您为什么倒流泪哩?”晚霞向他微笑，眼波中流露着无限的温情。韩文渊也就破涕为笑了。

倩影双双，走出了乐安咖啡馆。谁也没有想到这是他们两人之间仅有的一次谈话。

八

从此，秦淮河畔夜夜有韩文渊的足迹，每晚他都到天香阁去听晚霞的清唱，听罢归来，总是彻夜地失眠……

明知道自己陷入矛盾的苦闷中，偏又不能自拔。他将一切都仔细地思索过：玄武湖的初次相逢，他就深深地为晚霞而痛苦了多时；乐安咖啡馆的一席谈话，他的痛苦更加多了一层，那么一个伟大的女性，他连和她再谈话的勇气都没有。他了解自己的渺小、怯弱，被肺病剥夺了恋爱的资格。一方面他为晚霞而倾倒，魂牵梦萦地不能忘怀；一方面他又竭力地使自己将晚霞淡忘，他不愿意自己的肺病遗害了任何女性，何况还是他所爱的晚霞，何况还是如此伟大的晚霞。

韩文渊决定将晚霞淡忘，但他又实在不能忘情。唯一的办法，只有每晚到秦淮河听一次清唱，得到片刻的安慰；平时决不与她有会面的机会。其实，多听一次清唱，韩文渊就多一层痛苦，多看一次晚霞，韩文渊就多一层悲哀……

至于晚霞哩，她热切地需要韩文渊的同情，虽然这同情她也知道嫌太怯弱一些。野生的玫瑰，也需要细雨的灌溉，这多年金迷纸醉粉饰了内心的寂寞，她想有一些温情的抚慰。使她失望的是韩文渊只会捧角式地夜夜来听她的清唱，却绝迹不来和她相见，她没有知道韩文渊的矛盾心理，她认为韩文渊太懦弱、太老实，所以她虽然感激他爱慕的热忱，却不赞成他那“江南子弟”的个性。

九

“七七”卢沟桥事变起了，慷慨悲歌声中，热情的青年都勇敢地负起重大责任。

韩文渊还是那样的消沉、怯弱，理智和情感像横镣竖锁似的缠着他一天比一天深刻……

他永远不能忘情晚霞，所以他永远不间断地到秦淮河去。

七月过了，铁鸟开始在京沪一带盘旋；正是“山雨欲来风满楼”的时节，就是这时节，更多的热血男儿献身国家。韩文渊感到惭愧：他只是一个想得太多，而做得太少的青年，被肺病摧残了的怯弱双肩，怎负得起艰难的重任呢？他空生在这伟大的时代了。

秦淮河的繁华已经呈现着稍许的凄凉，韩文渊从消沉渐渐转变到麻木，醉生梦死。但是他还不能忘情晚霞，他还是要到秦淮河去听清唱。他已经失去了理智的利剪，怎能挥断这自吐自缚的罗网呢？

意料之外的，晚霞有一夜没有到天香阁去清唱；一天，二天，三天……他从此没有能够再看到晚霞，然而他依然不间断地去。

八月初，是飓风袭击的时期；他迎着狂风，冒着暴雨，从秦淮河回家，旧病复发了。

十

病床上，陈惠然大义地规劝，他渐渐地感到过去“儿女情长，英雄气短”的不是。心情渐渐地健全，身体也似乎好些。

忽然有一天，黎晚霞的包车夫求见陈科长和韩先生。他们开始知道——晚霞已经加入了看护队，最近就要动身到前线去了。韩文渊感到无限的惭愧：怪不得秦淮河畔听不见晚霞的清唱呢！

车夫又递上一个信封，说是小姐交给韩先生的。

信封里只有一张六寸半身相片：圣母型的脸，修眉入鬓，神秘的微笑，长睫毛下流露着的眼波。相片后面有几行瘦棱棱的清秀字迹：

> 还依恋秦淮河的清唱么，
> 且听一听时代的怒吼吧！
> 不能让六朝金粉麻醉了年轻的心。
> ——我们要记住祖国，永久地。

“从此秦淮河畔，再也听不到晚霞的声音了。”陈惠然感叹地说。

“但这是晚霞的余韵，我将永久地记忆不忘!”韩文渊又似兴奋又似惆怅地说着。的确，这晚霞的余韵，像一串银铃子似的永久在他的耳畔盘旋。他忽然想起应当留一些纪念给晚霞，表明自己的处境。随手在枕边拿起一本巴金著的《灭亡》，不假思索地在封里写了几个字：

我对杜大心，惭愧。

你比李静淑，伟大。

包车夫将《灭亡》带走以后，他感到心里痛快得多。因为两个月来，隐藏在内心的矛盾和苦闷，他今天向晚霞诉说了。他相信晚霞一定比以前稍为了解他一些，虽然形式上他们是更远，也许是永久不能相聚。

十一

“八·一三”的枪声响了，造成无数的逃亡、奔波、颠沛、流离。四年来，多少事沧海桑田，多少人鸾漂风泊。他终于又回到上海，还是那样愁病交缠的身心。

岁月的蠹虫，蚕食着记忆的绿叶；晚霞的余韵，渐渐像轻烟淡雾似的在他心天里消逝了。

猛然，日历上现出一纸触目惊心的日子，唤起他无穷的记忆——玄武湖边的相逢，秦淮河畔的清唱，乐安咖啡馆的谈话，不堪回首的往事啊！他取出当年什袭珍藏的那张照片：还是圣母型的脸，修眉入鬓，樱唇上挂着神秘的微笑，长睫毛下流露着的眼波，仍然像当年那样凝视着他，却似乎多了无限的幽怨、悲愤。韩文渊深深地感到自己的惭愧。银铃子似的声音又在响了！

还依恋秦淮河的清唱么，
且听一听时代的怒吼吧！
不能让六朝金粉麻醉了年轻的心，
——我们要记住祖国，永久地。

他怅惘地望着天空，日落了，晚霞绚丽地朝他微笑；眼前忽又一片暮色苍茫，晚霞渐渐地向西方隐去，他只能隔着云层，领略这晚霞的余韵。

一阵晚风飘过，银铃子似的声音更响了，末了一句，洪钟似的送入他的耳鼓："我们要记住祖国，永久地!"那是晚霞的余韵。

戏

秋天，西风在扫荡枝头残叶，金黄色的阳光，明朗地照着。

那是一个愉快的日子，特别是对于媚文，格外兴奋和喜悦。她坐在后台的化装间里，静静地面对着镜子，在画眉，点唇，涂脸上的油彩……

镜子里是一张可爱的少女的脸，虽然不是夺人的美丽，却很动人，何况经过奇妙的化装以后，一个温柔的东方女儿完全改变成活泼的西方女孩子了；那一双黑而大的眼睛，也就显得分外的明亮和灵活。媚文自己觉得满意。她顾影自怜地想，演完这个戏以后，不知道将有多少青年为她疯魔哩!

壁上的大钟，一秒一秒地走着。化装间里不断地有人进出，川流不息，媚文的心情就像辘轳般地周转。

她还是第一次担任戏中的女主角，又是那么一个活泼而且庄严，激烈但又镇静，有情感有理智的俄国女革命家——那是一个难演的角色，《夜未央》里的安娜·利堪斯加亚。

两个月前，戏刚排演的时候，导演先生派她饰《夜未央》里的安娜，起初她有些胆怯，但立刻由于虚荣心的驱使，她就勇敢地担任下来。这是一个可贵的机会，自己为什么不好好地利用而一鸣惊人呢？媚文自信能够成功的，因为除了演技以外，她更有动人的姿容、清脆的语调，和曼妙的风致；这些她知道比演技更能得到一般人的崇拜。

现在，戏还没有上演，但是从镜子里，看见自己化装以后的美丽姿容，她似乎已经成功了，情不自禁地眉飞色舞起来。她有些意入非非，忽然一个声音将她拉回现实：

“媚文！哦！不对，我现在该练习叫你安娜了。安娜！你化装好了么？还有二十分钟就要开幕。”从镜子里，媚文看见身后立着的是林芒，是她学校里的同窗，是她剧团里的社友，是她《夜未央》里的情人。

“林芒！不，华西里！你看我化装得怎么样！”她回过头来，让林芒可以逼视她的脸，眼睛挺大，期待着他的回答。

“化装得美极了，可惜这样子太妩媚一点儿，因为安娜是女英雄，女革命党人。”林芒诚挚地告诉她，他根本不善恭维，更忽略了媚文的虚荣心理。

一丝轻微的失望在她脸上掠过，淡淡地说：“现在又不演戏，要什么英雄气概？待会儿上台再说吧！想起一件事情来了，我忘记问你，今天观众多么？”

“票子早已卖完。”这回是一个满意的回答。

壁上的大钟，一秒一秒地走过去，开幕的时间到了，化装间里空气渐渐地紧张，前台观众也寂然无声，静静地等待着戏的上场。

舞台上两小时三幕剧的演出，刻画了帝俄时代下青年们争自由谋幸福的奋斗大悲剧；台下的观众，似乎已经忘记了自身的存在而与台上的戏打成一片；短短的两个钟点，像是在度着一个悠长的在苦难中挣扎的时间，就是这一段时间里：有血，有泪，有野蛮的恨，有仁慈的爱，有崇高英勇的牺牲精神，有黑暗势力下的光明愿望，有万千种话……

尤其是最末一场戏里，安娜，那为事业牺牲一切的女英雄，她以凶残的精神、超人的意志，给她的情人华西里发出灾祸的信号。沉寂的舞台上，静悄悄的，是一个恐怖但又不平凡的夜：安娜穿着暗绿色的衣服，梦魇似的看看窗外，窗外是无边的黑暗和死寂；隐约地听见马车声音了，由远而近，一辆过去，第二辆又来，那上面载着专制帝俄的栋梁总督大人，正从附近的歌剧院尽兴归去；顷刻之间，安娜陷入了半疯狂的情态，她燃起蜡烛，把烛台放在窗前，这一星微火，是一个暗号，一个命令，一个最后的问安，给她的情人华西里。这时候他正伏在外边黑暗的地方等待着，看见这永别的讯号，时机到了，他开始神圣的工作。猛然"砰"的一声，炸弹突然爆裂，像山倾，像海啸，像天崩，像地裂，窗上的玻璃粉碎，哭声，叫声，吹哨声，呼喝声，响成一片。杀身成仁，舍身就义的事业殉道者与帝俄的栋梁总督大人在这时候同归于尽了。这一刹那间，安娜绝望地哀泣，疯狂地悲叫，最后，一阵情感的高潮慢慢地消逝，理智提醒她，像战士般地反复叫着："向前进！向前进！"

绣幕急急地下垂。戏完了，安娜的声音，还留在每一个人的心里，"向前进！向前进！"那样悲壮，那样激烈。

老年人流着感动的同情的眼泪，年轻人的热血在激荡的心田里奔流。观众们依依地走出戏院，他们像是在这里得到了什么，又像是失去了什么似的有些留意。

一片赞美与感叹的声音，在长时间的沉默以后，更是明显：

“今天的戏太动人了，太逼真了；我疑心自己到了几万里以外，几十年以前的俄国。”

“此时此地，我们真应该多有一些这样的教训。”

“这哪里是戏？简直没有一些不自然的成分在内。尤其是安娜，我仿佛现在还听见她的声音：‘向前进！向前进！’”

“演安娜的叫……什么，哦！谢媚文，真是了不得！令人佩服。”

戏院外，西风夹了一层寒意吹在人们的身，然而西风吹不灭大众心田里的火焰！吹不冷大众血管里的热情！

后台，乐艺业余剧社的大部分人都在。

媚文回到化装间，还隐约地听到观众们热烈的掌声；她微笑着，暗庆幸自己的成功。

“媚文！你真是我们‘乐艺’最优秀的同志……”导演先生兴奋地握着她的手，话还没完，就被别人抢下去——

“不！媚文是我们‘乐艺’的明星！”

“好！敬祝我们的明星永久灿烂光明！”全体一致地和着。

媚文内心的快乐达于极顶，她一边卸装，一边谦逊地说道：“你们太客气，太捧我了。导演先生，我觉得我有许多地方都不——”一片声浪又起了，东一句，西一句的：

“好极了，百分之百的成功。”

“太客气，不是女英雄应当说的话！”

“媚文小姐，不少的观众都在流泪，你演得太动人了。”

“对！事实是最大的辩才，我们都是良心话，不是恭维话。”

“啊！谢谢你是我们‘中国的安娜’！”

“好一个‘中国的安娜’！谢媚文万岁！中国万万岁！”一阵热情的兴奋的欢呼。

化装间里，人渐渐地散了；媚文正要回家，她看见林芒在整理东西。

“要我帮帮忙么？”她友谊地问。

“谢谢！不用了，我这就弄好。”林芒客气地回答她，低着头在将一些零碎物件放在小箱子里。

媚文并没有走开，她今天特别高兴和人周旋：“咱们一块儿回家好么？反正是同路。”

“很好，现在就走吧！”

他们这一双戏里的情侣，一边走着，一边谈着：

“林芒，你觉得今天的成绩怎么样？”

“相当不错，我相信能够获得大多数观众的同情，尤其是这样的时代，这样的地方，更容易感动人。”是林芒庄严的回答。

媚文看他那一本正经的样子，禁不住失笑：“又是这么一套‘老生常谈’，谁请你做剧评？你说我该怎么样？”

“媚文，你演得出我意想的成功；你的英雄气概，使我钦佩极了。”的确，林芒没有料到谢媚文能够演这样的戏。

“这有什么奇怪？演戏原是在台上装模作样，我可没有你平常说的那些‘内心表现’的话！我的那股‘英雄气概’，下台就吹，你可趁早别钦佩！”她顽皮地挖苦，爽直地自白，接着是一阵娇柔的笑。

林芒沉默地没有回答，踏着落叶走过，他惋惜地看了媚文一眼，一阵莫名其妙的失望，掠过心头。

西风在吹，雨天的马路上，林芒和媚文披着雨衣，并肩走着；自从演过戏以后，他们之间的情感，比以前似乎深切得多；虽然，林芒总感到媚文在思想上和自己相距得太远。

雨点打在落叶上，沙沙地响，他们走着，静悄悄地走着，不说一句话。

“秋风秋雨愁煞人！”是媚文凄然的长叹息。

林芒有些奇怪，像她这样快乐，不知忧患的女孩子，会有什么感触呢？他愕然地问：“媚文！这不像你平日说的话，怎么样？有什么不痛快的事么？”

“不是不痛快，是惭愧、不安，和忏悔。”她低着头，轻轻地用足尖踢开路上的落叶。

“什么事使得你这样？可不可以给我……？”他禁不住心里的怀疑，说了又后悔自己太冒昧。

然而媚文却没有觉得冒昧，她抬起头，脸向着他，睁大了眼睛，有所期待地说：“当然可以！不过，你要先告诉我，我们演戏到底为的什么？”

“就是为了我以前说过的那一套‘老生常谈’的话！”林芒微笑地在挖苦她，但立刻俏皮的口吻又转变成严肃，“当然绝不能为了出风头；我也不愿意说完全是出于艺术的爱好，因为我知道自己还够不上这一点。我觉得演戏是为了指示或是感动一般观众的，尤其是像《夜未央》那样的戏!”

“尤其是像《夜未央》那样的戏!”她重复了一句，感动地说：“林芒，你知道这两天来，我惭愧极了，我收到几封观众们的信，还听见同学们忠实的批评，他们都是异口同声地对我说：‘你的热情融化了我们冻结的心……’我真是不安，因为我只知道在舞台上装模作样地演戏，不知道什么；他们的赞美，愈是由衷，我愈是羞愧。”

这几句无邪的自白，诚实的忏悔，引起林芒莫大的兴奋：“媚文！不要再说这些话了。‘往者不可谏，来者犹可追。’何况你的戏感动了这么多的人!”

“我就是为了这个惭愧：演的戏能够感动人，自己却如此的醉生梦死；你瞧我多糊涂，林芒！帮助我。”她孩子似的央求着。

林芒感到一阵快乐，像失去了一个朋友，今天这朋友重又回到他身旁一样的快乐；他握着她的手，惊喜交集地说：“你一点儿也不糊涂，你有的是聪明、智慧，都慷慨地献给我们的国家吧！时代需要我们，永久严肃地工作着。”

“我懂的，在人生的舞台上不能够醉生梦死，正好像在话剧的舞台上一样的不能够装模作样。林芒，我说的是么?”她像那天戏里的安娜一样，说话的时候，眼睛里闪烁着逼人的光辉。

“对了，媚文！在人生的舞台上，愿你永久像安娜一样地叫着‘向前进！向前进!’”林芒感觉自己周身的热血都沸腾了，虽然是风在吹，雨在打，他没有一丝寒意。

媚文的手被他火烫的手紧握着，她激动地说：“感谢你的鼓励！舞台上的安娜，曾经燃起了那一星神圣的微火。从今，我要在人生的舞台上，举起鲜明的火把!”

“‘安娜！今天你是何等的……不同。’”林芒热情地向她背诵《夜未央》里的台词。

“那么，林芒——你，安娜需要华西里的鼓励!”她也热情地谛视着他。

风雨交加里，他们并肩向前走着！向回家的路上走着!

是一个雨后初晴的早晨。

“乐艺”的几个同志，在导演先生家里举行了一次小小的聚会，也可以说是为《夜未央》上演后的庆功宴。

庆功宴的座位排成了 V 字形，颇有些一语双关的意义在里面。大家谈笑风生，年轻的人，年轻的心，年轻的欢乐。

然而谁都有些奇怪：为什么老早发出去的通知，林芒和谢媚文会不约而同地迟迟不来？安娜和华西里是《夜未央》里的主角，自然他们两人是这庆功宴上的主要人物。

门铃的声音在响，大家敏感地等着他们，然而进来的不是谢媚文，也不是林芒。

仆人送上一封信，是给“乐艺”全体同志的，导演先生首先拆开，匆匆看了一遍，他惊喜地叫道：

“这是一个喜讯！你们看吧!”于是，那一封短简，在 V 字形的庆功宴上挨次地传递：

亲爱的朋友们：

当你们在快乐的庆功宴上看见这封短柬的时候，我们已经在海程中了。最先要请求你们，原谅这次的不别而行，实在因为时间太匆促的缘故！

我们必须诚挚地感谢导演先生，《夜未央》的上演，指示了我们当前的责任和生命的意义；为了这，才毅然决然地踏上征途。

还有，就在这新生命开始的日子，我们在“时值非常，一切从简”的原则上订婚了，顺便告诉你们。

再会吧！希望重相见时，我们都像海鸥一样的自由。

林芒 谢媚文　同启

愉快的笑，浮在每一个人的脸上！当信再传递到导演先生的手里时，他重新仔细地看了一遍，举起酒杯，兴奋地向大家说道：

“我高兴极了，不但导演了一个俄国革命的大悲剧，更促成了我们民族抗争史上的一页佳话，这也是一个令人兴奋的戏啊！大家干一杯吧！遥祝我们的安娜！遥祝我们的华西里！”

“遥祝我们的安娜！遥祝我们的华西里！”举起酒杯，热情地异口同声地和着。

西风吹尽了枝头残叶，秋深了。修长的树干，傲然而勇敢地浴在金黄色的阳光中。

暖室里的蔷薇

春寒料峭，依稀是雪在江南；我开始到上海来读书，那是一九三六年的事情。

起初，我对于这一个新环境，感到无限的不快。原因是人地生疏，就有些想家；其次是女学校的学生，最爱分派别，我是插班的新生，在她们谈笑风生的当儿，常常要感到“我独向隅”的惆怅。

不过话又说回来了，进学校原是为了读书，久而久之，这一种机械化的学校生活，也就习以为常，最后，不但不惆怅，反而感到了愉快。

开学后的三个礼拜，教英文的丁老师介绍了一个新学生到我们班上来。这时候学校招生时期早已截止，她能破格入学，自然是“大有来头”，在这一点上，已足够引起全班同学的注意，何况这位新来的同学又有着一副美丽夺人的姿容。

当她第一天来上课的时候，全班同学的几十双眼睛，竟会不约而同地集中在她的身上；我至今还清晰地记得：那天她着了一件枣红色的旗袍、深青的外衣，头发用红缎带束在后面，一双深邃明亮的眸子，一张小小欲笑的红唇，走起路来，仪态万方，非常动人。

丁老师替她指定座位，因为我也是新生，旁边位子空着，所以令她与我同坐。淘气的黎芝，还掷过一个纸条来，上面写着“艳福不浅”。我禁不住失笑，连忙在后面加上四个字“三生有幸”。一边将纸条递给黎芝，一边我偷偷地向旁边一瞥，瞧见她的书面上，秀丽的字迹写着“欧阳丹娜”。

大概是真的三生有幸，欧阳丹娜不但和我同座位，而且还和我同寝室。不过我们一直没有交谈过，她似乎从不说话，而我的脾气也相当执拗，陌生的人，我决不先去招呼。

最后还是她先向我开口：“您可以将前三个星期的笔记借给我抄一下么？谢谢您！”

那一串清脆动听的北平话，真有些出人意料，我总觉得姓“欧阳”的应当是广东人，禁不住冒冒失失地问：“怎么您也说北平话？”

“难道只有您能说？”她“哧”的一声笑了，长睫毛闪动得那么厉害，“告诉您，我是广东人，不过家在北平。暑假咱们一块儿回家好么？”

“好！好！”我点点头。

“笔记到底借不借呢？”她歪着头在笑，长睫毛老是那么一闪一闪的，带着三分温柔，两分俏皮。

我成心骗她说：“不借。”不过同时我却将练习簿整理一下，递到了她的手中。

晚上，从自修室回到宿舍，她将笔记还给我。

“都抄完了么？这么快！”我真佩服她的敏捷。

她笑着答道：“有什么稀奇呢？不费心思照抄就得了。”

我们没有再说别的话，还是像平日一样的缄默。

熄灯以后，她忽然问我：“方洋，您在这儿念过几学期啦？”

“我么，比您早来三个礼拜。”我在蒙眬中回答她。

立刻是一阵动人的娇笑：“哎哟！早来三个礼拜就会摆出旧学生的架子，看见新同学来，连理都不理，了不得！”

“我的欧阳小姐，由你说吧！明天和你算账。”睡魔缠绕着我，懒得和她拌嘴了。

从那天起，我们渐渐地相处甚得。欧阳丹娜不但是天生丽质，而且天赋也超人的聪明，上课不听讲，课后不用功，考试起来，分数竟很好，先生们都在奇怪；同学之间，自是免不了嫉妒，恨她的人都说先生偏心欢喜她，我听见很是生气，她却一笑置之，不放在心上。

她富于幻想，重感情；爱热闹，却不爱胡闹；爱清静，却不爱冷静。

每逢礼拜日，总看见她打扮得花枝招展地出去。有一次我独自在校园里散步，看见丁老师挽着她从校门外归来，在蔷薇花架的前面两人分手了。

我轻轻地叫了一声：“丹娜！”

她翩然地走过来，红晕着脸儿，像蔷薇花一样的妩媚。

“缺德！”很有些忸怩的样子。

我朝她笑笑，扮了一个鬼脸：“缺德，简直该打，是不是？咱们说正经，丁老师是你什么人？”

“表哥。”她答。

“表——哥?”我摇摇头，拉长了声音，“恐怕关系不仅这么一点儿?”

“表哥就是表哥，什么叫作这么一点儿那么一点儿? 我不懂!”她又笑了，笑得那么温柔，俏皮，长睫毛不住地闪动。

“几时请我吃喜酒?”我问她。

“喜酒? 不容易。”她摇摇头，一本正经的样子，“我不赞成他的志愿。”

“是什么?”我急于要知道他们的情形。

“航空。”她缓缓地回答，凝眸看着蔷薇花外，从那热情的眼波里。我知道她深深地爱着她的表哥丁老师。

我们在晚风里徘徊，丹娜对我诉说了她的期望、心愿和痛苦。我暗暗地替丁老师幸福，有这样一个聪明美丽的女神钟情他，同时，我又担忧着他们的结合不能成功。

日子过得很快，转眼放暑假了，学期结束的时候，丹娜的成绩是全班第一名，我真佩服她的聪明，超人的聪明。

她并没有和我一块儿返北平，原因是她的全家回广东了，于是放假以后，她到了南国。

漫长的一个暑假，丹娜的消息沉沉，像她那样的娇小姐，自然懒得动笔写封信，我虽是很惦记，但也不高兴先写信给她。

秋季开学，小别后的重逢，丹娜似乎比以前清减了些，风韵却分外动人；在教室里她还是与我同座，宿舍却分开了。

上课以后，我发现英文教师已换了别人，于是悄悄地问她：“丁老师呢? 可是学航空去了?”

她黯然地点点头。

“你们真是一对，英雄与美人。”我还毫不知趣地调侃她。

“别胡说！”她皱着双眉，“我和他吹了，他偏要学航空，我偏不赞成；那种提心吊胆的日子，我过不来。”

我真有些为他们惋惜，禁不住说：“你不是很欢喜他么？”

她点点头，但立刻又摇摇头，使劲儿咬着下唇说：“我宁愿做他的情人，不做他的夫人。”

“丹娜！你真有点儿……”我笑得说不出话来。

“有点儿浪漫，是不是？”她又俏皮地笑着，长睫毛不住地闪动。

从此以后，丹娜不再提起丁老师的事情，不过她一天总要看好几次信箱，我心里想：也许丹娜还希望丁老师没有忘情于她，然而她每次都是失望。

这一学期，她被选为级长、自治会主席、文艺股干事，此外又加入了歌咏团、话剧组，校内的工作是极其忙碌，校外的交际也频繁许多，我几次到宿舍里去找她，总是不在。

小考的成绩发表出来，丹娜的分数，大不如人，她自己虽满不在乎，我却替她可惜，同学之间更是飞短流长，胡造了不少的谣言。

圣诞节的时候，她和一个姓梁的同乡青年订婚了，两家都是社会名流，盛况自是非凡。我一连好几天没有看见她的影子，心里却老记忆着她和丁老师的那一段情谊。

那天黎芝瞧见我，劈口就问：“丹娜怎样了？近来歌台舞榭间常常有她的足迹，你应当劝劝她。”

“她忙得很哩！成天连影子也瞧不见，怎么劝？”我说。

“其实劝也没用，一言以蔽之，聪明害了她，财产误了她！”黎芝大刀阔斧地说了出来，我只有点头的份儿。

停了半晌，她又开口了：“真可惜！我知道她是不会堕落的，不过，这么一个聪明人，平平凡凡地度过一生，未免太埋没了。”连淘气的黎芝也禁不住一声长叹息。

黄昏的时候，我看见丹娜从校外归来，连忙到宿舍里去看她，这回真出人意料，她脸上没有温柔俏皮的娇笑，长睫毛上挂着晶莹的泪珠。

“怎么啦！”我连忙问。

“我也不知道怎么啦！”她呜咽着说，同时递给我一个信封，“这是他刚寄来的。”

信封里只有一张四寸相片，是一个英姿焕发的军人，我一看就知道是丁老师。后面写着：“Love me little and love me long。”

“他知道你订婚的事么？信上可说了没有？”我真替他们难受，好奇心使我忘了冒昧。

“订婚的事，我还特地叫人瞒着他的，因为怕他伤心，现在也许被他知道了，你瞧！寄了这么一张相片来，连信都没有一封！”她放声地哭了起来。我可有些不以为然，是她自己对不起丁老师，现在还使着娇痴性子，何况丁老师根本就没有使她怎样难堪！可是这些事情，岂是局外人所能尽知的？于是我只好说了两句不着边际的话：“既有今日，何必当初？”

“方洋，你说得不错，我实在太对不起他。”丹娜擦干了眼泪，“不过，他也太刚愎自用，一句话都不肯依我。”

“你现在后悔么?”我试探着问。

“不后悔，我干什么都不后悔；自从他决定学航空以后，我压根儿就不再和他好了。”她说得那么坚决，可是我才不相信哩!

丹娜不哭了，刚才的事情好像已经遗忘，她打开化妆箱，面对镜子，曼声唱着曲儿。

“丹娜，你还有别的事么?我想和你说几句话。”我一本正经地望着她。

她禁不住有些惊异，却又嬉皮笑脸地说：“有话请说吧！我洗耳恭听。”

于是我像背书似的说了一大套话：“丹娜，我觉得你近来改变得多了，我并不劝你用功，因为你的聪明，足够和那班书呆子竞争还有余；不过，你似乎太随便一些，这回小考的成绩，老师们对你很失望，怀恨你的同学，还造了不少的谣言；这是何苦来?你只要稍微留意一下，就不会失败了。而且，你有这样天赋超人的聪明和智慧，为什么不努力干些有意义有价值的大事业呢?别把恋爱看得太重要，那不过是人生过程中的一支插曲，并不是必经的道路。”

“你懂得什么！几时学会了演说的?”她眉毛一扬，还是笑得那么俏皮，举起一双纤纤玉手，指甲上涂满了猩红的蔻丹，“你瞧这颜色好看么?”

我真是满腔的不快，黎芝说得不错，聪明害了她，财产误了她，劝也无用。大半天我没有开口，她越是笑得俏皮，我心里越是气得厉害；最后我实在忍不住了，大声地对她说：“你用不着笑我！以后决不再向你说废话!”

我头也不回地就走出宿舍，重重的脚步，踏在地板上，咚咚作响。耳朵里只听见："方洋！方洋！我跟你闹着玩的……"

可是我发誓从此不再理她，飞也似的跑回了自己的寝室。

从那天起，我不再和丹娜说话，好几次她望着我笑，我总将眼睛瞧着别处，只当没有看见。

大考近了，她似乎用功起来，既不外出，又开了两次"夜车"预备功课；我心里很高兴，她毕竟依了我的话。不过我还是不爱理她。

学期总成绩发表出来，我们班上的第一名，仍然属于欧阳丹娜；对于她，我除了又崇拜又惋惜以外，还有什么可说的呢?!

放了寒假，日子匆匆地在北风里逝去。

开学以后，丹娜一人来得最晚，我还是不和她说话，自然，她也不会再向我借笔记抄。而且这学期既不和她同座位，更不和她同宿舍，因此我们互相疏远了。

那是我们中学的最末一学期，不论是谁在功课上都加紧些。可是丹娜却仍然一贯作风：平常她还是忙着交际，及时行乐，考起书来，仗着她的聪明、智慧，仍旧是出人头地。

我真惆怅：上帝既赋予她那样美丽的生命，为什么不再给她一个美丽的灵魂？上帝既赋予她那样聪明的才华，为什么不再给她一个聪明的思想？她正像一朵暖室里的蔷薇，受不了风吹、雨打，只是娇媚地在温馨的花房里供人欣赏。

一学期过去了大半，她老是那样的愉快，我老是那样的惆怅。

偶然我病了两个礼拜，住在医院里，同学们都在忙着功课，无暇看我；于是成天只有用模糊的睡眠，消磨那最难消磨的病的生涯。

好像是星期日的黄昏，一阵轻柔的笑声，将我从昏睡中唤醒，蒙眬间睁开了眼睛，她穿了一件浅绿的绸衫，捧着一束娇艳的蔷薇花，亭亭地站在我的床前。

“丹娜！是你?”我不禁喜出望外地喊起来。

她微笑着点点头，将蔷薇花放在瓶里，随手拉了一张椅子，坐在我旁边，轻轻地说：“还生我的气么？干吗老不理人，今天看你和我说话不?”

“偏不!”我笑着说。

“不理我，我只好走啦!”她笑着站了起来，看着手表告诉我，“上自修的时间到了哩！我真该走了，医生说再停两天你就可以出院，我来接你，好么？静静地休养休养，毕业考试就在眼前了。”

她姗姗地走了出去，目送着她的背影，我深深地感到她的友情，亲切而可爱。

出院以后，我不再和她闹别扭，恢复了当初的友谊。

好容易才考完了毕业考。

流水带去了落花，任凭千万片榆钱，也买不住残春。告别言旋的时节终于来临。

她拿出 Autograph 叫我留字，我想起了几句话，不知在什么地方看见过的，一时却记不起来；提起笔，不假思索地写着：

樱唇上凝聚着天下的智慧，

眼波中流露了人间的聪明。

樱唇眼波，终是梦痕，

聪明智慧，愿你永存。

写完，她接过去看了一遍，轻轻地说声：“谢谢!”这回她没有笑，瞧着遥远的云天，如有所思，那一双眼睛，流动时像天空飞走的明星，凝眸处似不起波澜的大海。

分别的时候，我们还约着同考一个大学哩！那是一九三七年的残春。

然而，烽烟起了；五年来，多少事沧海桑田，多少人东飘西散，谁能知道重相见是何年？何月？何日？

如今，又是料峭的春寒，又是雪在江南，我忽然接到丹娜从南国寄来的信。

信上写得很简单，却报告了两个消息，一喜一悲。喜的是她已经与梁结婚，生活悠闲而舒适；悲的是两年前丁老师在一次激烈的空战下牺牲了。

虽然往事像轻烟淡雾般地易于消逝，可是回忆起来，那一双深邃明亮的眸子，那一张小小欲笑的红唇，我永远也不会忘怀。这一朵暖室里的蔷薇，已找到温馨幸福的归宿，我却无端地为她惆怅；那惊才，那绝艳，那夺人的聪明与智慧，都平静地在人生之流里无声无息地流了过去。

提起笔，展开信纸，打算写封信寄到遥远的南国；可是我该为她祝福呢？还是为她伤感呢？

童　年

童年啊，

是梦中的真，

是真中的梦，

是回忆时含泪的微笑。

（冰心《繁星》）

元宵节的晚上。

狂欢丧失了人类的记忆力。这些日子里，我忘记了世界上还有烽火，忘记了人间正展开了空前的大悲剧；而且，忘记了自己的过去和将来。

可是，群中的欢笑，怎能掩得住静里的悲愁呢？

屋子里是一片昏暗，对过邻家的灯火隔窗射过来，才能够在模糊中依稀辨清一个轮廓；索性拉起窗帘，这样静静的情调，最能引起悠悠的沉思。

暗中摸索到一盒火柴，划亮了一根，随手就将那盏走马灯燃点起来。

夜色分外的浓了。

无边的黑暗之中，无边的沉静之中，我默默地对着那盏走马灯出神。

走马灯像一个玲珑小巧的舞台，那里面的人物来复出现，在演着它们自己的悲欢离合……

人生不也是这样么？我想。

猛然忆起今夜正是元宵佳节，那走马灯上放射出来的跳荡光影，将我带回了美丽的童年……

十五年前的今天。

在故都，那古老的北京城，元宵节的晚上，华灯齐明。

我穿了新的袍子，兴高采烈地在赏鉴各式各样的灯，那些灯可以说全是属于我的，因为那时候家中只有我一个孩子。

大人们的谈天，说笑，我毫不经心，因为孩子有孩子的天地。

“安儿！”母亲的声音在叫我，“过来！我给你找个伴儿来了。”我回过头来，看见黄妈笑嘻嘻地站在母亲身后，她旁边有一个和我差不多高的女孩子，穿了一身花布衣服，脑后拖着两条小辫，一边还插着一朵大红花，怯生生地一动也不动。黄妈拉她过来指点着说：

“你好好地陪安少爷玩，不许胡闹，我就留你在城里多住几天。”她点点头，用眼睛偷偷地瞧着我。

“去吧！安儿带着她看灯去。”母亲笑着说。

我在前面走着，她在后面一步一步跟着。

我看灯，她也看灯，谁都不言不语。

忽然，她像碰到什么算术难题似的望着我，轻轻地问道：

“安少爷，那个灯上怎么有人？人还会动？”

“那是走马灯。”我神气地告诉她。

“走马灯？”她自言自语地又说了一遍，睁大了眼睛使劲在瞧，忽然笑了起来，“安少爷！走马灯像个戏台。”

“戏台？”被她一说，我也觉得走马灯的确像个戏台。

渐渐地我们谈得不再陌生了，我想出好些话问她：

“你叫什么？今年几岁啦？”

“我叫小春，十岁，”她回答我，还天真地在笑，“妈说我和你同年，但是我比你大！”

“你比我大？我不信。”她分明没有我高，而且我四月里就过生日。于是我又问她：“你哪一天过生日？”

“就是今天，我过十岁，爸才送我到城里来找妈的。”她得意扬扬地回答我。

我不禁也起了一阵无名的兴奋，指着走马灯，慷慨地对她说：“你今天过生日？我就将这走马灯送给你吧！”

“我不要！妈回头要说的。”她摇摇头，眼睛却瞟着走马灯。

“不要紧。”我像大人似的安慰她，“我叫你妈不说你就是了，等你回乡下就将灯带回家。”

她不开口，只笑了一笑。

从那天起，我和小春天天一块儿玩，她是我童年最要好的游伴。

每天早晨，我睡在床上，黄妈来叫醒我，小春总跟在她身后进来，一直和黄妈送我到学校。放学回家，每次她都在门口等着，然后我们一块儿踢毽子，滚铁环，捉七子，跳绳或打球；晚上我温习功课，她在一旁静静地陪我。就这样，我们成了很好的朋友。我天性顽皮，不论和什么孩子玩，都要打架；可是小春从来没有与我恼过，因为她永远像一头温柔的小羔羊。

不仅我一人和小春合得来，大人们也都欢喜她。母亲还特地替她做了两套衣服，并且嘱咐黄妈不要送她回乡下去，就在城里一块儿住；黄妈只有这么一个女儿，能够早晚看见，自然是求之不得；于是小春就这样住下了。

小春没有念过书，我便做了她的老师，教她写字，算术；她写字写得比我好，但是专门倒写笔画；加减法她都会算，可不会排式子。

我还教小春唱歌，她的嗓子很好听，母亲说像“乳莺出谷”；同时又说我的喉咙像破锣。

小春能够用柳树枝编出许多花样，记得我过生日那天她编了一个花篮，里面插满了桃花送给我，大家都夸她聪明、玲珑。

日子一天一天地逝去，小孩子不知道光阴宝贵，只嫌时间走得太慢。

农忙的时候，黄妈告假回乡下，自然小春也跟她回去。临走，我捧了走马灯送到下房里，还一再叮嘱黄妈，进城的时候，别忘了将小春带来哩！

那天小春始终没有开口，眼泪汪汪好像要哭似的，我也一连好些日子都闷闷不乐；不过我知道，过了农忙，黄妈仍要进城的，所以并不太失望。

但是失望的事终于来了，黄妈回乡以后，公婆相继去世，不能再进城帮佣，小春自然也不会再来了；为了这，我曾大哭一场，母亲还说我“傻”哩！

后来，虽然渐渐地将这事淡忘，不过每逢无聊孤寂的时候，我就会想起小春。

三年过去了，学校里繁多的课程，使我空闲时间渐渐减少，我才将小春忘怀。

那天，意料之外地又看见黄妈，她带了大批的乡下食物送给母亲，一样一样地取出来；最后，她交给我一个柳树枝编的篮子，里面插满了美丽的桃花，虽然花瓣已有几分萎谢，却更显得楚楚可怜；于是，我立刻想起这花篮的主人：那一身花布衣服，那两条插着大红花的小辫，那令人同情的怯生生的模样……

“安少爷！”黄妈的声音还是像三年前一样的平静与温和，“这是我的那个丫头——小春特地编了送您的。”

“小春特地编了送我的……”我重复着，简单的童心里，实在找不出更适当的话，以表示那时候的感情。

黄妈点点头，眉开眼笑地：“是的，她一直惦记着太太跟您，昨儿个知道我要进城，大清早就忙着编花篮子，她说您的生日要到啦！这是她送的礼。我还骂她来着：这么一个不值钱的东西，也巴巴地打乡下带上来？寒碜透啦！她不听我说，偷偷地塞在我的包袱里头，瞧，花儿都压坏啦！”

我不知道说什么才好，我只想黄妈真是世界上最不近情理的人；我希望每年我的生日都能收到小春编的花篮。

这时候母亲对黄妈说话了：“小春这孩子真够人疼的，从小长得就玲巧，现在更讨人欢喜了吧?”

“还不是那副乡下丫头的德行!”黄妈一边谦逊，一边高兴地用手比着，“这么高，这么大，什么活儿都不会。”

天！十三岁的孩子，跟我一样年纪，黄妈就将她像大人一般地看待么？黄妈真是世界上最不近情理的人，我对黄妈过去的好感无形中减少了许多。

“无论如何总是个孩子，哪能跟大人比哩？我倒挺惦记她的，这回怎么不带她上城里玩玩?”母亲是主张公道的好人，可是黄妈又开口了：

“原是呀！她也惦记着要来的，可是田里生活多，小春她爹一人忙不过来，就把她留下做事了，太太，您不知道乡下农忙时候真是一点儿也没得闲。”

又是农忙！记得那年小春回乡下就是为的农忙！这回不能上城里来又是为的农忙！农忙真够讨厌的!

那次，黄妈住了几天就下乡了，临走我跟母亲商量：我要送一样东西给小春。

送什么东西最适合呢？走马灯么？黄妈不是说过那年给她的一个到现在还好好地搁在那儿，跟新的差不多，还是换一个花样吧！泥娃娃？小杂食？还是知了皮做的小猴子？还是……母亲说都不好，最后她想起来送一个针线盒儿，就是乡下小闺女顶顶用得着的。

真奇怪，一个十三岁的孩子就会做活儿么？我暗地里不信母亲的话。为什么陈家的秀丽表姐今年都十八岁了，还从不见她摸过一回针呢？

可是，我到底将针线盒儿交给黄妈带给小春了。

只不过是短短三年的时间，一个玩走马灯的孩子已经变成了做活计的小姑娘；乡下孩子的童年就这么短促么？我起了无知的长太息。

为了感激小春珍视那个走马灯的感情，我取出三年前她送给我的柳条花篮，和这回的一个，一同挂在我的床栏杆上，逐日到园里去采些花朵更换，让这天真的友情永久芬芳。

“但愿似水的年光缓缓地流，让小春宝贵的童年不要匆匆度过。”我这样无知地祈祷着，每天，每晚。

然而，似水的年光又流过了三年。

也是元宵佳节。

黄妈上城里来拜年，在她的身后，我看见正立着一个俊俏的姑娘，她穿着黑布裤子、浅蓝布褂，套了一件玄色缎子的坎肩，脑后拖着一条乌油油的长辫；在琉璃灯紫红色的光辉下，那张白净的瓜子脸儿愈显得白，那双水汪汪的俊眼愈显得俊。

这是谁呢？一时我竟没有想出。

她朝我请了个安，立刻害羞地垂下了眼皮。

我想起这是谁来了，六年前，那穿着一身花布衣服脑后拖着两条短辫子的女娃，不就是她么？我兴奋地叫着：“小春！”

她微抬起头，红晕着脸，轻悄而又不自然地：“安……大少爷！”

她又低下头去了，我觉得心里有无限的惆怅。

华灯灿然齐明。

一阵阵的人声笑语，一阵阵的爆竹笙歌，点缀着佳节，良宵，赏心乐事……

然而我心里那么烦，那么闷，又像遗失了什么似的有一种不可言宣的空虚。

轻轻地走出书房，踱到花厅的回廊里：在那儿小春正伴着我十岁的妹妹看灯。

“大少爷！您用过晚饭啦？”微笑着问，她似乎不像刚才那样害羞了。

“是的！”我反而不知说什么才好，只是怔怔地看着她，看着十岁的小妹妹，看着那盏像个戏台的走马灯；我在想，拼命地在想，六年前的她，六年前的我，六年前的那些梦也似的童年日子……

她又不自然起来，微红了脸，低垂着头。忽然，我像梦也似的对她说：“小春，今天是你生日，我还记得。”

她微微地吃了一惊，抬起头，似乎奇怪我的好记性。

我说：“小春，那年我还送你一盏走马灯……”

“还在家里头，跟新的一样。”她似乎也回到童年的梦里了。

“你送我的花篮我也好好地挂在屋里。”我又是感激，又是快慰，“这回，我再送你一盏灯好么？”

她摇摇头，忸怩而又缓慢地答：“不！谢谢您！大少爷，我不要……”

“为什么？你不欢喜灯么？那我送你别的。”我想她也许欢喜针线盒儿一类的东西。

“我什么都不要，”温和地，“您是少爷，我是个乡下闺女，您……别……别赏我东西……”

妹妹嚷着要到花厅里去，她的话没有说完就走了。

独立在回廊里，那走马灯上的人物正在来复地演着它们自己的悲欢离合……

为什么人类的童年就一去不复回呢？可诅咒的年光啊！

那是我十六年来第一个不愉快的元宵节。

几天之后。

从学堂里放学回家，我发现黄妈和小春都已回乡下去了，虽然重相见后是怪样的隔膜，可是，在我的心底，一点儿稍许的关怀是免不了的："妈，她们为什么不再玩两天?"

"小春就要出嫁了，这趟黄妈领她上城里办嫁妆的，怎么好老在城里玩呢?"母亲平静地答。

我却不能像她一样的平静："什么，十六岁的孩子就要出嫁么?"

"是的，四月里小春就要出嫁了。"母亲点点头，若无其事地说。

啊！四月里小春就要出嫁了……

我想起小春送的柳条花篮，茫然地走回了自己的屋子；耳朵里还听得母亲房中笑语纷纭，正在谈论着小春出嫁的事情。

"……太太，说起来黄姑娘还是我的表侄儿媳妇哪！那孩子真有福气，配了这么一门子好亲，谁不知道黄姑娘是咱们三河县数一数二的美人儿？又能干，性子又好……"那是做细活儿的高妈的声音。

啊！四月里小春就要出嫁了……

我瞧着那两个柳树枝编的花篮子呆呆地出神。

四月，桃花在明媚的春光里露出笑脸；小春嫁过去了，我童年的游伴一变而为十六岁的新媳妇了。

后来，我渐渐地长大以后，小春的影子，在我的记忆里也由淡然而终于消失。

“童年”，只是一个虚无的梦，对于梦中的伴侣，能有什么深刻的痕迹呢？而且，世界上哪一种疯狂的真情，会经得起时间的冲洗而不淡薄？何况这？

然而，怎么又无端地撩起旧梦呢？特别是在这件事已时过境迁的今夜。

那走马灯上放射出来的光影，依然在跳荡着，跳荡着。

那走马灯上的人物在来复地出现，最初是一个天真的女孩子，继而是一个婉媚的姑娘，现在，她该是一个勤俭温柔的媳妇了……

难道十五载的年光就是如此的一瞬息么？我那可珍的童年啊！

忽然，屋子里变成了一片黑，一片昏暗。

原来，走马灯里的那支红烛燃尽了。

野　　草

小雨初晴的黄昏，夕阳照在芳草上。

在一大丛娇艳欲滴的玫瑰花前，宝丽正聚精会神地读着 *Gone with the Wind*。她不时抬起秋水般的明眸，向天际悠悠的白云投以有意无意的一瞥；可是整个的心灵，却时刻浸溶在那本书里。她十分钦佩那个有着慈悲心肠和圣洁灵魂的 Melanie Hamilton，虽然书中另有一个女主角那样富有生活的热情，也使她为之心折。

暮春时节的南风吹过来，浓红的玫瑰的落英，飘在她深绿色的绸衫上，显得凄凉而又艳丽。

沉思中，她微微地笑了一笑，觉得这宇宙太富有诗意了，似乎花影树声，都含妙理。

忽然，远处传来些人声笑语，她缓缓地放下书，站起身来，让玫瑰的残英落在草地上，飘然地走进了客厅。

客厅里子敬正在伴着一位陌生的客人谈话，看见她进来，脸上露出罕有的兴奋：“宝丽，好极了，我正想差下人去请你；你瞧，真巧，今天我做梦也没想到会在事务所里碰到了多年不见的老朋友。”

她微笑地点点头。

“啊！我乐得都忘记替你们介绍，这还是初会哩！”意外的重逢，将平日严肃的子敬也改变得活泼起来，他介绍着：“这位是杜大森先生，西北的实业家，我大学时代的同学，——这是内人。”

这一刹那间，“杜大森”三个字像一柄秘密钥匙，开启了她十几年来紧闭着的记忆的重门。

宝丽微抬起头，她怀疑的目光，正和杜大森惊讶的视线相接触；当初少年时代的模样，还依稀存在于眉宇之间，这并不是一个陌生人！这更不是第一次相会！她不由得怔了一怔，重又垂下了头。

还是杜大森镇静，他装得若无其事而极其客气地同她握手。

从重逢的快乐，说到别后的经过，又从东南的概况，说到西北的风光，子敬陪着大森越谈越有味儿。宝丽在一旁听着，她的心很不宁静，好似波澜起伏不定的大海。

夜色渐渐地浓了。

刚用过晚餐，来了几处电话，要子敬出去；他略略地皱一下眉头，一个有名的律师总是这样繁忙！这多年来，他很少有机会在家里消磨晚间的光阴。

临走，他向大森道歉，并且竭力留住他不让他住旅馆，大森答应了。

客厅里是一片静寂，红灯散出幽幽的光辉；他们的心也被一种无名的情绪缠绕着，不知是喜悦的悲哀，还是悲哀的喜悦。

终于，杜大森先说话了，冷淡的语音里藏着讽刺的调子：

“久违了，卫太太。”

“大森，”她闪动着愁苦的眸子，“十几年不见，就这样对待我么？”

“难道，‘卫太太’三个字会使你有什么感触？我就不信。”淡淡地一笑。

“难道，当年叫惯了的名字就不适合于重逢的今日……”没有说完，她就默然不语了。

“不大妥当吧？我想你不至于连子敬的个性都不了解。”冷冷地。

她觉得客厅里不自然的空气有些难堪，轻轻地推开了法国式的长窗，走到花园里。大森无声地跟了出来。

繁星在深蓝的太空里闪烁着，旧情在她的已成止水的心灵里荡漾着……

“大森，你能不能再像从前那样叫我？”她猛然回过脸，激动地，“我只要再听一遍，只要再听一遍。”

他唤着她的名字，苦笑地说：“宝丽！纵然我这样唤着你，但是‘现在’绝不会再像‘从前’了。”

“我知道，可是……”宝丽迟疑地。

他忽然问：“我们分别有多久了？”

“整整的十三年。”她答。

“嗯！十三年，一个不吉数字。”皱皱眉，讽刺地笑着，“你想不到吧？隔开这么一个悠长的时期，‘野草’又重新看见了‘太阳花’……”

“大森，你住口，我不要你说下去。”她含愁的眸子里带着微愠，“我请求你不要对我的坟墓里的父亲，这样残酷地嘲弄；而且，十三年前的一句话，也用得着旧事重提地挖苦我么？”

他抬眼凝望太空，似乎在回想当年的旧梦：“这就算残酷么？请你原谅我，真正残酷的该是你的父亲，啊！他那残酷的比喻：自己女儿好比天上的‘太阳’，而我，一个无依无靠的孤儿，就如同地上的‘野草’；他将我们分开得这么远，这么远……”

“那些话想它干什么呢？”语音轻得似落花在水面上漂动。

“我为什么不想？亲爱的卫太太！”他狂笑起来，“告诉你，我永远也不会忘记，那一种被轻视后的悲哀。野草，我是野草！就是这两个字，我的一个美丽的梦粉碎了，我从天堂里跌进地狱。我为什么不恨呢？这两个万恶的可诅咒的字！”

“现在，你不是成功了么？”勉强地微笑，想安慰他残破的心情于万一。

“成功了？也许是。”笑里藏着锋芒的自嘲，“以一个贫穷的账房先生的遗婴，以一个无靠的寄人篱下的孤儿，居然也能够半工半读地在大学里毕业，今天总算也有了一些些儿成就，这，多少可以说替下贱的‘野草’增加了几分价值。”

她不让他再说下去，走近一步，温柔地将他的手握了一握，但是说话的声音是凄苦的：“大森，你想想，我心里是多高兴呀！打那年，你负气不别而行离开了我的家，我一直惦记着你；现在，你终于回到我的身边来了，你终于成功地回来了。”

“可是，我获得了些什么呢？”怨愤地，“想不到一切的安排竟是这么巧？不，我的意思是太不巧了：一个偶然的访问，我发现了朋友的太太曾是我旧日的情人？唉！早知如此，我真后悔这一趟自告奋勇地跑到江南来考察，除了一番‘庸人自扰’的扫兴以外，我获得了些什么呢？我失败了。”

“不！你成功了，你获得了名誉、地位、财产、事业与前途。”宝丽这样地说。

他摇摇头，傲然地：“这些，都是所谓‘文明社会’的必需品，也许我可以不再是‘野草’了，但是我的心里空虚得很。”

“大森，你……”藏着深情的眸子像是没有底。

“你听我说，十三年来，”悠悠的声音，“我无时无刻不记着你，可是，现在，我觉得还是不看见你比较的好，尤其是在这个地方；我觉得我完全失去了你。”

她伸手摘下一朵玫瑰花，细细地扯得粉碎，无可奈何地叹息着：“相信我，大森，我至少有二分之一是属于你的；至于那一半，我们只好归之于命运！”

“这不是命运，”一字一字地，“这是所谓‘文明社会’的特征。”

那一晚，是一个无月的星夜，苍茫的太空，透视着无穷的美，而他们的心中，都涌起了异样的情绪。

凉风吹衣，往往令人不自主地有一种凄然的感觉；何况，他们……

时间，像缓流的水一般，细细地流将过去。

“不早了，子敬就要回来了吧？”大森有意无意地问着。

她悄然地答：“不会吧！他的事务很多哩！”

“一直这样忙么？”自言自语地。

宝丽并没有回答他的话，她只是静静地思前，想后……十三年来的相思，和十三年前的热恋，使她觉得过去是多么的可爱，往事是多么的美丽！

终于，她伸手摘下一朵玫瑰花，默默地插在大森的襟上。

他低下了头，惊喜无主地注视着，然后又惋惜地说："假使这是十三年前……"

"大森，假使十三年前，你离开之际告诉了我，也许……不会有后来的这些不欢，不过现在……"她痴心地凝视着他。

"现在怎么？"当然，大森希望一个热情的回答。

"现在，"温柔而又勇敢地，"要是你还像十三年前一样需要我的话，我愿意……"

他感激得几乎流下泪来，这是一种莫名的荣幸，一种铭心刻骨的知己之感，使他不能自持。这一刹那间，他们重又回到十三年前的梦里……

忽然，一个新的意念袭来，告诉他这是运用理智的时候；于是，大森痛楚地摇摇头，热情的眸子变得黯然了："愿意和我一同逃走么？宝丽，这不可能！"

"为什么？"对于他的突然转变有些惊异而愠怒，"是不是因为他是律师，你以为会有什么不妥？"

"真不愧为律师的太太！"他几乎大笑起来，"我并没有这样想。我以为假使我们真的那样做，似乎在良心上，对不起你那严肃的丈夫，我那亲爱的情敌。"

"好一个道德论者。"宝丽冷冷地说。她觉得心里很空虚，十三年来，她已经习惯了寂寞，谁知他偏偏又来叩了这紧闭多年的心门，于是热情像一阵子风，重新吹开了；最后，他反而无情地打算将自己丢下。

繁星在沉默的太空里对语，似乎关心着他们的一切。

“宝丽，你今年多少岁数了？”大森问。

“也许，我在你现在的心里，不能占有主要的地位。”现在，似乎轮着宝丽来讽刺大森，“难道你又忘了我们分别有十三年，而十三年前的我，在你的心中，是如何的珍贵啊！”

“我不会忘怀你的一切。十三年前你是十七岁，现在，你是三十岁了。”大森诚挚地说。

“那又为什么要问呢？”余怒未息。

他答：“因为你还是那样年轻和美丽，而且，更孩子气一些。”

“即使你说得对，这也不过是童心来复的一刹那而已。”宝丽的声音里含着无穷尽的感伤。

他点点头，慎重地道：“所以我说：我们现在都是中年人了，虽然还没有老，可是在未老之前，该懂得一些人生的真谛；过去的糊涂的生活可以结束了；那些浪漫的幼稚可笑的恋爱把戏，留给年轻的人去扮演吧！我们不能再为这些愚笨的故事而哭，笑，喜悦，或是悲哀了；我们应当着手干一些真正的人生的事业。”

“真正的——人生的——事业。”宝丽附和着，拉长了声音。

忽然，隔院送过来一阵钟声，清，脆，铿锵，深沉，悠远地划破了无极的静谧。

他们都肃然起敬，觉得宇宙的辽阔和伟大，人生的微渺而未可虚度。

当钟声在严静的太空里渐渐地消逝以后，连天边的繁星都沉默了。

“是礼拜堂的夜祷么?”低低地问。

她悄悄地答:“不!是孤儿院的晚钟!”

“这钟声太感动了,”一缕身世之感,起自他的内心,“这附近有孤儿院?”

她点点头,庄严得似一尊神龛里的女神:“大森,让我告诉你一些关于这所孤儿院的故事,也许这可以算是我的‘真正的人生的事业’;请你原谅我的动机并不是理想中那样伟大,我只是一个平凡的女人。十三年前,为了爱情的丧失,我想到孤儿的痛苦。后来,我嫁了,而且是有钱的阔太太,在一般人眼中或者认为是幸福;可是我,我不爱我的丈夫,我的丈夫又爱着他的事业。于是在极其寂寞与冷淡的生活之中,我寻到了一丝安慰;为了纪念过去的爱人,同时也是为了报复,我出资开办了这所孤儿院。我承认我的初衷是自私的,只不过为了自己,因此当我看见了你以后,我将这桩事整个儿都给忘了,我只一心一意地扮演那年轻人的愚蠢把戏,反而将这六七年来惨淡经营的事业置诸脑后。大森!我刚才真是太自私、太卑下了。”

他静穆地立在一旁,那清朗的声音,那庄严的神情,使他流下泪来,这泪,是感激呢?是信仰呢?是得了慰安呢?他说不出。

最后,他感动地说:“宝丽!你太伟大了!你是每一个孤儿的慈母,这些可怜的孩子得了你的保护、抚养与教育,他们不会再感到孤零,感到被人轻视,感到人类的残酷。这是最伟大的‘真正的人生的事业’!至于我,将永远地感激你,敬仰你,直到我的末日。我们刚才都曾有一些错，现在将那些世俗的恋爱观念扔开吧！啊！这一所孤儿院，指示了你对我的慈爱的涯涘、深情的边际！我太幸福了！太幸福了！”

“大森！”她闪动着朗若曙星的眼光，微笑着，“感谢你伟大的启示，我也将永久不忘。”

不知道什么时候起了风，玫瑰花的残瓣纷纷地飘下来，落在他们的脚边。

“晚安”声里，他们各自回到卧室。

第二天清晨，朝阳尚未升起，宝丽被子敬唤醒，原来船期忽然更改，大森就要动身回西北去。她一听了这消息，觉得怏怏不乐。

进早餐的时候，乘着子敬不在，大森轻轻地告诉她：“人非太上，焉能忘情？所以我还是早走的好，此后但愿各自努力事业，并且珍重一切！”

她黯然不语，唯有频频点头。大森也为之凄然。这时，充满在他们心里的，不知是世俗的悲哀，还是永恒的怀念，连他们自己也茫然。

最销魂的别离终于到了，子敬陪着大森上了车；隔着车窗，他朝她凄然微笑，她连“再会”两个字都没有能够说出。

伫立在家门，凝望着悠长的道路，眼前什么都没有了；她怀着空虚的心回到花园，静静地立在那一大丛玫瑰花前。

迷蒙的朝霭之中，万物无语，她不禁泪下。

孤儿院的晨钟响了，在启示着庄严、伟大、博爱的使命；她在泪光晶莹中，看见朝阳照遍了一片芳草地。

口　啸

这不过是十年前的一个旧梦，没想到在微雨蒙蒙恼人凄清的今夜，偶然回忆起来，会觉得这么美丽和可爱；尤其是，那一串轻快、活泼，而又略带一些悒郁感的口啸……

那正是一个微雨的春夜，整个儿的宇宙，像笼在湿烟里。

西子湖对岸和远近的灯火，疏疏地散着模糊而又昏黄的光，人寂静，夜朦胧，这是诗一样的梦境，蕴藏着画一般的美丽和无限的神秘。

帐篷里的人都出去了；他们宁愿辜负这雨夜的美丽湖山，而跑到街市上去踯躅，留下我独个儿在这里享受不可多得的清福！

我独立在营门口，不时地玩弄着手里的童子军棍；是无聊么？不！只是一种静谧的诗趣反而使我的心不能再安静了。

雨点打在泥土地上，发出细微的沙沙的声响，营门上有浓密的柳条遮蔽着，不让雨丝风片飘上我的脸。

这么幽倩的西子湖，这么静美的春天的微雨的夜……

远远地，似乎有人走近，接着，晚风吹过来一串口啸：轻快、活泼、喜悦……我疑心那是凯蓝归来了。

“阿蓝！”我欢喜地唤着这可爱的名字，“你怎么回来得这么早？”

“是我！方洋，你猜错……”小声地答。

我立刻听出那是林教练的说话，不由得心里生气：白天，在九溪十八涧，我玩得高兴的时候，一跤摔在水里，他不但没有帮我半点儿忙，反而在一旁拍手大笑，可恶极了，现在索性不理他。

可是，他偏走到营门口驻足了。

“谁这么讨厌？把你的名字排在这个钟点？别人都出去玩，只有你一人在这儿守营门。”极表同情地说。

话是不错，但是我却冷冷地给他个没趣：“这倒无所谓。”

“是么？”漫不经心地，居然没有因为我的无礼貌而生气，“雨下大了，回帐篷去吧！”

“不！还有二十分钟，我才能离开岗位。”我看了一看手表。

“真是本团最最好的童子军！”大声地夸奖；我倒有些不大好意思起来。

忽然，林教练从衣袋里拿出一封信递给我，欲言又止地：“谢谢你！请你交给……交给沙凯蓝……可以么？劳驾……”

我有些莫名其妙，很想不接过来。然而，在营灯淡淡的光辉下，他脸上的表情是那么慎重其事的样子；于是我只得像接公文似的拿了他的信，再小心翼翼地收藏起来。

他又谢了一声，然后才走向男童军的营地去。

时间像湖水一样地静悄悄地流着。

出去玩的人都回来了，我也下了班，离开岗位，回到帐篷里。帐篷里正一片笑语轻盈，谈论着醋熘鱼怎么样的其味无穷，西湖藕粉怎么样的价廉物美……我怔怔地听着，一直到她们告一段落之后，才想起了那封信。

“阿蓝，这是林教练给你的，许是关于明晚营火会的事情。”我这么预测着。

然而，看完信后，阿蓝晕红了脸，生气地将信扯得粉碎。

“阿蓝，你怎么……”我觉得一阵无名的惶急与不安。

阿蓝依旧是没言语；洛珍却在一旁笑了起来：“傻子！替人家当了‘红娘’，还不知道?”

我怔了一怔，幸而“红娘”这名词还不生疏，这才恍然大悟，禁不住万分抱歉，急得不知所云：“好阿蓝，快别生气，早知道……我……我……一定……不……”

“瞧你急得这个样儿，下次别理他就是啦!”阿蓝反而“哧”的一声笑了。

蒙蒙晓雾乍消，破晓的喇叭在奏着起身号。

报明的小鸟也唱起春晓曲，天晴了！朝阳下的湖山别具一种令人悠然而神往的美。

悄然地坐在湖畔的芳草上，我央求阿蓝替我打一下领巾上的方结。

“好没出息，当了一年半的童子军，连这一点点儿本事都学不会。”她取笑着。

“反正还有一年半，可以慢慢地学。”我任她揶揄，却在全神贯注地逼视她的脸。那张脸是这样的可爱，妩媚的眸子，樱桃红的小嘴，笑起来有两个深深的笑涡。虽然她比我大两岁，可是她仍是这么天真，脸上带着这么多的孩子气……

为什么林教练一定要这纯洁的天使变成爱的女神呢？难道孩子的天真还不够美？不够珍贵？我开始茫然了。

“痴痴地想些什么?”阿蓝一边打着结，一边微笑地问。

我也笑着告诉了她：“关于林教练与沙凯蓝的故事。”

“鬼话!”使劲瞪了一眼。

“可不是!”朝她扮了一个鬼脸，“只有昨儿晚上那封信里写的才不是鬼话。”

她笑了。替我打好领结，随手将她自己那顶贝登堡式的帽子脱下，背在身后；微风吹起她天然的秀发，令人有一种飘然快美的感觉。

“阿蓝，你欢喜南风么?”我随意地问。

“自然，因为它带来了西子的微笑。”轻声地，美丽的慧眼凝视着湖上的轻漪。

“这话太富有诗意了！在我看，”我一半儿戏要，一半儿也是当真地说，“即使真正的西子在微笑，也抵不上你的十分之一的美的……”

“方洋！你今天跟谁学得这么贫嘴?”皱皱眉，又恼又笑地。

我捡起一粒石子，顺手扔入湖心：“算我贫嘴吧；至少有人真是这么想，那个林——”

“嘘！我不要你提这个人!”摇摇头，很不愉快的样子。

“为什么?”

“不为什么，我只觉得非常讨厌。”

忽然，营地里在吹小队长召集号，阿蓝匆匆地走了。

我无聊地独坐在湖滨，怔怔地瞧着湖那边的保俶塔，让心灵沉湎在无极的幻想里。

不知过去了多少时间，我被一串轻快活泼的口啸拉回现实，转过脸，那绿杨树下站着的正是林教练。

天啊！这个人怎么又来了？

我慌慌张张地站起身来，他却不慌不忙地朝我微笑点头；接着，又吹起了他的口啸：轻快、活泼、喜悦……和昨儿晚上一样。

“又有信?”我胆怯地猜测到他的来意。

谁知他忽然乐得不能自持：“信!”

“什么信?”我不禁茫然。

“你说的信，她的信，回信。”口吃地答。

这一连串的“信”，我才明白他刚才是误会了，真是又好气又好笑，一时又想不出适当的回答，只好简洁了当地说：

“你要问回信？呸!”

底下我又不知道该说什么，索性扭过脖子就跑；远远地听得一声极轻微而幽长的叹息。之后，他又吹起了口啸，这回却略带一些悒郁之感，不似前两次那样地充满着喜悦情绪了。

晚上，是一个无月的星夜，在湖滨的平原上，举行了营火会。

我们都握着美丽的火炬，那是野火燃着的枯枝。你听，号声又在响了，和着沉毅雄壮的童子军歌；这光景，是怎样地令人感到无穷尽的壮美的快感啊！

渐渐地，我们围成了一个大的圆周形，然后，丢下手里的火炬，让中央燃起了一团熊熊上升的火，在发出迷人的红光，但远处的光辉，却变为阴凉伟丽的青蓝色了。这时，我忽然下意识地想起了惑人的森林里的神语：这儿会不会走出一位美艳的女神？或是，一个俊俏的仙童……

湖上风来，颇有几分夜凉如水的感觉，可是，狂欢的大众早将这忽略了。这儿只有年轻的人，年轻的心，年轻的欢乐……

当圆周中央那一团迷人的红光，变得分外灿烂的时候，我们表演的节目开始了。

三十个女童军，分作五队；我们都戴上小小的白帽，系着淡竹色的围裙，在阿蓝的领导下，大家有节奏地歌着：

结伴进庖厨，
学习做油酥，
初学很艰苦，
先生来教吾；
双手几炙痛，
围裙尽沾污，
可笑蛋黄惹满身，
还有面粉涂；
筛筛粉，筛筛粉，
筛得细而匀，
风来吹起婆娑舞，

错认是灰尘——

阿蓝的歌声像轻风吹动银铃一样的婉转与清脆，我们一边和音，一边为她按着节拍，于是碗、碟、铜盘、铁铲、钢精锅、珐琅瓷盆……都成了天然的乐器。夜风过处，抑扬顿挫，入耳动心，竟是绝妙的音乐，我们将它唤作“厨司乐队”。

在欢然的赞赏里，在热烈的掌声中，我们的表演终止了。

底下，是林教练舞火棒。他的技术真够出神入化，远远地，我们看不见人影、火花，只看见两条金色的龙蛇，在无边黑暗的宇宙里，或高或低，或疾或徐，或聚或离，或隐或现地幻变着，盘旋着，飞舞着。

在场的人没有一个不叹为观止，怪不得这次阿蓝也忘了骂他“讨厌”哩！

最后，轮着阿蓝的《昭君怨》了，这是营火会里的最精彩的一个节目。

夜已深，深青的太空里繁星粲然，像是在期待着那绝世名姝“昭君出塞”。

空旷的平原上奏起了轻柔的音乐……

忽然，洛珍轻轻地告诉我：“看啊！今夜王嫱和西子在这儿比美了……”

我抬起了头，将目光缓缓地看过去：是几时一个刚健婀娜的女孩子已经化装成丰姿绰约的古典美人？这时候，阿蓝正披着艳丽的粉色与天蓝的番装，在幽幽的箫声琴韵中，低低地歌，翩翩地舞……

这是人间？这是天上？那载歌载舞的又是谁……我这样莫名其妙地乱想着。虽然我并没有忘记阿蓝是我极好的朋友，可是在这样绝美的情境之中，我的心却极自然地发生了这样微妙的幻觉。

现在，那迷人的红光已经熄灭，熊熊的火花也只剩下一缕缕轻微的余烟，在春寒犹重的夜风里袅袅上升；我们的营火会结束了。

欢呼声里，我和洛珍伴着阿蓝走出人群。过分的疲倦和兴奋，在她的脸上抹了一层仿佛微醉的酡颜，衬着那一身俊俏的番装，更显得她是这样动人的美丽。

“沙同志……凯蓝……你的表演太……太好了。”不知道什么时候林教练走了过来，他唏嘘着，但态度却是镇静的。

“谢谢您的夸奖。可是，”安详地微笑，“林先生，我觉得很惭愧，没有您说得那么好。”

“哪儿的话？好极了，尤其是《昭君怨》，真是再好也没有。”诚恳而热情地。

“不！林先生的火棒舞得才好呢！”眉毛一扬，微偏了头，温柔地笑着。

林教练高兴地说：“是真的么？谢谢你的夸奖，我觉得很荣幸……”

洛珍朝我会意地一笑，我心里想：这儿虽没有森林，但那美艳的女神，和俊俏的仙童却都已出现了……

“晚安”声中，林教练兴奋地走回男童军营地。

夜风送过来一串口啸的响声：轻快、活泼、喜悦，流溢着青春的欢乐和热情。

清晨，朝阳尚未升起，湖波还是欲睡如醉的样子。

在美丽的苏堤上，我和阿蓝练习着“笔画旗语”。

一串口啸的声息在晓风里轻溜着；林教练又来了，他脸上还带着隔昨的兴奋与喜悦。

为了“誓词与规律”中有一项是“礼貌”，并且这是应当遵从而又必须遵从，所以我朝他行了一个最敬的童子军礼。可是，阿蓝，她只微点了一点头，低低地道声“晨安”，颇有些待理不理的样子。

之后，我们又照旧地打“旗语”。

我的红旗，和阿蓝的蓝旗，在明媚的春光里，遥遥相对地迎着初春的晓风而飘扬。

“方洋，”林教练对我说，“以四秒六一个字的成绩打破全国纪录，你们的‘笔画旗语’已经够登峰造极了；现在，这是练习一下‘英文旗语’吧！”

可是，他并没有容我来练习，却自顾自地将我手里的旗子拿过去了，一面还以目示意地叫我到阿蓝那边去。

我莫名其妙地盲从了他的话，自然，心里也不由自主地有点儿生气。他凭什么要无缘无故地这样支使我呢？岂有此理！

林教练的红旗在对面飘扬了；阿蓝一面看，一面随即将一个个的字母读出，我再将它们记下来。

当一整句完成以后，我念出给阿蓝听：“Love understands love，it needs no talk。——咦！这是怎么回事？”

阿蓝的双颊又涌起了红晕，怒容满面地不说话，只是将她手中的蓝旗使劲地龙飞凤舞似的挥了几下。

“你打的什么字?”我忙忙地问。

“Non sense!”她愤愤地答。

这时候，林教练迎面走来，抱歉地说：“我太……冒昧了，请你——”

“请你不必多说吧!”冷然地；说完，她将头发掠到脑后，眼睛瞧得远远的。

忽然，那儿似乎有人在向她招手，愈走愈近，渐渐地还听出叫唤的声音。那是一个年轻人：“凯蓝！凯蓝！你怎么也来了?真没想到会在这儿碰到你……”

“嗯！可不是太巧么?”阿蓝的怒意变成了笑容，愉快地迎了上去，回过头，笑着告诉我：“方洋！我待一会儿就来，对不起……”

她已经走远了，和那一个年轻人，一双背影消逝在苏堤的那一端。

我才想起了林教练。这时他正惘惘地倚在一株柳树旁，恍然如有所失；不知为了什么，我忽然感到一阵无名的快意：“林先生！打‘旗语’好么?‘笔画旗语’或是‘英文旗语’，随你的便。”

“嗯！哦……”摇摇头，答非所问地，“你知道刚才那人是谁?”

“他呀！他是他父亲的儿子，同时也是他儿子的父亲。”我自作聪明地给他这么一个聪明的回答。

林教练皱皱眉，不耐烦地说：“别胡闹！我问你：他是她的什么人?”

“噢！原来你问的是‘他是她的什么人’！听我说：他是她的Romeo。”我拉长了声音，轻飘飘地告诉他。

其实，那个年轻人究竟是谁，我和林教练一样地莫名其妙；不过我偏爱这样地说，一则泄一下那天在九溪十八涧时心中的闷气，二则也借此卖弄卖弄我还读过《莎氏乐府本事》。

果然，我成功了，这么两句轻飘飘的话，竟使林教练的神经受了极沉重的打击：“什么？Romeo?”

“对！一点儿也不错。”索性恶作剧到底，我朝他一本正经地点点头。

他颓然了，瞧他那副唉声叹气的样子，我不禁笑出声音来。

“笑什么?”颇有些恼羞成怒。

我还是笑我的，才不理他哩!

最后，大概他实在不能忍耐了，满腔的失望、悲哀、怨恨、嫉妒……化作一股怒意，竟无缘无故地对我发作起来：“方洋!你也看过小说么?”

“小说？怎么不看?”我朝他瞧瞧，对于他的问话实在有些莫名其所以然。

“你知道么？小说里常常会有一个煞风景、幸灾乐祸、专爱管闲事的姑母——”

“这个我不知道，”我抢着说了下去，“我看的书里只有义士、侠客、英雄，和那些带镖舞剑，来去如飞的人，没有什么姑母。”

“那么，你听我说。”他凝视着苏堤的那一端，“这种姑母大半都是不仁慈的，她专门爱破坏人家，她往往使得快乐的事变成不快乐，不快乐的事变成更不快乐……”

啊！他是不是在说我？

渐渐地，听懂了他的弦外之音，我也禁不住生起气来：“哼！你以为我是那个爱管闲事的老太婆么？”

“你自己去想吧！”他冷笑着。

“我没有什么可想的！”我大嚷着。

“你这个可恶而又不懂事的野孩子！”悻悻然，愠怒的语气里微带着一些儿感伤，“你自己莫名其妙，可是你的淘气，使性子，无情的恶作剧，爱说什么就说什么的坏脾气……早已在无形之中糊糊涂涂地将我的一个美丽的梦给粉碎了。”

“既然知道是梦，碎与不碎又有什么分别？真是做梦！”我莽莽撞撞地回驳他；谁叫他无端地对我埋怨上一大堆的废话？

这回他倒不动怒了，黯然地点点头，那声音却变得温和而又轻微：“是的……一个梦……真是做……梦……”

他的口啸也变成一种凄凉的感伤的调子，并且还带着无限的悒郁之感。

岳王墓前，我们怀了诚惶诚恐的心情，凭吊着，徘徊着，景慕着……

碧血丹心，青山绿水，同是宇宙间最神圣最崇高的美，将与天地共悠久，不朽和不灭。

我想起了叱咤风云的朱仙镇，我想起了天昏地暗的风波亭……

临行，我对阿蓝说：“留下一些纪念吧！因为这儿是一个值得纪念的地方。”

于是，阿蓝提起了笔，不假思索地写下两行字，那是《满江红》里的词句：

壮志饥餐胡虏肉，
笑谈渴饮匈奴血。

下面，她注着“中华民国廿二年春沙凯蓝留迹”。正好这时候林教练也走了过来，他沉默了大半天，最后，在最挨近阿蓝字迹的空白上写着：

莫等闲白了少年头，
——空悲切！

也是《满江红》里的话！这太够味儿了。

别了岳王坟，一路上林教练悠悠地吹着口啸，我听出那是《满江红》的调子，而且吹来吹去都是他自己写的那两句话。

此后，林教练一直这样地吹着他的口啸；当他站在六和塔上俯视着滔滔的江水，或是立在五云山巅仰望着悠悠的云层之际，他的哨子就格外显得壮怀激烈了。

难道他将似水的柔情，都化作如钢的壮志了么？我不信！有好几次都可以证明他对阿蓝并没有死心和忘情，虽然阿蓝对他的态度还是一径儿地不理不睬。

有一次，当他又在轻轻地吹起《满江红》上那两句话的时候，阿蓝忽然冷笑着，高声地对我说：“方洋，你也懂得什么叫‘莫等闲白了少年头’么?”

“这……”我瞠目不知所云。

“你知道我们该如何地‘莫等闲’？又该怎样才不至于负了‘少年头’?”阿蓝庄严地问；她的声音相当高，不时还有意无意地向林教练注视着。自然，这话是有所为而发的了。于是，我看见了林教练的脸上现出赧然的惭色。

他不再吹口啸了，怅惘的眸子凝视着湖水、远山和云层……

这是杭州露营的最后一天。

黄昏带去了夕阳，湖波上映着霞光。当各小队的拔营工作都完成以后，对着十天来朝夕与共的湖光与山色，我感到惆怅、依恋，而有一种低徊不尽之感了。

别矣！美丽的西子湖！我相信这十天的一切永久是我生命中的诗、画……最最珍贵的记忆。

火车站上，奏着黯然魂销的音乐。

坐在车厢里，一种不知名的情绪令我有些轻微的倦意。

忽然，车窗外，一个熟悉的声音温和地响了起来：“方洋！方洋!”

“什么事情?”我将头伸出窗外，“林先生！车就要开了，干什么还不上来?”

“我不走了——”他说。

我奇怪地抢着问：“怎么?”

“请你先叫一声沙……凯蓝。”低声地，微带些儿感伤，虽然他脸上却还挂着微笑。

在这一刹那间，我忽然觉得他很可怜，于是，我服从地将阿蓝叫到窗前。

他深情地向她投了一瞥，阿蓝的头低下了。后来，他缓缓地说："我不离开此地了。刚才，已经托一个朋友设法，明天起我就要到笕桥航空学校去习航空……"

阿蓝抬起头，似乎要说什么，但是她并没有说出。于是林教练接下去："我所以要报告你一声，因为感谢你的启示。我必须不负了我的'少年头'，干一些有意义的事情。此外，我将永远不会忘怀你的指点。"

"林先生!"感动地，那一双妩媚的眸子流露了悲喜无主的情绪。

"可以不可以……'林教练低声地，"让我握一下你的手。"

她默默无言，只是伸出手来很自然地让他握了。

"再见！容我永久地祝福你。"林教练温和地说。

阿蓝的声音似乎微有些嘶哑："再见，珍重。"

这时候，我纵然爱笑，可再也笑不出来了。

无情的火车终于载着离愁远去，车站上林教练的影子由亲切渐至于模糊而不见。

车窗外，苍烟，暮霭，倦鸟，归鸦，飞逝的原野，和西下的夕阳……

我渐渐地如梦了。

醒来，蒙蒙昽昽地看见天色已暝，想起距离杭州不知多少路程；亲爱的湖山啊，我们分开得一步比一步远了。

阿蓝还悄然地伏在窗口，嘴里嘘嘘地吹着口啸：轻快、活泼，而又略带一些悒郁之感……那是《满江红》的调子，我知道。

可是，阿蓝几时学会了这玩意儿？也许，她希望微言的夜风会将这一串口啸的声音吹送到林教练的耳畔吧！

永久的蜜月

深深的夜。宇宙像是死绝了，那热烈的青春之火也早就在年光的大海里熄灭。

只是，今宵，怎么会？

忽然心的爱恋仍是像从前，月色也依稀与从前无异。也许，是窗上那一抹淡淡的乳白色的光华，将那些不可再来的旧情往事无端地勾起了吧？

十一年了，这沙漠似的岁月，这止水似的心情，这寒冰似的生涯。

纵使年光能够倒流，但已碎的旧梦，会容你继续重温么？现在，只有“回忆”像一叶扁舟，又漂荡到已去的日子里，让那些已经消沉了的美景，再予人一些悲哀的喜悦，或是喜悦的悲哀……

月溶溶，风淡淡，那一晚是一个永久的良宵；海洋和山林都不似这般单调。

他们从森林中的别墅里走了出来，一同在沙滩上从容地漫步。

“这么美，这么幽静，”她爱娇地偏着头，安详而又小声地告诉他，“这地方太可爱了。我愿意永久不离开它。”

“是真的么？丹蔷！”他不信似的问。

她扬起了眉毛，天真地朝他点点头。

然后隔了好一会儿，他才带着轻微的怀疑对她说：“日子久了，你不觉得太单调，或是寂寞？”

“永不！”坚定地回答，凝眸注视着微起波澜的大海，“你懂得什么是宇宙的美呢？”

他想了一想，微低下头，端详着她俊美的脸，俏皮地答：“你，我的丹蔷，是宇宙间唯一的美。”

这一句不知所云的话，引得她莫名其妙地笑了。她摇摇头，又向前走了几步，举起右手，将一方浅紫色的小手绢，轻轻地在自己的脸上拂着，然后庄重地说：“这，也够得上美？听说文学家最爱花言巧语，但我记得你是医学院的毕业生。”

“还嫌不美么？也许我的眼睛欺骗了我，但我可绝不敢欺骗你；是的，我是一个医生，不会像文人那样花言巧语……”他走上前去，并肩紧靠着她。

晚风吹过，空气凉而爽畅，海上的夜是纯洁的；两心的爱恋也是纯洁的。这时候，他们在海涛的柔和的清音里，相互诉说着他们的愿望与梦想。

月光静如水，淡淡的晚云像仙子的纱衣，那上面缀着美丽的繁星。

“丹蔷！”他侧过脸，背诗一样的，“你看，今夜的海洋是多么的美，山林也不似那般寂寞，还有今宵的月色也分外的皎洁与明亮……”

“够啦！够啦！我的李白，我的拜伦，我的邓南遮，我的白香山……”温柔的浅笑中，带着俏皮的幽默的淡影。

然而，他仍是陶醉在诗人的梦里，喃喃地：“这世界是属于我们的。”

“不，我们是属于这世界的。”

“别忘了及时行乐。”

“不，别忘了及时努力。”

“丹蔷!”

“学明!”她眯着眼笑了，被他动情地谛视着。然后，两个人又会心地互相点着头。

无言中片刻过去。

他突然想起了一句话：“是谁这般聪明？我想那该是一个超人的智者，他将新婚的第一月唤作‘蜜月’——”

“我们的蜜月，”她安详地接了下去，“我们新婚的开始，也正是事业的开始；记住，我的亲爱的诗人和医生！这一串芳香的日子里，不可以将庄严的志愿忘怀。”

这声音被清凉的海风吹过，像一阵琅琅的银铃，响彻了无极的空间与时间……

“回忆”的小舟，又将他从辽远的彼岸载至此岸；半夜了，窗上的月色也分外的明，和十一年前一样。

然而他的心却是这么暗沉沉的，像断了的琴弦，弹不出轻快的歌；他紧闭起双唇，屏息了呼吸，无从启口，也无从下泪。

啊！那无限的往事；那昔日的几许欢情；那青山畔，碧海上，树林里，花丛中，留下的多少温馨梦痕，如今都不堪回首了。

十一年的岁月像一个永久的秋天，只有壁上那张丹蔷的相片还留给他一个美而且柔的春天似的微笑；可是，有什么用呢？这正好比艳丽的蔷薇花早已憔悴，而扑鼻的幽香空白令人陶醉一样。

他望着丹蔷的相片，怔怔地出神。偶然，明月被云层遮住了，室内更幽暗起来，他又在怅惘的不自觉之中，浮起了一个可悲的印象。

丹蔷病了。

他们在海滨别墅的楼上，终日相对凄然，特别是那个风凄雨苦的夜晚，更令人有一种长夜漫漫无尽难以挨过的感觉。

“学明，刚才你出去，邻家的那个孩子病好了么？”丹蔷躺在床上，颇为关心地问。她的脸色因为热度过高而显得异常的红，黑而长的发零乱地散在雪白的枕衣上，神情可怜而又可爱。

“嗯！他，那孩子，快好啦！”茫然地答，他的心为着另一桩事而焦急不安，“怎么？已经两天了，电报发出去，医院里还不派人来……”

病人的脸上露出一丝浅笑，侧过头，用一种低弱而又温和的语气安慰他：“我又没什么大不了的病，学明！你不用急。”

“丹蔷你放心，我没有着急。”他笑得极其勉强，因为经验早已告诉了自己，具有传染性的疾病，诊治得越晏愈为不妥。

“别骗人，”丹蔷说，“你的脸色瞒不了我……”

他默然了。

窗外，暮春时节的细雨，打在芭蕉叶上，发出沙沙的轻响；他心里感到一阵不可言说的怅惘和悒郁，禁不住起了悠长的太息。

“学明，你怎么老是这样怏怏不乐的？”丹蔷睁开疲倦的眼，闪动一下长长的睫毛，“过两天我就会好的。你应该高兴啊！学明，你笑一笑，这是我们的蜜月旅行——”

“是的，我们的蜜月旅行。”他凄然而笑，一字一字地说着，心里却在担忧：会不会在这可爱的良辰里，发生什么意外的不欢？……

这时候，那低而且柔的声音又响了起来，还带着一些喘息：“学明，你瞧我多会累你，在这种僻静得连医院和医生都没有的海边上生了病，你嫌我太麻烦么？唉！学明，我真是太对不起你。”

“为什么要这样地说呢？为了你，我什么都愿意牺牲，也什么都愿意忍受，何况这？”他略微停了一停，“而且，你为了照顾一个陌生的邻家的孩子而受了传染，这种悲天悯人的伟大精神，我只有敬佩，哪儿会嫌你麻烦！”

“学明！”她兴奋得笑了，虽然那笑容憔悴，“我太感激你了，真不知道说什么才好。”

“傻孩子！”爱怜地。

雨声渐渐地住了，夜风吹着树叶，很有诗意。

这一夜，病人似乎特别有兴致，那瘦弱的双颊不时现出柔和的微笑，右手抚弄着散乱的秀发：“学明，我想请求你一件事情，我们永久住在这儿，可以么?”

“永久住在这儿?”有一些惊异。

“是的,”黑而长的睫毛又是一闪，“你没有感觉到青山和绿水比汽车和洋房更好么?”

“可是，你也说过，这个地方僻静得连一个医院或医生都没有，长住下去，也许不大相宜……”他有些踌躇的样子。

然而丹蔷却笑了：“你忘了自己是一个医生，假使你开办一个医院，不就成了么？这是对整个海滨的居民都是有益的，学明，你应该这样做。”

“我应该这样做!”他感动地点点头。

“好学明，答应我吧！你应该这样做：为了你自己的事业，为了全体海滨居民的健康,”孩子似的央求，“而且，也为了纪念我的病……”

“嗯!”茫然地应着，一种无名的疑惧涌上心来，他老觉得丹蔷最末的一句话含有什么不祥的预征，虽然他并不是一个迷信的人。

夜深了，别墅外面是无边的寂静，连风吹树叶的声音都听不见了。

忽然，一声子规的哀唤，凄恻断肠的声音划破了这万籁无声的宇宙，他无端地想起“鸟啼花落”“春残梦断”……这些感伤的句子。

浮云散了，明月又重现出光辉，他又看见壁上的那张相片，相片上的人像当初一样地对着自己微笑，这微笑象征了美而且柔的春天；可是，春天自从那年悄然地逝去以后，十一年来，就没有重来过。

他幼稚地哭了，不由自主地流下了辛酸的热泪；怯弱的心因着恋恋的往昔，和想念到未来而悲苦与惊悸。

“啊！丹蔷，你为什么死？我为什么不能在深晚，寂寞静美的海洋畔同你晤谈？”这是他的声音，凄凉孤独的自语。

明月又被云层遮住了……

忽然，门无声地开了，轻悄地走进一个人来。他蒙眬地问：“谁？”

“我，”幽微的声音，“是丹蔷，你忘了么？”

“你！”他惊喜地颤抖了，“我怎么会将你忘怀？我又怎么能将你忘怀？”

她渐渐地走近了他，默默地相互凝视着。

“啊！丹蔷，十一年不见，你仍是这么美，这么年轻，这么动人的可爱……”他忽然忘记丹蔷已经离开人间，心里担忧她会憎嫌自己的衰老。

“你说我？”她举起右手，掠一下披肩的黑发，轻轻地说，“你没有想到我是一个幽灵么？”

“没有。”摇摇头，可是，这一刹那间，他才想起丹蔷死去已久，禁不住战栗起来，无名的失望使他心悸，虽然他并不惧怕。

她凄凉地笑了，伸出冰冷的手来和他握着：“你为什么不问我从什么地方来的呢？你忘记你自己每天献祭鲜花那回事情了？

告诉你，我是从那儿来的，那是一个永眠的地下。”

“永眠的地下？”他小语着，“我想，一定也比这里可爱。”

“不！”

“但是这里没有春天。”

“春天年年都来，只是你自己远离了她。”温和的语音里微带了斥责。

他怯怯地说：“丹蔷，就这样狠心么？这样漫长的日子里，你都不来看看我。”

“现在，我不是来了么？”她的声音和态度突然都变成了温柔。

“这一次，我们要永不分离。”他又说，“假使你一定要走的话，我也要追随而去……”

“不，不能。”冷然地拒绝。

他发急了，苦苦地哀求着：“我一定要和你同去，好丹蔷，答应我！我再也不能留在此地了，成天伴着这单调的天、悒郁的海，和寂寞的山林，朝也如此，暮也如此；这样的华年！这样的人生！还有什么快乐可言？丹蔷，你为我想想。”

“快乐在不停的工作里。”她闪动着长长的睫毛。

“但是我已经整整工作十一年了。”疲倦地。

“这是应该的，你值得骄傲。”

“你是说骄傲？不，我的心却是难填的空虚哩！”

“还不满足？”

“满足么？”有所期待地沉吟着，“那除非是沧海变成桑田。”

“为了对大众的爱，应该将对个人的爱淡忘；何况沧海是永远不会再变成桑田的。”严肃地一字一字地答。双颊上却挂着明珠般的泪水，因为她毕竟不能不为他的痴绝的爱念而感动。

他乘机问道：“丹蔷，你为什么要离我而去？”

“这很自然，因为我死了，海滨的传染病不容我再活下去。”

“万恶的海滨，万恶的病魔……”他诅咒着。

“所以你开办了医院，十一年来，无数的病人都逃脱了生命的危险。”她满足地说。

但是他却没有这样的高兴：“诚然，我诊治过许多的人，衰弱的健康了，濒危的得以不死……可是，我获得了些什么呢？”

“救活了那许多的生命，难道还不够补偿这一些些的遗憾么？我的亲爱的傻子！”

“但是，傻子却忘不了爱。”他苦笑着。

“牺牲小我，完成大我——才是万全的爱。”母性般仁慈的叮咛。

他仍是不满足，固执地说：“你为什么那样年轻而早死？”

“我没有死，我的希望寄托在你的工作里，与你同生而永存。”

“然而，我们的蜜月，太……短促了。”

“不！你记住，凡是你所做的，都是我所想的。”那声音渐渐地微小起来，“我们在精神上永不分离，度着永久的蜜月。”

他一句话也说不出来，似悲似喜地点点头。

不知道什么时候屋子里起了风，冰凉而凄冷。他不由自主地打了个寒噤。丹蔷举起手来，衣衫飘扬，那微妙的目光，那庄严透澈的神情，似乎神圣而不可侵犯。

风更大了，整个的房屋在飞舞，整个的宇宙在飞舞，就在这时节，丹蔷随风而去了……

他醒来了，虽然竭力地闭上眼睛，希望真境是梦，梦境是真，但是却不可能，丹蔷绝不会第二次地重来了。

只有刚才的梦还能安慰他残破的心情于万一。

“万全的爱，无限的生，永久的蜜月……”他喁喁地说，心里充满了悲喜无主的情绪，更流下了悲喜无主的眼泪。

浮云重又散开，庄严的宇宙浸在乳白色的月光里，显得一片光明莹洁，他觉得自己的心又苏醒了。

归　来

日暮了，将可爱的余晖留给宇宙：小桥，流水，远山，近树……都镀上一层金碧辉煌的色彩。原野上空的云霞是无比的浓艳和富丽，虽然乡村的一切都比城市要质朴得多。

那边，在修长的古道上，走过一个人来，沉重的脚步落在轻松的泥地上，似有无限踽踽凉凉的孤独之感。

渐渐地，他走近了，倚在一株大树底下，风过处，榆叶纷纷地乱落如雨，他不禁喟然而叹：“又是这时节……这时节，榆钱买不住残春，正好像金钱买不住青春……何况，我现在……”

他默然了，注视一下被晚风吹得飘起的破旧衣衫，微微地觉着有一些儿寒意，虽然春天已经过去了大半。

忽然想起这榆树旁边还该有一条小溪哩！于是他缓缓地转过身体，背对着古道，睁大了一双失神而又无光的眸子……

现在，水像当年一样悠悠地流着，流着；只是那一湾清流却更清澈了，清澈得能照见他的脸，脸上被风霜刻划了多少憔悴的皱纹，连他自己也怀疑：这会是一个三十八岁的壮年人的面容么？他不敢再俯视那流水，却不住地有意无意地抚摩着那株榆树，十一年的时间，它长得这样高大，枝叶茂盛，生机盎然；可是自己却这么衰老颓废了。

倦鸟归巢，枝上的乌鸦在频频叫唤，流浪者心为之颤。

西天的残霞变成浅红色，光线却还不过分淡弱，那小溪里依然浮现着他的影子，潦倒不堪的影子，这是一个难堪的刺激。他搓搓手，感伤地，捡起一粒石子，顺手丢入清流，漾了几漾，影子似乎看不分明了。

“你瞧！好好的干什么又吓坏了水底的小鱼儿?”这是一个小孩子的声音，天真而不含恶意地埋怨。他抬起头，小桥上正站着一个十多岁的孩子，一手拿着书，一手扶着桥栏杆，黑眼珠子转来转去地正朝自己瞧哩！他忽然觉得一生也没有像今天这样地欢喜小孩子过，那颓丧的脸上也露出一丝笑意：

“小弟弟，你说得对，小鱼儿受惊了。”

孩子这才看出是一个陌生的人，颇有些儿忸怩的样子，三脚两步地跑回对岸去了。

他忽然想起一桩事，抖一抖身上的榆钱，匆匆地走过桥，追上刚才的那个孩子。

“您别生气，我以为您是曹家大叔哩！”天真地解释着，“我原是跟曹大叔闹着玩的。”

他不禁笑了起来，摇摇头说出追赶的原因不是为了那个。然后，他们在溪边一块巨石上坐下了。孩子的心里可有些忐忑的，这个陌生人虽不可怕，却真有些儿……有些儿可怪。因此他只好低下头，不安地拨弄着手里的书。

“小弟弟，你念的什么书?”那个陌生的流浪人问。

孩子无言地递过书来，封面上的字使他感到意外——《高小国语第四册》，他记得在这古旧的乡村里，大多数孩子的读本该是《百家姓》、《三字经》或是《千字文》；想到这儿，他禁不住问：

“这儿有学校么？是什么时候办的？”

“怎么没有？就在我们家竹林子后身。您问什么时候办的，让我算算看，”凝神了大半天，“是我刚念书那年办的。现在，我六年级了，学校也办了六年整啦！”

“嗯！真的，”沉吟着，他没有想到这荒僻的乡村会进步得这么快，“那么校长是谁呢？”

“校长是潘老师，不过，出……资主办的人是我爷爷。”孩子高兴地答，不自然的态度完全没有了。

“爷爷是谁呢？”

“爷爷就是爷爷呀！”睁大着一双可爱的黑眼睛。

那个流浪者又笑了，他觉得这个小孩子聪明得有趣，同时，自己的问话也糊涂得可笑。

暮春的日落是迟缓的，晚景虽然苍茫，那周遭的轮廓却还不模糊，他用一种亲切而又生疏的眼光，凝视着小桥、流水、远山、近树……如有所思，又如有所感。

“小弟弟，我要跟你打听一个人，”顿了顿，声音带着颤抖，“这儿有一位江……汉卿……江……老先生……他老人家……现在……还……”

孩子立刻跳起来，差一点儿摔倒，大声地：“您问江汉卿？他——”

“他怎样了，快告诉我，告诉我……”艰难地迸出这么几个字似乎有些支持不住的样子。

孩子连忙又坐下，扶着他，天真地说：“他没有怎样呀！他就是我爷爷。您好像认识他，是不是?”

流浪人茫然地点点头，又凄然地摇摇头，脸色渐渐变成可怕的惨白，乱语纷纭地：“什么？他是你的爷爷？那么你……你就是他……他的……孙儿……”

“可不是么！您连这个关系都弄不清楚?”淘气地笑笑，又打算站起身来，“走，我带您找爷爷去。”

“不，不，用不着，要么再……等一会儿……他……不认识……我，是一个朋……友……托我……打听……的……”流浪人畏怯地说，将孩子拉着，不让他站起。

“您怎么直抖?”天真地关心，“是不是要……发痧?”

他似乎镇定一些了，勉强地笑了笑：“谢谢你，我没有什么，只不过有一些些儿头晕。我问你，爷爷的身体好么?”

“好，爷爷吃得比我还多哩！我一顿两碗饭，爷爷吃三碗。”

“爷爷的精神还……好么?”

“很好，”停了停，又补充一句，“天天早上爷爷和我一块儿上体操。”

他像是得了莫大的安慰，沉吟了大半天，又问：“爷爷的心绪可好?”

“心绪?”转过脸，那双可爱的黑眼睛睁得越发大了，孩子不懂得什么叫“心绪”。于是他痛苦地解释着：

“我的意思是：爷爷常常很……快乐么?”

“爷爷从来不发愁的，”孩子全神贯注地注视着水底的小鱼儿，忽然，像想起了什么似的，“不过，有的时候，爷爷想起了爸爸——”

“想起了爸爸……”他重复着，不知道说什么才好。

“想起了爸爸，爷爷就要难受。”孩子看见他怔怔的，以为这个可爱的陌生人误会了自己的话，笑了，并且说：“您又弄不清楚啦！告诉您，不是爷爷的爸爸，是我的爸爸，爷爷的儿子。”

“嗯！是的，你的爸爸，爷爷的……儿……子……”流浪人喃喃自语，他的头渐渐地垂下了，似乎不愿意让孩子看见自己的脸。隔了许久，才轻声地问：“那么，你的爸爸在哪儿呢？”

“我的爸爸么？他，在很远，很远的地方，办教育。”一字一字地，英爽的语气里，含着无穷的骄傲，“所以我爷爷也在这儿办教育。”

他不禁怔住了，怀疑地问：“刚才，你说有一个出资主办学校的人，也是你的爷爷么？”

“我只有一个爷爷呀！”孩子“哧”的一声笑起来，他觉得这个人真滑稽。

西天的那一丝儿残霞也没有了。他的眼前一片迷惘，是暮色苍茫呢，还是泪水模糊了视线？

“你今年几岁啦？”他低着头问。

孩子敏捷地答：“十二岁，实足年龄只有十一。”

“那么，你是不是冬天出世的？”

“一点儿也不错，您怎么一猜就着呢？”孩子竖起了大拇指夸赞他，“真聪明。爷爷还替我题个名字叫冬冬哩！”

“啊！冬冬，你真是……一个好孩子，冬冬!”他的嗓音有些哽咽。

“您别这么叫，好么?”噘着小嘴，又抱歉又礼貌地，“您叫我维勤好了，冬冬是我的小名，家里人才这么叫哩!”

“嗯！家里人才能叫……”自言自语地。

“是呀！别人都叫我江维勤，只有爷爷才叫我冬冬!”

“妈妈也这样叫你么?”有意无意地问。

冬冬凄苦地摇摇头：“我没有妈妈，爷爷告诉我，妈妈生我下来不到三天就……死了。”

“她死啦?”流浪人怪声地叫起来。

冬冬关心地问：“您可是认识我……妈妈?”

“不，不认识；有一些些儿认识……”他不知道自己在说些什么，又垂下头，俯视着流水，水底似乎有一张温顺而沉静的瓜子脸，长长的眉紧蹙着，含愁的眼睛好像带着愠怒……

他渐渐地昏迷了，好容易一个声音才将他的神智恢复清明：“喂！您说话怎么老是不清不楚的?头晕得这样厉害，干吗不找个大夫瞧瞧呢?”

“嗯！不要紧，现在好多了。”苦笑笑，似乎故意掩饰着心的不安，他拉着冬冬的手，茫然地问：“你家门口那一棵大枣树还在么?”

“咦，您怎么会知道我家门口有一棵大枣树呢?”冬冬奇怪地嚷着，但是立刻他就把这给忘了，高兴地说：“那棵枣树上的枣儿才甜哪！爷爷常和我坐在枣树底下，讲爸爸的故事……”

“爸爸的故事?”他忽然畏惧起来。

“是的。爷爷告诉我，爸爸和我一样，从小就没了妈，是爷爷一个人亲手扶养长大的。”

流浪人又垂下头了，不住地咳嗽着。

冬冬继续说下去：“爷爷不愿意爸爸像个乡下的野孩子，那时候这儿又没有学校，所以爷爷特地到城里去请先生来教书，要将爸爸教成一个知书达理的人。”

“知……书……达……理的……人……”喃喃地，好像是呓语。可是冬冬却没有听见，因为他正说得起劲：

“爸爸很聪明，而且又用功，爷爷非常疼他，有一次，我背不出书来，爷爷责备我，说爸爸小时候从来不这样的。”

那个流浪人用双手蒙住了脸，两肩不住地抖动。这时候，夜渐浓，冬冬看不清楚他在做什么，以为他又头晕了。

“后来，爸爸到城里去进中学，放寒假回家，天气冷，衣服穿得很多，自己扛着铺盖，一个不小心，爸爸从那桥上摔下去了，幸亏被人救起；爷爷于是拿出钱叫人修理那个桥，并且两旁添了栏干，本来那个桥是没有栏杆的。”冬冬用手指着那座小桥。

是的，本来那个桥是没有栏杆的！他缓缓地抬起头来，用无限忧伤的神情望着那座小桥，桥上的栏杆依然还在，只是在模糊的晚景中，看不出是否有些破损了……

“爸爸读完中学，又进大学——爷爷说我明儿个也要去念大学哪。”冬冬手舞足蹈地，然后，接着说：“爸爸大学毕业，回乡下娶了妈妈，不多久，就走了。”

“真是，真是不应该走的！”他失声叫着，问，“后来呢？后来的……事……爷爷……告诉你没有？”

“为什么你说我爸爸不应该？爸爸是为了办教育才走的呀！”冬冬反问一句，不等他回答，又一口气地往下说，“爷爷告诉我，爸爸走了之后，他和妈妈都很伤心，但是不久爸爸来了一封信——”

“信？”茫然地。

“是的，一封爸爸写的信，信上说中国有许许多多的文盲，许许多多不开化的地方，爸爸以为国家强盛，必须让文盲受到教育，使那些不开化的地方能够进步，所以爸爸只好离家走了。爷爷看了信，非常高兴，因为他欢喜爸爸这样做。”

“你说得对，他一定欢喜爸爸这样做，可惜……”流浪人辛酸地叹息着，他的面色很难看，“你妈妈欢……喜……么？”

“我不知道，妈妈那年冬天就死了，爷爷又没跟我提过这个。”

“你，”顿了一顿，“看见过你的爸爸么？”

冬冬摇一摇头：“没有，爸爸太热心了，他像大禹治水一样，已经有十一年没有回家。”停了停，又补充道：“爷爷也很热心，拿出钱在这个乡村里，办了一个小学，说不定爷爷还要办一个中学哩！”

“爷爷真是太好了。”他唏嘘着，伤心地，“冬——维勤，你相信爷爷告诉你的话么？爸爸真是那么好？”

“我为什么不相信呢？爷爷从来不骗我，而且我知道爸爸一定是好人。”

啊！这么天真可感的信赖！

一轮皓月出现了，皎洁晶莹的光照着远近：古道，小桥，流水，和水边的两个人影……

“爷爷还在门口等我哩！我要走了。”冬冬这样地说。当他正要站起来的时候，借着明月的光辉，他端详一下这个可怪的陌生人的脸，禁不住问：“您好像是哭过了？是不是因为听了我的话，想起您自己的爸爸？”

“是的，我想起了我的爸爸，我是一个罪大恶极的人，做了许多对不起爸爸的事，不但对不起爸爸，还对不起一切的人，我白受了教育，一事无成，还做了社会的蠹虫。得意的时候，混日子过，潦倒的时候，挨日子过；就这么东漂西荡多少年，我从没有想到家，没有想到我的爸爸……”伤心地哭着。

冬冬虽听不懂他说些什么，但他觉得这个人一定很可怜；因此他没有走开，胆怯地说：“您……您又怎么啦？说的我全不知道，是不是胡话？”

“啊！这是我一生第一次不说胡话。”一个比哭还凄惨的苦笑，“孩子，你乖乖地听爷爷的管教，长大了要学好，要孝顺爷爷，不要像——啊！你……你想你的爸爸么？”

“怎么不想？刚才我在这儿念书，”冬冬翻开手里的书告诉他，“这第七课是《背影》，可惜天太黑，您瞧不见啦！是说一个儿子想念爸爸的事情，我看了之后，心里酸酸的，要哭；我想万一爸爸在外头看见这本书，他一定也要想念爷爷的，哪天我一定想法子将这本书寄给爸爸，说不定爸爸念了这本书，就要回来看看爷爷，那我也可以看见爸爸了。”

“嗯！爸爸真想看一看爷爷，可惜……不能够……”

“为什么呢？”

“爸爸是出去办……教育……的……如果……他的工作……没有……成……绩……连生活……也不能维持……就归来……那反而使得……爷爷伤心……”

“您怎么知道?”

“我怎么知道?”流浪人小声地说，“因为……因为我这么想。”

晚风吹过，水里的月影在微微地荡漾。

“爷爷的头发白了么?”嘴唇微启，声音低弱而颤抖。

“花白了，但没有全白。”

“爷爷的眼花么?”

“比曹家老爹好一些些儿。”

“爷爷的——”

忽然，远远的似乎有一个苍老的声音在叫唤：“冬冬！冬冬！回来吃晚饭啊！冬冬!”

他们都抬起了头，那边，从树林里现出一星灯火，一个人影渐渐地走过来了。

“爷爷，我在这儿，您小心地走。”冬冬连忙站起来，大声地应着；又高兴地告诉他：“瞧！我爷爷来啦！您不用问了，等会儿爷爷一定请您吃晚饭，有话您问他自己——”

“冬冬，冬冬……”那个苍老的声音渐渐地近了，充满着慈祥亲切，无限的坚逾金石的爱感。

“爷爷！我就来啦!”孩子温顺地说；好心地拉着他的手：“走，跟我一块儿走。”

“不，不，这不能，我……我要走……了……”他狠心而又无可如何地拒绝了冬冬的好意。

“那么，我们拉拉手吧！”极其失望地，“再见了。”

“再见！我……”他将那只可爱的小手紧紧地握着，再也说不出什么话，脸上流满了眼泪。

那一星灯火越来越近了。

“爷爷来啦，你快回家吧！我，要——走了。”

流浪人匆匆地放下手，匆匆地走上小桥，依依不舍地摸索着小桥的栏干，然后，他走到对岸去了。

晚风又吹过来，榆叶飘得遍地。月光下，古道上，有一个踽踽凉凉的流浪人的影子。

“喂！先生！我忘记问您尊姓啦！告诉我，好么？”那是冬冬的声音，天真而热情。现在，他正和他的爷爷站在小桥的这一边，清溪的岸上。

“……”静悄悄的没有回答。

晚风吹得更紧了，难道，它没有将冬冬的这一句问话，吹到那个流浪人的耳畔么？

一个落花时节的梦

人们生来就欢喜做梦，即使你不否认“至人无梦”那一句话，可是你保得住现实的人生里会没有梦么？

丁华山，他是我们这故事中的主人，也是这一个梦的主人。

那一年，桃树上的花儿开得如火如荼的时候，他患了肺病，进了疗养院；于是，大好春光就被病魔给摒弃了。

不知道在病床上躺了多少日子，总之，糊里糊涂的一下子就从花开到了花落。

这是一个风雨乍歇的早晨，阳光隔着白色的窗纱照进屋子，他觉得心里有一种近来从未有过的喜悦。

一阵细碎的脚步响，白衣的女护士走进病房，照例是那么轻柔地问着：“早，丁先生！今天您好一些儿么？”

“谢谢您，桓小姐，”他点点头，带些恳求的神情，“我可以坐一会儿么？”

“可以的，但不要太久。”她扶他坐了起来，又将身后的枕头给堆得高高的。

因此他看见窗外落英缤纷，树叶上昨宵的残滴依然。

“夜来风雨声，花落知多少？”

“丁先生，您不但是一位画家，原来还是个诗人。”她也凝视着窗外，但不久就回过头来。

“您太过奖了，我哪里够得上？”他一边谦逊，一边却觉得奇怪，“不过，桓小姐怎么知道我会作画？”

“我参观过丁先生的画展，怎么不知道呢？”她说这是不用觉得奇怪的。

丁华山心里无限高兴，一阵剧烈的咳嗽，阻止他再说别的话。

“躺下吧！您还不能够久坐，”她扶他睡下来，又整理着枕头和被单，“等一会儿刘医师就来检查病房；您静静地休息，我去拿一杯牛奶。”

她飘然地走了出去。

闭上眼睛，丁华山堕入幻想的深渊，他想着过去，想着未来，想着许许多多事情。最后他忽然想到这位护士小姐：长圆形的脸，修长的眉，秀丽的眼，小巧欲笑的红唇，还有那走几步路也不平凡的姿态，说几句也像音乐一样的声音……她并不是诱人的美丽，却是超人的崇高；尤其是用艺术的眼光看起来，她简直是善美的天使。

天使的影子又重现到眼前，接着刘医师来检查病房。

“你自己觉得么？比入院时候好得多了。”刘医师高兴地问。

他点点头，笑着：“只是闷得很，能不能看一些书？”

“还不能够，要小心静养，千万别用脑才好。”

刘医师临走对桓小姐说：“病人不宜胡思乱想，必要的时候，可以说说话解闷，书可不能看。”

窗外鸟声啾啾，他们谈着话。

从天气、健康，说到工作、娱乐，最后谈起艺术。

“艺术是理想的人生，人生是现实的艺术。”这是他惯常的口头禅。

“丁先生，您的见解太高深了，我不懂这些。”她笑了笑，那笑容是谦逊的，却又似乎在表示出她所懂的并不见得比丁华山所知道的少。

“像您这样聪明的人，一定有一个了解艺术的灵魂。”丁先生心里这样想，嘴里也这样说。

“不，但是我总以为艺术和实际的人生没有什么关系。”停了停，眼睛瞧着窗外，“艺术家只知道鸟儿叫得好听，花儿开得美丽，春风秋雨也具有诗情画意，艺术家只歌颂自然的美，可是世界的另一面，有痛苦，有罪恶，有烦恼，有斗争……艺术家并没有想到这些。”

他沉默了，将这些话细细地思索着。

“就看这个医院里吧！总共几百个病人，”她回过头来，接着说下去，“天天辗转反侧，夜夜叫唤呻吟，求生不得，求死不能，艺术何曾安慰了他们悲苦的情境于万一！”

他点点头，心里起了由衷的崇拜。

“丁先生，我真对不起您，说上这许多废话，忘了您是个病人。”她抱歉地说。

“没关系，我很愿意听这些，而且刘医师也没有禁止我说话啊！”他的确精神很好。

暂时是一片静默。后来，他又开了口：“桓小姐，您可以告诉我么？您的大名是——”

“我叫浣莲，”一边笑，一边加以解释，“浣纱的浣，莲花的莲。”

“这名字可真好，有诗情，又有画意。”

“一个艺术化的名字么？丁先生！”俏皮地笑起来。

丁华山贪婪地向她注视，洁白的衣帽，配着纯真的脸，可不正像出水莲花一样的幽雅和清高！

“丁先生，您倦了吧？可以休息休息，有什么事，按铃叫我好了。”她似乎有些不好意思，翩然地走了出去。

目送着她的背影，他心里这样想：“无论如何，这不是一个普通的女孩子，在她身上，值得思考的，胜过了值得欣赏的……”

日子像水一样地流着，带去了人们的欢乐与哀愁。

第二年的桃花时节。

他还住在疗养院里，但已不再是“病人”了，为了省得将来旧疾复发，他很能听从刘医师的话，决定再住些时候。

大病自是痛苦，小病却别有一番情趣；他似乎已经习惯，甚至是爱好那一种病的生涯了，像水一样的清静，云一样的自由，鹤一样的洒脱。

唯一的快乐，是桓小姐来和他闲谈。

父母亲照例每礼拜来看他一次，这回同来的还有表哥。表哥看见他，握着手，高兴地叫着：“华山，我两个月没有来看你，比上次好得多了。”

“刘医师的医道实在令人佩服。”父亲是从心底里佩服着刘医师。

“桓小姐的看护实在周到。”母亲是从心底里感激着桓小姐。

“提起桓小姐，是不是那位漂亮的女护士?”表哥总是欢喜胡说，“华山，你真艳福不浅!”

“别打趣！假使你羡慕，不妨也生一场病，到这儿来住些日子。”

“真会咒人，当心些，自己的病可还没有好哪!”

大家都笑了，就在这一串笑声里，桓小姐随着刘医师走进了病房。

于是，寒暄、客套代替了戏言。

探病时间已经过去，病房里又寂然了。

想起表哥的话，微笑自然而然地在脸上流露出来。不知道什么时候，桓小姐又走进病房，她拉上窗纱，轻悄地问：

“什么事情这样高兴?”

“高兴的事使得我这样高兴，”他很狡猾，“您知道么？我的母亲非常感激您，因为您照顾得这样周到。”

“这是我应尽的本分，不然，还成个什么护士呢?”她笑笑。

天色渐渐地暗下来，她扭开了灯。

“我请求您一件事情可以么?”他嗫嚅着。

“什么事？只要是我能做，我应该做，没有不可以的。”

“那我就不敢开口了，这件事自然您能做；但是，我怎么可以说该不该呢?”他有意不要提，逗得她纳闷：

“那么请说吧!”

“是不是答应了呢?”他还是不说出来，一直等桓小姐点头允许以后，才缓缓地:“其实也没有什么大不了的事情，我想替您画一张画像，能够么?”

“现在就要画么?”笑着问。

“现在自然不，等我出院以后。”

“出院至少还有两三个月哩，干什么这样急?”她又笑了。

丁华山也笑了起来:“先和您预约一下，就可以放心。”

“到那时候，我仍旧可以不认账啊!”

“到底答应不答应呢?”他唯恐她不肯，急急地说。

她走近床，将药水送了过来:“不是早就答应您了么?”

“您猜刚才表哥在这里的时候，我们笑什么?”一边吃药，一边问。

“我怎么会知道?”她摇摇头。

“他说我‘艳福不浅’!”俏皮地朝她笑笑。灯光下，那戴着白帽的脸，晕红得分外美丽了。

枝头飘尽落花，春天过完了。

经过刘医师最末一次诊断，他已择定了出院的日子，按理他应该高兴，然而走出病房的时候，却起了无端的惆怅，为什么?他说不出，当桓小姐站在桃树下向他说“再见”的时候，丁华山才知道自己的惆怅是有意的了!

“这么些时候的照料，我不知道应该怎样感激您才好，浣莲!”

他第一次叫她的名字。

“不！这是应该的。”冷然地答。他不无失望。

“还记得么？答应我出院以后的事情。”

“没有忘记，”还是那样平静，“下个礼拜，我每天有两小时的空闲，可以到您的画室里去。”

丁华山点点头，心里奇怪她为什么忽然这样冷淡起来？

一片猩红的桃瓣落在她左边的白衣袖上，很鲜明，很可爱，她却不经心地让微风又吹去了。那也许是这个春天的最后一瓣，他想。

他回到家里，又愉快，又惆怅。

他将那间一年多没有去过的画室，收拾得齐齐整整，正像所有的年轻人打扮他的会客室招待情人一样。不过他是艺术家，因此比别人布置得更富美感些。

画像的工作开始了，桓小姐只有一个礼拜的闲暇，于是丁华山须在一个礼拜内完成，而且每天只能画两小时，因此，除了作画，他们连说话的时间都没有。五天过去了，她都是来也匆匆，去也匆匆的，变得那么冷淡和沉默。

他感到无限的纳闷。

第六天，那幅画架上的画像，除了面部精细部分描写之外，差不多是完成了。他不敢自夸是什么精心杰作，不过他能说那上面寄托了他的灵魂、热情和梦想……

可是我们天生是不知足的动物，人类的希望永远没有满足的时候。

这一幅画像是要完成了，她满足了他的希望，但是对于画像的本人呢？也许他不会再有亲近的机会（当然丁华山不希望旧病复发是一个机会），对于这，他不能不引以为憾。

然而他又不能不丢下画笔。

“还有明天一天了。”桓浣莲说。

“是的，还有明天一天了。浣莲！我应该怎样感谢您呢？”他喜悦地握着她的手，希望用他的热情，感动了她的冷淡。

可是这没有什么用处，她摆脱了他的手，凝视着那幅将要完成的画像，缓缓地说：“不用谢！我愿意帮助任何人完成他理想的工作。”

“但，您知道我还有一个理想的希望么？”试探着问。

她摇摇头，不答言也不问话。

“浣莲，”他很失望，“您变了！”

“是您先变的，丁先生！”

“这话我承认，”丁华山说，“我是改变了，您想，人能够像水那样的平静么？何况水也有起波浪的时候，我们相聚已有一年多，这些日子里，您对我的看护、照料，我从心里深深地感激您；如今您又答应让我画像，完成我一件理想的工作，这些情谊叫我几乎无法用言语致谢。您待我的好处，使得我由感激成为爱慕；可是，您自己却越来越冷淡了。”

“丁先生，请您不要误会，看护病人，是我应有的责任；让您画像，是因为我尊重自己的工作，所以也尊重他人的工作。”她解释着。

“难道一年多的情感也付之流水么？”

“不，我们的友谊还在。丁先生，不要太情感了，我们之间，也许永远不会过分的亲密，唯一的原因，您爱自然，我爱人类；不过我们也绝不会过分的疏远，因为我们都有着年轻人的热情。”

“热情?”

“是的，将热情寄托在严肃的工作上，不比浪费在温馨的甜梦里更好么?”

谁能相信，这么一个婴婴宛宛的女孩子，她不懂恋爱，只知道博爱！她没有水一样的柔情，只有火一样的热情，钢一样的意志！

“我明白您的意思了，伟大的姑娘！让我来握一下您的手，假使您以为我还有资格做您的朋友的话。”

这回她没有拒绝。

轻柔的再见声中，她离开了画室。

一连好几天的梅雨，桓浣莲没有来，她也许是忙，也许是不欢喜这讨人厌的天气，丁华山这样盘算着，他绝没有想到这一个梦已经随着落花时节结束了。一直到有一天——

他打电话到疗养院去问几时可以让他来完成那幅画像，出人意料之外地回说桓小姐已经走了。一阵激动和恐慌，他的心跳起来，脸色都变了；赶到疗养院去，所说也和电话里差不多的简单，原来刘医师到西北一个荒僻的乡城去工作，桓小姐自告奋勇地跟着他去，并且已经出发五天了。

他计算一下日子，正是她离开画室的次日。

现在，画室里似乎衣香鬓影还在，可是人已远去，而且那一幅画像也永不能完成了……

“为什么连一封信都不留给我?”他有些气恼，甚至为这个狠心的姑娘流下了眼泪。

时间在花开花落里飞去了许多年，到底是多少年，丁华山也不想去计算，总之，在他自身，这些年不算白过，他的名望一天比一天高，他成为举国闻名的大画家。

对于那个梦，那个落花时节的梦，他早打算干脆给忘了，或是不再去追想。这些年的辛酸的人生经验，他也知道那些多情的傻子行为是可怜而又可笑。但是，那幅画，那幅未完成的画，还有那落花时节的落花，老是有意无意地透那么一些梦的消息；等他一旦有些依依之感，再去寻觅，却又无影无踪了。

谁都知道光阴一去不复回，连低能的白痴，他也不会想到再去过当初的日子；可是我们这位聪明的梦的主人，他往往要这样想："假使我有神奇的魔鞋，穿着它走进当初的梦里，那么会……？"

会怎么样？也许只有重游梦境才能领悟。然而，从何处去觅得那神奇的魔鞋呢？

图书在版编目(CIP)数据

莫愁巷 / 施济美著. — 北京 ：中国文史出版社，2020.1

ISBN 978 -7 -5205 -1372 -2

Ⅰ. ①莫… Ⅱ. ①施… Ⅲ. ①中篇小说 - 小说集 - 中国 - 现代②短篇小说 - 小说集 - 中国 - 现代 Ⅳ. ①I246.7

中国版本图书馆 CIP 数据核字(2019)第 223455 号

责任编辑：薛媛媛

出版发行：中国文史出版社
社　　址：北京市海淀区西八里庄 69 号院　邮编：100142
电　　话：010 -81136606　81136602　81136603（发行部）
传　　真：010 -81136655
印　　装：北京东君印刷有限公司
经　　销：全国新华书店
开　　本：720 ×1020　1/16
印　　张：19.5　　　字数：196 千字
版　　次：2020 年 1 月第 1 版
印　　次：2020 年 1 月第 1 次印刷
定　　价：59.80 元